甦るシェイクスピア

没後四〇〇周年記念論集

日本シェイクスピア協会 編

研究社

研究社

はしがき

シェイクスピアは甦る。「今後長い年月を経ても、我らの崇高なる場面は、いまだ生まれぬ国々において、いまだ知られざる国語で、繰り返し上演されるであろう」（『ジュリアス・シーザー』三幕一場）。その台詞通り、没後四〇〇周年という大きな節目に当たる二〇一六年の今もなお、シェイクスピアの戯曲は多くの国々で、そしてこの日本でも、上演され続けている。彼の友人ベン・ジョンソンが評したように、シェイクスピアは「一時代のものではなく、すべての時代のための」存在として甦っている。

日本シェイクスピア協会は、シェイクスピアの祥月命日である四月二三日に慶應義塾大学において開催されたシェイクスピア祭を皮切りに没後四〇〇周年記念事業を行ってきた。一〇月にはイギリスからオックスフォード大学ブレイズノーズ・コレッジ名誉教授マーティン・イングラム氏を招聘し、第五五回シェイクスピア学会の特別講演およびセミナー（於慶應義塾大学）が予定されている。そしてこの記念論文集『甦るシェイクスピア』の刊行も一連の記念事業の骨格をなすものである。

創立一五周年以来、当協会は五年ごとに記念論文集を刊行し、海外に伍し得る水準の研究を世に問うてきた。『シェイクスピアの演劇的風土』（一九七七）、『シェイクスピアの喜劇』（一九八二）、『シェイクスピアの悲劇』（一九八八）、『シェイクスピアの歴史劇』（一九九四、以上研究社刊）、*Hot Questrists After the English Renaissance*（1999, AMS Press）、『シェイクスピア――世紀を超えて』（二〇〇二）、『シェイクスピアとその時代を読む』（二〇〇七）、『シェイクスピアと演劇文化』（二〇一二、以上研究社刊）。既刊の書名を列挙するだけでも、当協会がたゆみなくシェイクスピアの深みや面白さを学問的に発信し続けてきたことの証左となるだろう。そして図らずも本書が創立五五周年を記念する論文集となった。

本書は他の論文集と同様、当協会会員から寄せられた多数の論文の中から、きわめて厳正かつ丁寧な審査を経て選考された論文をもって構成されている。それぞれが日本におけるシェイクスピア研究の最先端を行くことは言うまでもないが、本書全体としてみると、多種多様な学問的アプローチが緻密に組み合わされ、シェイクスピア演劇の魅力を物語る批評の結晶体となっている。そういう意味で本書は、二〇二〇年代へと向かう研究者が共有する問題意識の発露であり、記念事業の目的にも沿うものと言えよう。しかしこれが歴史上の単なるランドマークとして終わることなく、日本のシェイクスピア研究をさらに活性化させ、国際理解を醸成する文化的触媒とならんことを心から願ってやまない。

「はしがき」を締めくくるにあたり、本書の編集に際して多くの時間を割き、煩雑な編集作業に尽力された佐藤達郎編集委員長をはじめ、佐々木和貴、清水徹郎、竹村はるみ、山田雄三の各委員、そして出版に際して格別のご助言とご協力を賜った研究社編集部の津田正氏に深く感謝申しあげる。

二〇一六年八月

日本シェイクスピア協会会長

井出　新

目次

目　次

執筆者一覧（執筆順）

篠崎　実（千葉大学）
冬木ひろみ（早稲田大学）
鶴田　学（福岡大学）
桑山智成（京都大学）
河合祥一郎（東京大学）
岩田美喜（東北大学）
石塚倫子（東京家政大学）
芦津かおり（神戸大学）
英　知明（慶應義塾大学）
米谷郁子（清泉女子大学）
髙田茂樹（金沢大学）
小林潤司（鹿児島国際大学）
川井万里子（元・東京経済大学）

甦るシェイクスピア

——没後四〇〇周年記念論集

1

‘The rest is silence, O, o, o, o.’

『ハムレット』の改訂をめぐって

篠崎　実

はじめに

『ハムレット』にも『リア王』に比肩する規模と複雑さの、著者による改訂が見られるという、オックスフォード版シェイクスピア全集の編集主幹ゲアリー・テイラーの指摘は、この劇の本文編纂史において大きな転換を示すものであった。[*1]

第一・四つ折本（一六〇三、Q1と略称）出版の翌年「本物の完全原稿」に基づくことを謳って出版され、著者原稿に依拠すると目される第二・四つ折本（一六〇四―五、Q2と略称）と、固有の本文七〇行をもつ一方Q2にある二三〇行を欠く、上演台本由来とされる第一・二つ折本全集所収の本文（一六二三、Fと略称）の折衷がこの劇の本文編纂の常道であった。Fを底本としQ2固有の本文をつぎ足す折衷はウィリアム・ダヴェナントの「劇団四つ折本（Players' Quarto）」（一六七六）にはじまり、ニコラス・ロウの全集（一六七六、一六八三、一六九五、一七一〇）を経、Q2固有の本文すべてを組みいれたルイス・ティボルドの一七三三年版全集で完成を見、爾来一九八五年出版の新ケンブリッジ版までつづけられてきたのだ。

Q2からFへの著者改訂の認定は、しかし、本文を混乱させる折衷の慣習を葬りさるが、一九八七年出版のオックスフォード版『ハムレット』はFを底本とする編集版にQ2固有の本文を附録としておさめるにとどまり、主要全集でのQ2とFの個別編纂は二〇〇六年出版の第三アーデン版を俟たねばならなかった。また、改訂の本格的論究としては、ポール・ワースティンのすぐれた論攷[*2]以外に大きな成果は見られない。

前世紀の『ハムレット』批評最大の成果は、ジェイムズ・コールダーウッドらによる、この劇の演劇的自意識を論究するメタドラマ批評であるが、改訂ということに着目すると、この劇のもつメタドラマ性は、創作行為と作品世界の共鳴というあらたな様相を呈する。この劇では、書き換えという主題を顕著な要素とする原作を書き換えて、さらにそれを改訂する劇作家の、創作行為にたいする意識が作中世界に影を投げかけているからである。

メタドラマという観点からこの劇を見る際に、一五九九年のグローブ座開場とベン・ジョンソンの創作活動との関係は看過できない問題である。新劇場開場後まもなく初演された本作には、主人公が劇場と劇中世界を重ねあわせるなど、「世界」を意味する名の新しい劇場の使用開始にたいする劇作家の反応が見られるからだ。だが、いち早く反応を示したのは、新劇場開場直後に上演された『気質なおし』

で劇を世界を映す鏡になぞらえたジョンソンだった。彼は、この劇で教化をこととする自身の演劇論を開陳し、その実現のために戯曲をみずから編纂・出版するという時代の先を行く企図に出る。

こうして、本稿は、『ハムレット』においてシェイクスピアが、新劇場開場を契機とするジョンソンの挑戦にどう反応しているのかを見定めることを目的とし、最終的には、主題と劇作家の創作行為双方に渡る書き換えの連鎖というこの劇のあり方が、ジョンソンが『気質なおし』を皮切りにはじめた、出版によるテクストの固定というパイオニア的企図と際立った対照をなすことを指摘する。具体的には三つの節で以下の点を論じる。第一節では、Q2からFへの改訂がメタドラマ性というこの劇の特徴に関わるものであることを見る。第二節では、『ハムレット』のメタドラマ性の源泉のひとつがグローブ座使用開始であることを示し、ジョンソンの新しい企図との関係を指摘する。さらに、第三節では、書き換えということが本作のメタドラマ性の中心にあることを論じ、われわれはそこにシェイクスピアの、ジョンソンとは違った創作への姿勢を見ることになる。

一 「内面を映しだす鏡」――改訂の方向性

ワースティンによる研究は、Q2の王子が寝室場面で、王のしかけた罠について知っていることに着目し、復讐決意のプロセスに変更が見られると論じる。だが、この改訂は、同じ場面の母子のやりとりをめぐる改訂と連動し、この劇のメタドラマ性に関わる、より広範な改訂を形成している。劇作家は本作で原作にない劇中劇を導入し、劇後半の主人公の挙動を演技的行為とすることで、この劇を演技の目的を示す演劇論的な劇としている。改訂により、劇中劇と王子の演技的行動がはたらきかける主たる対象が国王から王妃に移り、Fは、より明確に自然に向けられた鏡としての演劇という概念を示す劇となっているのである。

まず、寝室場面での王の奸計に関する王子の認識をめぐる改訂が、最終場面における彼の言葉の改訂と連動し、その結果復讐決意のプロセスが改訂されていることを見る。両方の版で、彼は、寝室場面の終わり近くで、自身が狂気をよそおっていることを隠すよう母親に求め、イングランド行について告げる。だが、Q2のみで次の台詞がつづく。

親書は封印され、毒蛇ぐらいにしか信用できないふたりの学友たちが命令を受け、悪いたくらみがぼくを待ちうけているところに露払い役として道案内しようというのです。そうさせましょうとも。というのも、しかけたやつをその爆弾で吹きとばしてやるのは面白いし、ぼくのほうが一ヤード下まで掘りすすんでやつらを月まで打ちあげてやれないわけがないですから。ふたつの計略が正面衝突するなんてとてもわくわくします。(三幕四場二〇〇―八行)[*3]

ハムレットは、Q2では自身に危害を加える王の計略を知り反撃に出るつもりでいるのにたいして、Fでは自分がイギリスに送られることを知るのみなのである。

これに連動する、王子が最終場面でホレイショーにイギリスからの帰還のいきさつを語る最後の部分の改訂を原文で示す(下線は加筆部分)。

Q2

Dooes it not thinke thee stand me now vppon?
He that hath kild my King, and whor'd my mother,
Pop't in betweene th' election and my hopes,
Throwne out his Angle for my proper life,
And with such cusnage, i'st not perfect conscience?

F

Does it not, thinkst thee, stand me now vpon
He that hath kil'd my King, and whor'd my Mother,
Popt in, between th'election and my hopes,
Throwne out his Angle for my proper life,
And with such coozenage; is 't not perfect conscience,
To quit him with this arme? And is 't not to be damn'd
To let this Canker of our nature come
In further euill?

（五幕二場六二―六六行／六三―七〇行、TLN三五六七―七四行）

親書書き換えの次第を告げたハムレットの「わが王を弑し、母を汚し、国王選出の望みをくじき、命を奪う罠をしかけた男だ、しかも身内面でだまして」のあとに加筆が見られる。Q2では王のそうした行いを指して「申し分のない良心とやらではないか」と言っていたのが、Fでは書き足された不定詞を指して「この腕で意趣返しするのが、良心にかなうことではないか」となり、「地獄落ちとならないだろうか、／この人間界の病根がさらにひどいことをするのを／ほうっておいたら」とつづく。

　この改訂はハムレットの復讐決意のタイミングを変える。Q2では、決意を固めるべく王の「良心をつかむ」ために芝居をしくんだ（二幕二場五三九―四〇行／五九九―六〇〇行、TLN一六四四―四五行）ハムレットが、国王が自分に罠をしかけたことでその「良心」を把握できたと言う。とすれば、こちらでは、寝室場面の前に王の奸計を知ったことが復讐決意のきっかけとなる。それゆえ翌朝イギリスに向かう際に、彼は行軍するフォーティンブラスを見て発する独白（四幕四場三〇―六五行）で「たったいまからは心を鬼にするぞ、できなければくずだ」（六四―六五行）と決意を口にする。その時点で王の奸計を知らないFの彼にはその独白はなく、「この手で意趣返しするのが、良心にかなうことではないか」という問題の台詞と、その直後の、イギリス王からの報せがまもなく王に届くというホレイショーの言葉を受けて発する「まもなくだ。だが、それまでの時間はぼくのものだ。人生なんて『ひとつ』と数える間しかないのだ」（七三―七四行、TLN三五七七―七九行）とが、決意を示す言葉となる。

しかし、改訂前の「芝居こそが王の良心をつかむ手立てとなる」と「申し分のない良心とやらではないか」の対応関係は、王によるイギリスでのハムレット抹殺の策謀を劇中劇への反応とするもので、Q2のメタドラマ性において重要な結節点となっている。ハムレットがしくんだ『ゴンザーゴー殺し』の劇は、王の罪を再現するばかりでなく、甥が王を殺すという設定によって王子の復讐遂行の意図をほのめかしもするものとなっている。Q2は、劇中劇を観て王子の危険性を察知した王がその抹殺をもくろみ、本性を顕わしていくさまを明快に示す。劇中劇前の三幕一場（一六三―七四行／一六五―七六行、TLN一八二一―三二行）で転地療法のために王子をイギリスに送ることを考えていた王が、劇中劇直後の三幕三場になると「ハムレットの狂気を野放しにしておくと、わが安全のためにならない」（三幕三場一―二行／一―二行、TLN二二七二―七三行）との恐れを口にし、学友ふたりにイギリスへの随行を命じる。三幕四場の王子の母への言葉で王に悪意があることを知ったQ2の観客は、直後の場面で、王が王妃に甘言を弄しながら、自己中心的な真意をもらしてしまうのを聞くことになる。王は、事態を取りつくろうために夜明けとともに王子をイギリスに送り（四幕一場二九―三二行／三幕四場二一九―二二行、TLN二六一六―一九行）、彼が起こした不祥事に自分がどう対処するつもりか側近たちに告げると王妃に言うが、Q2では次の言葉がつづく。

「世界の反対側でも間違いなく確実にねらった相手に被害をおよぼすものたち〔大衆〕が、ねらいをはずしてわが名を傷つけずに虚空を撃つように」（四一―四四行）

これは、事態を取りつくろうために王子をイギリスに送るという王妃への言葉とは裏腹に、目的が自己保身であることが口をついて出たものだ。王子の口から奸計のことを聞いている観客には、王子を抹殺して大臣の死に関して大衆の非難が自分におよばないようにするという意図が透けて見えるようになっている。Fでは観客に王の悪意を推測させるのは四幕三場の独白の「絶望的な病気」にたいする「自棄の療法」（四幕三場九―一〇行／三幕六場九―一〇行、TLN二六七〇―七一行）という言葉だが、この独白のあと王が「そう〔イギリス行はよいこと〕だ、わが意図をわかってくれるなら」（四六行／四六行、TLN二七二一行）と言って王子にイギリス送りを伝えるやりとりの虚々実々さはQ2でしか味わえない。ハムレットも観客も寝室場面で王の奸計を知らず、五幕二場のホレイショーへの言葉を「この腕で意趣返しをするのが、良心にかなうことではないか」として王の策謀をその「良心」と結びつけることのないFでは、劇中劇はもっぱら王子に王の罪を確信させるものとして機能するのみで、劇中劇を王に見せたハムレットの振る舞いが王を王子抹殺の策謀に走らせ、その本性を示させるという含意は稀薄である。

さらに、王にたいする劇中劇の影響のこうした稀薄化に呼応するように、改訂により、劇中劇と寝室でのハムレットの演技的振る舞いの母親への影響が深化する。寝室場面の母子のやりとりをめぐる系統的な改訂の結果、Fでは王子の叱責が王妃の「内面を映しだす鏡」となり、「自然にたいして鏡をかかげる」劇中劇との関係がより強固になるのだ。

寝室場面では、のっけから母の言葉尻をとらえて父への不実をなじり、話を聞くものを連れてくると言われたハムレットの返答に重要な変更がある。母親に向けられた鏡が映しだすものが、その「おおよその姿」から「心のなか」に変わるのである（「行かせません、鏡をかかげて、あなたのおおよその姿／心のなかを見せるまでは」You go not till I set you up a glass / Where you may see the most/inmost part of you. 三幕四場一八―一九行／二〇―二一行、TLN二三九九―四〇〇行、強調付加）。さらに、ふたりの夫の肖像画を見せて母の罪深さを責めるハムレットの長広舌（五一―八六行／五三―七九行、TLN二四三七―六三行）にも改訂が見られる。肖像画によって父と叔父の明らかな見かけの違いを示しながら「目はあるのですか」Have you eyes? とくり返し（六三、六五行／六五、六七行、TLN二四四九、五一行）、心変わりを責めるこの台詞の趣旨は、絵という視覚形象への反応が誤った判断という内面の真実を表すということである。劇作家は台詞中盤の、王妃の無分別さを目以外の感覚の不調に喩える部分を削除し、台詞全体が視覚に内面の罪を代表させ、「内面を映しだす鏡」にふさわしい比喩としているのである。削除部分を亀甲で囲み、あいだの改訂後も残された文とともに示す。

〔たしかにあなたに感覚はある。そうでなければ体を動かせない。だがその感覚が麻痺している。

というのも、これほどの違いを見分けるだけの判断力を残さずに、狂気が道をそこまで踏みはずすことも、感覚が狂気に隷従してしまうこともないはずだからだ。〕このように頭巾をかぶせて目をおおいあなたをだましたのはいったいどんな悪魔なのだ。〔触覚がなくても目があれば、視覚がなくても触覚があれば、手も目もなくても耳があれば、すべてなくても嗅覚があれば、あるいはひとつのちゃんとした感覚の病んだ一部だけでもあれば、それほどなにもわからないということはないはずだ。〕

（六九―七九行／七一―七二行、TLN二四五五―五六行、強調付加）

「心の目」（一幕二場一八四行／一八二行、TLN三七四行）で父の姿を見た息子には見える、この場面の亡霊が、母にはその狂気の産物と思えることとは、彼女の不徳を示すのであろう。

さらに、この長台詞を聞いた王妃の「お前は私の目を私の魂に向けさせた」との答えの強調点が「私の目を」から「私の魂に」に移り、台詞後半でも「そこに色を残す黒く嘆かわしい汚点」が「ほかのものに色を残さない、深く染みついた黒い汚点」と罪の内面性を表す表現となり、王子の叱責を、内面を映しだす鏡に喩えるこの場面の比喩が完成する。

Q2	F
Ger. O *Hamlet* speake no more, Thou turnst my very eyes into my soule, And there I see such blacke and greeued spots As will leaue their tinct.	*Qu.* O *Hamlet*, speake no more. Thou turn'st mine eyes into my very soule, And there I see such blacke and grained spots, As will not leaue their Tinct.

（三幕四場八六―八九行／七九―八二行、ＴＬＮ二四六四―六七行、下線付加）

寝室での母親にたいする王子の叱責を彼女の内面に鏡を向けることになぞらえるものとするこの改訂により、Ｆの『ハムレット』は、劇中劇と王子の演技的行動の王妃への影響を鮮明に示し、母子のやりとりを、リハーサルの件で示される、演技の目的は「自然にたいして鏡をかかげ、美徳にその造作を、物笑いの種にその姿を、今という時代に刻みこまれた姿を見せること」（三幕二場二一―二四行／二一―二四行、ＴＬＮ一八六九―七二行）という演劇論に緊密に結びつけるものとなっている。彼の叱責は『ゴンザーゴー殺し』で母親にその罪を示したあとを受けてのものであり、また、この場面に先立って母親の寝室に向かう際、激しい叱責はしても母親に危害を加えることはしないと心に決めた彼は「この点においてわが舌と魂を嘘つきとしよう」（三幕二場三八七行／三八七行、ＴＬＮ二二六八行）と自身の行動を演技と規定している。改訂により、劇中劇の上演と彼の叱責は、明白に、王妃に自身の内面を見つめさせ、リハーサルの件で開陳された演劇論を具現するものとなっているのだ。

このように、Ｑ２からＦへの改訂によって、『ハムレット』後半のメタドラマ的様相の中心にある、劇中劇と王子の演技的な行動がはたらきかける主な対象が、国王から王妃へと移り、劇はハムレットの演劇論をより明確に具現するものとなっているのである。

二　「都の劇団」はどこへ？――グローブ座と『気質なおし』

本節では、前節で見た『ハムレット』のメタドラマ性の意味を考えるために、Q2がとどめる改訂前の劇をもとに、グローブ座の開場とそれにたいする同僚劇作家ベン・ジョンソンの対応が、シェイクスピアによる本作の執筆に刺激を与えたことを指摘する。

Fの重要な加筆部分に、「都の劇団」来訪の理由を尋ねる王子にローゼンクランツが少年劇団の擡頭という事情を説明する件（二幕二場三二八―六〇行、TLN一三七六―一四〇八行）がある。だが、「劇場戦争」への興味からよく論及されるこの部分に気をとられると、Q2では明らかな、虚構世界と現実の照応関係が見定めがたくなる。加筆前の劇団来訪の事情に関するやりとりは以下のとおりである。劇団が旅興行を行う理由を尋ねる王子に、ローゼンクランツは「最近の新制度（the late innovation）によって興行が禁止されたのです」（二幕二場二九五―九六行）と答える。さらに「都に（in the city）」（二九八行）自分がいたころの人気を劇団が保っているかを尋ね、その凋落ぶりを知らされた王子は、観客の気まぐれさを、先王の生前見向きもしなかった新王の絵をもてはやす自国の民衆に重ねあわせる。このやりとりにおける虚構と現実の対応関係について、どの註釈も、都の劇団がデンマーク宮廷にやってきたという出来事を、シェイクスピアの劇団が旅公演に出たという現実に照応するものと考えている。だが、

「市内に（in the city）」という言葉のエリザベス朝世界における意味を思いおこせば、劇中の劇団の旅興行に対応する現実は、宮内大臣一座がロンドン市内での演劇上演をやめグローブ座に活動の場を移したことであるはずだ。

直前にハムレットは、「このうえなく素晴らしいこの天蓋、大気、見よ、この立派な覆いかぶさる天／覆い、黄金に輝く炎で飾られた荘厳なる屋根、それがぼくには不愉快で穢れた瘴気の塊としか思えない」（二・二六五―六九行／一二九八―一三〇二行、TLN一三四六―五〇行、強調付加）と言う。多くの註釈の指摘どおり、「天蓋」、「覆い」は劇場の天を指し、ハムレット役の俳優はそこを指さしながらこの台詞を発するのである。開場したばかりのグローブ座の空間がデンマーク宮廷という作中世界に重ねあわされているのだ。

一方、「市内で」という表現の in という前置詞の重要性は劇場「統制の文書」でお馴染みのものである。たとえば、ロンドン市長は、一五八二年七月二四日付書簡で、おかかえのものがフェンシングの賭け試合を行う許可を求めたウォリック伯にこう答えている。

私は、閣下にお仕えの方の賭け試合を拒絶したわけではありません。……旅館での試合を禁じただけです。その方による市内で（within the City）の見世物への集客を禁じなければならなかったのです。ですが野外で行うことは許可しました。……また、この書状をもって、お仕えの方のために私の権限でできることをして差し上げました。つまり、その方が市外の（out of the City）シアター座やその他の野外施設で行う手はずができるなら、その方と太鼓手や出演者一同が市内を通行する許可を差し上げられるのです。[*4]

宮内大臣一座は、市内のクロス・キーズ館で劇を上演していたストレンジ卿一座の団員を中心に結成され、結成直後の一五九四年一〇月には庇護者のハンズドン卿がロンドン市長に冬季におけるクロス・キーズ館の使用許可を求めている。その結果のいかんはわからないが、さらに、けっして実現はしなかったものの、ジェイムズ・バーベッジが一五九六年にブラックフライアーズ座を取得し劇団の市内での上演場所としようとしている。宮内大臣一座は、そうした努力を一切見せなかった海軍大臣一座とは対照的に、設立当初から市内に上演場所を求める動きを見せているのである。一座の公衆劇場以外での興行と市内の演劇上演の禁止の実態については不明な点が多いが、一五九〇年代に市内における宿屋での上演や夜間上演が行われていたことを示す記録は存在する。また、グローブ座開場に際してグローブ座とフォーチュン座の使用許可を認めた顧問院令が「とくに市内の宿屋における」上演をあらためて禁じていることから、「都の劇団」が「新制度」によって興行を禁じられたという件は宮内大臣一座による新劇場の使用開始にまつわる事情に言及するものと考えられるだろう。[*5]

ところが、チャペル・ロイヤル少年劇団の擡頭による劇団の危機という事態が出来し、劇作家はそのことを当てこすり、そのために劇団がグローブ座を追われて旅興行に出るというあらたな話題をつけ加えたため、Fはグローブ座への本拠地移転とそこからの旅興行というふたつの異なる現実をかさね書きしたものとなり、事態が見定めがたくなっている。だが、Fの加筆部分にも、劇場の幟に描かれた「ヘラクレスの肩の荷」（三五九—六〇行、TLN一四〇八行）への言及が見られ、劇作家の新しい劇場への興味を引きつづき示している[*6]。

この部分が、この劇がメタドラマ性を明快に示す最初の箇所である。この劇はさらに、トロイ炎上の朗誦、リハーサル、『ゴンザーゴー殺し』の上演と劇中劇的エピソードをかさねることになる。本作の物語における劇作家による創作のもっとも顕著な点は、王子が芝居をしくむことである。それを軸に、前節で見たように、この劇はとくに後半で王子のしくんだ芝居と彼自身の演技的な行動の国王夫妻への影響を劇化する演劇論的な劇作品となる。「世界」を意味する名をもち世界劇場の概念を喚起する劇場の使用開始に当たり、劇作家は、原作の中心にある王子の佯狂という演技をもとに、劇中劇という趣向を中心に虚構世界と現実世界が交錯する劇の創作を試みたのであろう。

だが、この、幟の図柄への言及によるグローブ座と劇中世界の対比と、王子の「気質がねじれたものには平穏に役を終わらせてやろう」（二幕二場三二一—二二行、TLN一三六九—七〇行）という言葉、演技の目的は「自然にたいして鏡をかかげること」（三幕二場二八八—八九行／三二一—二二行、TLN一三六九—七〇行）という言葉を核とする演劇論的要素に着目するとき、『ハムレット』とベン・ジョンソンの『気質なおし』という異質に見える二作のあいだの関係がいま見えてくる。というのも、先に書かれたそのジョンソン劇も新しい劇場に言及し自体を鏡になぞらえ、むしろそちらのほうが演劇論的な劇の嚆矢となっているからだ。その序劇で、作者の分身たるアスパーは「この猿どもを鞭打ち、こちらの礼儀正しい方がたの目に、われわれが演じる舞台と同じ大きさの鏡を立て、この時代の異常なものを、恐れを知らぬ不撓の勇気をもって腱ひとつひとつまで解剖して見せよう」（序劇一一五—二〇行）と宣言する。劇の閉幕に当たり、コーラス役のコーディタスは「もう俳優たちを真似て癖をなおそう」（五幕六場一二二行）と言って自身の役柄を終えるが、「俳優を真似る

(imitate your actors)」はグローブ座の銘「世界はすべて俳優を真似る(totus mundus agit historionem)」への言及である。ジョンソンは一六〇〇年に『気質なおし』をみずから編纂して「公演で語り演じられた以上のものを含む、最初に著者B・Jによって書かれたとおり」と謳って出版する。著者の意図通りの本文によって読者の教化を図るテクストとする、戯曲の出版史上画期的な企図である。

とすれば、グローブ座の銘に言及しながら、観客にたいして「鏡をかかげる」という演劇論を具現する劇を書いて、その劇を無断で出版し、劇団を去った若い劇作家にたいして、シェイクスピアは『ハムレット』で、その作品に触れながら、グローブ座の幟に言及し、主人公が自然にたいして「鏡をかかげる」という演劇論を展開することによって応えているのではないか。「劇場戦争」におけるジョンソン、マーストン、デカーの応酬とは違い、当人たちのあいだだけでかわされるこの対話に注目し、ジョンソンを意識したシェイクスピアの創作のあり方の意味を考えることが本稿の残された課題である。

三 「あらたな親書を案出し」——書き換えの連鎖

本節では、ジョンソンとシェイクスピアの創作への姿勢の違いを見定めるために、第一節で見た改訂が劇作家のどのような創作姿勢と関わるのかを見ていく。王の奸計にたいするハムレットの認識をめぐる改訂は、劇の語りの構造を考えるときわめて重要な意味をもつ。というのも、この改訂は、単なる劇の物語の変更に終わらず、ハムレットが五幕二場でホレイショーに語る物語の、ということは死を迎える彼が親友に後世に伝えるよう求める物語の書き換えであり、劇の主題や語りの構造と共鳴しあうものであるからだ。

『ハムレット』における書き換えという主題の特権性は、原作のサクソ・グラマティカス『デンマーク史』に由来する。ハムレットのモデルとなったアムレス王子は、父の仇フェング王のブリテン王宛て親書の内容を、自身の処刑から随行者の処刑と自身とブリテン王女の結婚に書き換え、これがハムレットによる親書書き換えの原話となっている。[*7] さらに原作には後日譚があり、そこでこの書き換えの物語が書き換えられる。帰国してフェング王への復讐をはたした王子は妻の待つブリテンにもどるが、ことあるときは互いの仇をとるとフェングと誓いあっていたブリテン王もまた、フェング王弑殺を知ると、スコットランド女王に殺害させるべく、彼女への求婚の仲立ちという任務を王子に与え、使者の殺害を求める親書をもたせてスコットランドに送る。自身のこれまでの冒険を描いた盾と王の親書をたずさえた王子がその地に到着すると、女王は、斥候をさし向けてその盾と書簡を手に入れ、盾の絵から王子による親書書き換えのことを知り、それを真似て自身に宛てられた親書の内容を王子の殺害から自身と王子の結婚に書き換え、彼にもどして自身のもとにそれをたずさえてこさせる。[*8] スコットランド女王の親書書き換えによって、王子による親書書き換えの物語が書き換えられているのである。

この重層的な書き換えの物語が、原作の物語を、そして先行する劇を書き換えている劇作家の興味を惹いたことは想像にかたくない。『ハムレット』では親書書き換えの筋がほぼそのまま用いられ、劇作家による創作部分でも、『ゴンザーゴー殺し』の劇に「一二行か一六行の台詞」が「書き加え」られている（二幕二場四七六―七八行／五三五―三七行、TLN一五八〇―八二行）。さらに、シェイクスピアが紡ぎだす劇の筋は、主人公が亡霊の話を聞き、それを心の手帳に書きとめ、芝居にして国王夫妻に見せ、母親に話して聞かせ、復讐というかたちで再現し、そのいきさつを親友に話して後世に伝えるよう求める、という、絶え間ない物語の書き換えが織りなす、ずれながらいくえにも重なる語りの螺旋を形づくっている。

この螺旋に一捻りを加えるように、劇作家は、王子が王の奸計を知っていることを示す台詞の削除によって、親書書き換えのエピソードを、意図的な行動から偶然の親書発見による即興へと書き換えている。そのため、王への手紙の「突然の（suddain）帰還」（四幕七場四六行）が「突然でそれにもまして予想外の（sudaine, and more strange）帰還」（四幕二場四六—四七行、TLN三〇五八行）に変わる。最終場冒頭でハムレットがことの次第をホレイショーに語る言葉に大きな変更はないが、危機回避が陰謀の察知によるQ2と偶然によるFでは「雀一羽落ちるにも格別の神意がある」を含む運命を受け容れるハムレットの台詞（一九七—二〇二行／一六七—七一行、TLN三六六八—七三行）の意味が違ってくる。Q2の、王の手の内を見透かしたような余裕を感じさせる言葉（とくにQ2のみの最後のLet be.）が、Fでは偶然を受け容れるあらたな境地の表明となる。原作は佯狂により復讐をはたした王子の賢明さを称讃し[*9]、王の裏をかく親書書き換えもその一例だった。劇作家は賢明な王子の物語を再現したのち、偶然に身をゆだねる王子の物語に書き換えているのである。

こうして『ハムレット』においては、劇作家による書き換えが劇中の書き換えの延長上にあるかのように、あるいは逆に波紋のように劇中の書き換えを惹きおこしているかのように見える。こうした書き換えの連鎖は、この劇のテクストのあり方と関わる。上演をもとに再構成されたように見えるQ1に次いで、著者原稿に基づくことを謳うQ2が出版され、さらに劇団の上演台本に基づくとおぼしいテクストがFにおさめられる。この劇に完成された最終形のテクストはない。劇作家が出版に関与した痕跡はなく、これらは、新しい時代を切り拓くジョンソンが、劇場の上演とは違う、著者の意図にかなう決定版として作成したテクストと異なる。さらに、この劇は作品外に影響をもたらす。一六〇八年に出版された原作のひとつベルフォレの物語の英訳版『ハムレットの物語』は、王妃の寝室に潜む王の家臣を刺殺する件で「鼠だ、鼠だ」というこの劇の台詞を挿入している。[*10] そしてこの劇は、一七世紀後半には折衷版の作成という事態を生みだし、二〇世紀末からQ2とFの別編集という方向に向かう。二〇世紀後半には劇作家たちの想像力を刺激し、数多くの翻案を生みだしもしている。シェイクスピアが生みだした変化する物語をもつ劇は、その後もさまざまなものの手を借りて不断に変化しつづけてきたのである。これが、日々生成しつづける劇場のテクストである。Fでは主人公の「あとは沈黙」という言葉のあとうめき声が重ねられ（五幕五場三一二―一三行、TLN三八四七行）、その絶命後もフォーティンブラスの演説がつづき、劇が終わったのちもホレイショーが後世に語り継ぐことが想定されている。それと同様に、劇の上演が終わり、テクストが出版されたあとも、この劇をめぐって発される声がやむことはない。

注

＊1――Gary Taylor, '*Hamlet*', in Stanley Wells, Gary Taylor, John Jowett and William Montgomery eds., *William Shakespeare: A Textual Companion* (Oxford: Oxford University Press, 1987), pp. 401–2.

＊2――Paul Werstine, 'The Textual Mystery of *Hamlet*', *Shakespeare Quarterly* 39 (1988) 1–26.

＊3——FとQ2からの引用に際しては、ともにCharlton Hinman編纂の *Hamlet: Second Quarto 1604–5* (Oxford: Clarendon Press, 1940) および *The First Folio of Shakespeare: The Norton Facsimile*, 2nd edn. (New York: W. W. Norton, 1996) を使用し、引用箇所を本文中括弧内に示す。前者に固有の行数表示がないため、ふたつの版とも引用箇所表示は第三アーデン版に依拠し、Fの引用箇所にはＴＬＮを書き添える。

＊4——Quoted in Glynne Wickham, Herbert Berry, and William Ingram, eds., *English Professional Theatre, 1530–1660* (Cambridge: Cambridge University Press, 2000), pp. 299–300.

＊5——Andrew Gurr, ‘Henry Carey’s Peculiar Letter’, *Shakespeare Quarterly* 56 (2005) 51–75; Paul Menzer, ‘The Tragedians of the City?: Q1 *Hamlet* and the Settlements of the 1590s’, *Shakespeare Quarterly* 57 (2006) 162–82; E. K. Chambers, *Elizabethan Theatre* (Oxford: Clarendon Press, 1925) 4: 330–31.

＊6——Cf. Richard Dutton, ‘*Hamlet*, *An Apology for Actors*, and the Sign of the Globe’, *Shakespeare Survey 41* (1989) 42.

＊7——Geoffrey Bullough, *Narrative and Dramatic Sources of Shakespeare*, 8 vols. (London: Routledge and Kegan Paul, 1973) 7: 66–67.

＊8——*Op. cit.*, 7: 74–77.

＊9——*Op. cit.*, 7: 44.

＊10——*Op. cit.*, 7: 94.

2

『ハムレット』受容史を書き換える

堤春恵と二〇世紀末の日本

芦津かおり

明治の欧化政策のもとに西洋文学が移入されはじめてから百数十年。二〇世紀末の日本には西洋の小説や芝居が満ちあふれていた。なかでもシェイクスピアは、もっとも人気のある劇作家として君臨し、[*1]その代表作である悲劇『ハムレット』にいたっては、一九九〇年の一年間で一七もの上演がひしめき合うという空前のブームさえ起こっていた。[*2]そんな文化的状況のなかで堤春恵の戯曲『仮名手本ハムレット』（以下『仮名手本』）は産声をあげた。一九九二年に初演を迎え、九三年に出版された全二幕の喜劇である。[*3]

周知のように、日本では志賀直哉、太宰治、小林秀雄、大岡昇平ら、錚々たる顔ぶれの近代作家たちが『ハムレット』に触発され、同悲劇を独自の形に書き換えることで自己表現をおこなってきた。堤の『仮名手本』も、そうした『ハムレット』派生文学の系譜に位置づけられよう。上記の大物作家の作品に比べれば知名度の点でやや劣るかもしれないが、本作は日本の『ハムレット』受容のたどり着いた一つの段階を象徴するという意味においても、日本的受容のあり方そのものを批評するという意味においても一考に値するものである。

一 堤春恵と『仮名手本ハムレット』

堤春恵（一九五〇― ）は一九八七年のデビュー以来、一〇本の戯曲を執筆している。[*4] 明治日本の西洋近代化と歌舞伎の関係について大学院で研究した経歴を反映するかのように、[*5] 彼女の作品の大半は明治に時代設定がなされ、日本人が西洋文化と出会う際に生じる混乱や異文化理解の困難さなどを描き出す。作劇上の特徴としては、正確な史実に基づく時代設定のうえに虚構のストーリーを重ね合わせるという、いわば「虚実ない交ぜ」のスタイル――堤本人の言葉を借りれば「歴史の空白を想像力で押し広げる」[*6]という手法――を採る。『仮名手本』にもそうした堤らしい主題や作劇術ははっきりと見てとれる。時は一八九七（明治三〇）年、かつては演劇改良の最先端にあった東京・新富座では、座主の一二代守田勘弥が借金返済と名誉回復をめざして日本初となる『ハムレット』上演を企てている。主役に設定されている守田勘弥とは、天才興行師とも呼ばれた実在の人物で、その伝記的な事実――たとえば彼の死亡年や天覧劇への関与など――が戯曲にうまく利用されている一方、守田が一八九七年に『ハムレット』上演を企てた記録はない。このように、劇の大きな設定そのものが「虚実ない交ぜ」スタイルの典型的な一例となっている。

幕が上がると、新富座『ハムレット』の初日前総ざらいが行われているのだが、稽古は最初から難航する。そもそも旧弊な歌舞伎役者らは、西洋風の衣装をまともに身につけようとしない。ハムレット役の市川薪蔵は洋服姿に日本刀という奇妙ないでたちで登場し、ボタンの苦手なポローニアス役の梅松も「はばかり」の心配からズボン着用を拒む。さらに困ったことに、役者らは『ハムレット』の登場人物たちの言動や考え方がさっぱり理解できない。たとえばガートルードを演じる女形は、「二夫にまみえる役はいやだ」（三五頁）と立ち去ってしまう。稽古のなかで彼らは、自分たちが得意とする『仮名手本忠臣蔵』（以下『忠臣蔵』）に各キャラクターや状況を当てはめて類推することでなんとか理解を試みるのだが、やはり東西演劇の拠って立つ思想的・演劇的基盤の溝は超えがたい。興行的・財政的な問題も手伝って、この『ハムレット』本邦初演のもくろみはあえなく頓挫、守田勘弥は失意のうちに舞台上で息絶える。基本的に劇全体が、なかなかはかどらない舞台稽古と、その合間に役者や関係者らが交わす演劇談義やおしゃべりから成り立つ。

『ハムレット』の稽古を軸に展開するこの芝居は、同悲劇の台詞の日本語訳を多く取り込んでいるという点においても、また志なかばで死んでしまう守田勘弥の「悲劇」がハムレット王子のそれと重ね合わせられている点においても、[*7]シェイクスピア悲劇を土台にし、それを大胆に「書き換え」た、ゆるやかな意味での翻案作品といってよいだろう。しかし、どうやら堤はシェイクスピアの『ハムレット』そのものを翻案化し、明治日本版に「書き換え」る――たとえば仮名垣魯文が『葉武列土倭錦絵』（一八八六）でそうしたように[*8]――ことには強い関心を示していない。では、堤は『仮名手本』においていったい何を「書き換え」ようとしていたのか？　以下の議論では、堤の関心が『ハムレット』という作品自体というよりは、あくまで二〇世紀終盤の日本における同悲劇の受容のあり方や受容史のほうに向けられていたこと、そして彼女が翻案化を通じて「書き換え」ようとしていたのも、悲劇『ハムレット』というよりは、むしろその日本的受容史のほうであることを示したい。

二　日本の『ハムレット』受容史へのまなざし

堤の関心が『ハムレット』の日本的受容に向けられていることは、架空のものとはいえ、同悲劇の本邦初演を核とする筋立てそのものにも明らかである。しかもこの劇は、一八九七年のある一日に設定されてはいるものの、実のところ、日本の『ハムレット』受容の初期過程にみられた、よく知られる出来事や状況、イメージなどを巧みに取りこみ、それらを際立たせる形で劇を作っている。大げさな言い方をすれば、本作は『ハムレット』受容史の初期を回顧するような形で書かれているのだ。

たとえば堤は、ハムレット役者・薪蔵が王子の第四独白の語り方に悩み、周囲と議論を交わす場面に長々とページを割くことで劇のひとつのクライマックスを設けている。[*9] 周知のとおり、日本の『ハムレット』受容史において王子の第四独白は興味深いケースを提供する。明治初期から、日本の文人や知識人たちは『ハムレット』劇のなかに西洋の香りや近代性、哲学性を感じ、そうした資質を一身に体現するかのようなハムレット王子を熱烈に崇拝した。[*10] なかでも彼の第四独白は、西洋思想や近代的自我をもっとも劇的に表出する台詞として高く評価され、『新体詩抄』（一八八二）におけるこの独白訳の掲載をきっかけに「ハムレットはたちまち文学界の寵児[*11]」となった。一方、それとは対照的に歌舞伎界は、はるかに保守的で時代遅れの反応を示すことになる。彼らは『ハムレット』劇の醍醐味が分からず、なかでもとりわけ、人間心理や内面を表出する「独白」という台詞形態に手こずり続けたのだ。[*12] 歌舞伎用の『ハムレット』翻案も三作書かれはしたものの、いずれにおいてもハムレットの独白は削除され、上演されぬまま長い年月が流れた。[*13] そしてようやく一九〇三年に川上音二郎が日本で初めて舞台に乗せたときも、元の翻案にはあった第四独白が上演でカットされてしまうという事件が起こる。[*14]

このような文学界と演劇界が示した態度や理解における乖離は、明治期『ハムレット』受容の興味深い大きな特色であり、その差がもっとも端的に現れたのが第四独白であることも広く知られる。まさにその点を堤は劇の見せ場にふんだんに活用しているのである。少し長くなるが引用してみよう。

薪蔵《ハムレット》　存《なが》ふるか……存《なが》へぬか……それが疑問ぢゃ、残忍な運命の矢石《やだま》を、只管《ひたすら》堪《た》へ忍《しの》うでをるが大丈夫の志《こころざし》か、或いは海なす艱難《かんなん》を逆《むか》へ撃つて、戦《たたか》うて根を絶つが大丈夫か？　死は……ねむり……に過ぎぬ。眠つて心の痛《いたみ》が去り、此肉《このにく》に附纏《つきまと》うてをる千百の苦《くるしみ》が除《のぞ》かるるものならば……それこそ上《うえ》もなう願はしい大終焉《だいしうえん》ぢやが。（全体に一本調子で生気にとぼしい）

宮内　いかんいかん、ここは「ハムレット」で一番有名な、名台詞なのですぞ。もっと感情をこめて生き生きと！

薪蔵　存《なが》ふるか……存へぬか……それが疑問ぢゃ……。（もう一度くり返すが変らない）

勘弥　成田屋、あんたは長台詞が得意だったはずじゃあねぇか。もうちっとめりはりがつかねぇのかい。

薪蔵　それが……在来のお芝居の長台詞なら相方が入るか、つけが入るか、はたまた踊りになるかで芝居らしくなるんでござんすが……。
宮内　あなたにはまだ新しい芝居がわかっていないのですか。昔ながらの、形だけのお芝居ではなく、心をあらわすようにと口をすっぱくして言って来たではないですか。
薪蔵　実はその心というやつがもう一つわかりやせん。ハムレット王子は一体何を考えてこんな事を言い出すんだか、あっしにはさっぱり。
宮内　何ですって？
薪蔵　王子ハムレットはおとっつぁんの亡霊に会って、敵討《かたき》ちを心に決めた。それがどういう訳で自害するの、死んだらどうなるの、やたらに悠長な事を言い出すんでござんしょう。

……………………（中略）

宮内　わかった。薪蔵さん、よろしいか。ハムレットは何も、自殺しようと考えている訳ではない。生と死について、想像力と行動力について、すなわち人生について深遠なる哲学にふけるのでありますぞ。
花紅　どうして敵討ちの前に哲学なんぞにふけらなきゃあならねえんでしょう？
梅松　いっそぬいちまっちゃあいけねえか？　すぐに家老の娘とのからみになった方が、いっそすっきりするんじゃないかね？
宮内　To be or not to be……をぬくんですって、とんでもない。「ハムレット」、いな、シェイクスピア全作品中で最も有名にして最も素晴らしいこの台詞をぬく位なら……「ハムレット」を上演

してても仕方がない。ああ、もうおしまいだ。私の夢、「ハムレット」の日本初演はついに消え去ったのだ。（七一―七四頁）

第四独白の練習風景からの引用である。演出を担当する宮内男爵とは、本公演のスポンサーであり、洋行帰りの西洋演劇通でもある。彼は右のようにハムレット第四独白について熱弁をふるうだけでなく、埒の明かない薪蔵の演技に「たまりかね」て、アメリカで惚れこんだエドウィン・ブースに「なり切って」実演してみせたりもする（七五―七六頁）。西洋かぶれの宮内が示す、ハムレット王子やその独白への崇拝と傾倒は、明治の文学者やインテリ層の姿を面白おかしく体現するのに対して、ハムレットの「やたらに悠長な」独白や、「敵討ちの前に哲学なんぞにふけ」る態度に対する薪蔵や花紅らの無理解と困惑は、明治歌舞伎界の反応を滑稽に戯画化するものとなっている。つまり、この架空の稽古の一風景は、明治時代の『ハムレット』受容において現実に見うけられた、歌舞伎界と文学・思想界の対照的な二つの反応をコミカルに縮図化したものということである。また梅松の「いっそぬいちまっちゃあいけねえか？　すぐに家老の娘とのからみになった方が、いっそすっきりするんじゃないかね？」という台詞も、先に触れたように、川上一座による本邦初の翻案上演（一九〇三）で台本にあった第四独白が舞台では抜き去られたという実際のエピソードを当てこするものであると考えられよう。

現実の受容史への言及は、役者たちの不統一な衣裳にも見出せる。薪蔵のかかえる日本刀、クローディアス役の徳次郎のちょんまげ頭、梅松の羽織袴姿は、日本の『ハムレット』受容史上きわめて有名な挿絵へのアリュージョンと考えられるからだ。日本の『ハムレット』受容に関心のある者なら誰しも

「アリマス　アリマセン、アレ　ワ　ナンデスカ」に始まる奇妙な第四独白訳と侍姿のハムレットの挿絵から成る『ジャパン・パンチ』誌の諷刺記事（一八七四、上図参照）[*15]の存在を知っているであろう。ちょんまげ頭に二本差という奇妙ないでたちの「侍ハムレット」は、右手を頬にあて、口をへの字に曲げて思案顔で立ちつくす。まるでこの画をコラージュにしたかのように刀やちょんまげ、羽織袴を伴って現れる『仮名手本』の役者らは、有名な「侍ハムレット」のイメージを想起させながら、それが視覚的に体現する『ハムレット』移入初期の文化的混乱や困惑をきわめて効果的に伝えるのである。

　このように、堤は『ハムレット』の架空の舞台稽古のなかに、日本の『ハムレット』受容過程における象徴的状況や出来事、有名なイメージを面白おかしく盛り込み、そこへ観客の関心を引くことに成功している。日本の『ハムレット』受容史そのものを対象化・主題化する文学的な試みは、おそらく本作が初めてであろう。この作品が生まれた要因としては、明治歌舞伎に対する堤の個人的関心もさることながら、百年を超える『ハムレット』受容の歴史をすでに重ねていた二〇世紀終盤という時代の特性も見逃せない。八〇年代までにシェイクスピアを「わがものにした」という自信を獲得していた日本人には、受容の過去をふり返る余裕もおのずと生まれ、そんななかで当然のことながら、日本的受容の過程や受容史そのものに対する意識や学術的関心も育っていた。[*16] 八〇年代終盤から九〇年代にかけて、日本のシェイクスピア受容の歴史的変遷を考察したり、受容関係の資料を纏めあげるような研究書・資料が大量に出版されていることもその証左であろう。[*17]

三　堤の「書き換え」と歌舞伎へのまなざし

ただし堤の狙いは、観客に『ハムレット』受容の来し方をただ愉快に振り返らせようということだけではない。上でも触れたが、この作品は日本『ハムレット』受容史の「書き換え」を通じて、受容史そのものに対する、さらに二〇世紀終盤の日本における『ハムレット』やシェイクスピアの受けとめられ方に対する批判的なまなざしを投げかけるのである。

では堤の作品は、具体的に受容史のどの部分を「書き換え」ようとしているのか？　一般的に日本の『ハムレット』受容における最大の貢献者は、移入初期から同悲劇を評価し、積極的に取り入れようとした文人や知識人、翻訳者らとされ、舞台の領域においても坪内逍遥のようなインテリや、歌舞伎の伝統とはつながりのない新劇以降の動きであるという認識が一般的であり、歌舞伎界の貢献はほとんど認められていない。しかし、それがまったく皆無だったわけではない。閉鎖的で旧弊と思われがちな歌舞伎界であるが、それなりに西洋演劇へのアプローチを図った時期もあるからだ。[*18] たとえば『仮名手本』の主役に設定されている実在の一二代守田勘弥は、明治初期、歌舞伎の近代化にいち早く着手し、外国劇の翻案化や外国人による芝居も試みたのだが、一八七九年に『漂流奇談西洋劇』で大失敗をした後は近代化路線から方向転換してしまった。[19] 演劇の欧化改良に積極的だった市川団十郎が福地桜痴に『ハムレット』の翻案執筆を依頼したというエピソードも残っている。『櫻痴居士と市川団十郎』の著者の榎本虎彦は、当時の福地が忙しすぎて団十郎の依頼を引き受けられなかったことを悔やみながら、「此時モシ居士［福地］に作劇の暇があつて、その才筆で沙翁の傑作を翻案し、是を新富座の舞台に掛けたなら、モ些と劇が進歩したかも知れないのである否事に寄ると突飛の改革が出来たらうと思ふ惜いかな」[20]と一九〇三年の段階で記しているが、これは二〇世紀末における堤の感慨にきわめて近いものであろう。こうした歌舞伎界の試みを反映するべく、実際に歌舞伎上演用『ハムレット』翻案が三つ執筆されたことはすでに述べた。しかし現実的には「西洋もの」を楽しめる観客もおらず、演じられる役者もなかったため上演はかなわぬまま、一八九七年ごろには歌舞伎界は完璧に保守化してしまう。その結果、すでに触れたように、『ハムレット』日本初舞台化の栄誉は歌舞伎界の外に位置する人々――具体的には「新派」の川上音二郎や、文人や知識人が中心となる「文芸協会」（とりわけその代表である坪内逍遥）――に持ち去られることになったのである。

このように明治歌舞伎界の実験的試みが蔑ろにされている傾向を、堤は自身の博士論文のなかでも批判しているが、[21]『仮名手本』においても、歌舞伎への愛と無念の情を込めながら、歌舞伎界による『ハムレット』本邦初演の試みという架空の事件――もちろん、実際には起こりはしなかったけれど、歴史の展開によっては起こりえていたかもしれない事件を、受容史の間隙に書き入れたと考えられる。つまり、日本の『ハムレット』受容の伝統に形としては何も残せなかった明治歌舞伎界の悲喜劇的奮闘ぶりを、せめて虚構の、荒唐無稽なコメディとしてでも書き残すことで、日本の『ハムレット』受容史のささやかな「書き換え」、伝統の「書き換え」を試みているわけだ。先にも触れたが、正確な歴史のあいだに虚構を混ぜ込むという堤の「虚実ないまぜ」のスタイルが、虚構部分にもある程度のリアリティを加え、彼女の「書き換え」をより効果的なものにしていることは間違いない。実際の歴史に基づきながら、ある時点からの展開を変えてゆく歴史改変（alternate history）という文学ジャンルがあるが、堤がここで行っていることは、それに近いといえるだろう。[*22]

四　二〇世紀末の日本に向けられる批判的まなざし

さらに堤の作品は、二〇世紀末日本における『ハムレット』やシェイクスピアのあり方、日本人の態度に対する問いかけをも行っている。冒頭で述べたように、当時の日本には西洋の文学・演劇作品が満ちあふれ、なかでもシェイクスピアは屈指の人気劇作家として君臨していた。彼の代表作・悲劇『ハムレット』は、教養のある人なら知っていて当然の存在であり、演劇界においても『ハムレット』の舞台はごくありふれたものであった。しかしそれは裏を返せば『ハムレット』劇そのものが、あまりにも当たり前になりすぎて、いささか新鮮味に欠けるものになってきたことをも意味した。そんななか、演劇のグローバル化やマルチ・カルチュラリズムの流行もあって、歌舞伎や能などの伝統芸能や和風趣味をシェイクスピア劇と混ぜ合わせる演出や翻案化が増える傾向にあった。[*23]それらは、異文化融合の可能性を模索する真摯な試みとして評価されることもある一方で、飼いならしすぎたシェイクスピアに新鮮味を加えるための、あるいはグローバル化した演劇市場での付加価値を高めるための〈スパイス〉〈化粧〉

にすぎないと批判されることもあった。[*24] 堤自身も博士論文のなかで、蜷川幸雄や野田秀樹らのように、流行の「インターカルチュラリズム」に乗ってシェイクスピアに日本的要素を加える八〇年代後半以降の演出傾向を指摘している。[*25]

堤の喜劇は、そうした二〇世紀末に生きる日本人の観客を、百年前の、まったく異なる文化状況へと放り込み、ある種のカルチャー・ショックを与える。そこでは『ハムレット』がごく一部の知識人のみの崇拝対象であり、一般大衆や歌舞伎役者らにとっては得体の知れぬ「異物」、はたして将来、日本に根付くのかさえも分からない、そんな存在であった。歌舞伎役者らは、その得体の知れない作品を前にして、それを自分らの精通する『忠臣蔵』と突き合わせ、ときに二作の相当部分を置き換えながらなんとか理解を試みるわけだ。つまり彼らにとって『ハムレット』を歌舞伎と融合させるということは、演出上の〈スパイス〉でも〈化粧〉でもなければ、多文化主義の流行に乗ることでもなく、既知のものを通じて未知のものをなんとか理解しようという、きわめて切実で現実的な異文化理解の方策なのである。架空のプロットとはいえ、劇に描かれるそんな明治の状況を目の当たりにした観客は、現在の自分たちと『ハムレット』との関係性を相対化せざるをえない。

さらに堤は二〇世紀末においては当然視されていた、シェイクスピアや『ハムレット』の文化的〈優越性〉や中心性にも揺さぶりをかける。作中の歌舞伎役者らにとって、シェイクスピアは有無を言わせぬ「ビッグネーム」でもなんでもない。梅松が「劇聖シェイクスピア」崇拝にとりつかれた宮内に対して投げかける「お前さんがごひいきのシェイクスピアとやら、西洋でこそおえらい狂言作者かもしれないが、日本でまで大きな顔をさせることはあるめえ」（三〇頁）という言葉は、盲目的な西洋信仰の態度をあてこすりながら、シェイクスピアの名声や〈優越性〉が本質的なものではなく〈少なくとも日本では〉あくまで明治以降の歴史的経緯のなかで構築されたものであることを強調する。また、ハムレットと大星由良之助が思いがけず似た立場にあることに感心した徳次郎〈クローディアス役〉は「てえしたもんだ。英国のシェイクスピア、とやらいう作者は、「仮名手本忠臣蔵」を読んでこの「ハムレット」を書いたんじゃなかろうか」（八四頁）と言う。観客がここで笑うとすればそれは、シェイクスピアの名声や『ハムレット』劇の文化的ステイタスを知らずに、『忠臣蔵』が『ハムレット』に先んずる存在であると考える徳次郎の無知、非常識を笑っているわけであるが、その笑いは翻って、シェイクスピアや『ハムレット』を自動的に文化的中心・権威と決めてかかるような二〇世紀末の観客にも跳ね返ってくるであろう。

堤の諷刺の矛先はさらに観客たち――その多くは中流階級のインテリ層であろうか――のとり澄ました態度にも向けられる。先の引用で薪蔵が「ハムレット王子は一体何を考えてこんな事を言い出すんだか、あっしにはさっぱり」と嘆きつつ第四独白を理解できないことを白状するとき、観客はこの役者の「愚かさ」を笑う。しかし彼らのなかには、実は薪蔵の台詞が自分の「本心」を言い当てていることにギクリとし、ひそかに苦笑いする者もいるはずだ。世界文学の最高峰『ハムレット』の「本丸」ともいうべき王子の第四独白を理解できてしかるべきだ、そうでなければ恥ずかしい……そんなインテリ的な気取りや見栄を自分のなかに察知した観客は、「旧弊野蛮なる俳優達」（二九頁）の馬鹿馬鹿しいやりとりを笑いながら、実は自分をも笑うことになるのかもしれない。

このように堤は、シェイクスピア悲劇とその受容史のユーモラスな「書き換え」を通じて、過去に対する悔恨と歌舞伎への愛を表明するにとどまらず、二〇世紀末日本に対して鋭い批評的視線を投げかけるのだ。つまり、あまりにも確立され、当たり前で「異質性」を失ってしまった悲劇『ハムレット』のあり方や、名作家として君臨するシェイクスピアの中心性・絶対性を相対化しつつ、この悲劇を生まれつき理解できる、楽しめると錯覚する日本人に、日本の演劇的・文化的ルーツやこれまでの受容の紆余曲折の道のり、さらには自分たちの受容のあり方をもあらためて考えさせるのである。その際、注目すべき堤のしたたかさは、明治以降の日本人が歌舞伎の伝統を蔑ろにして西洋演劇に肩入れした様子を一方では皮肉りながらも、実のところ、まさにその状況を劇的効果の面では利用している点にある。劇評類を見れば、『仮名手本』の舞台の成功は歌舞伎の演技や約束事が、二〇世紀末の観客の目には新鮮で斬新に映ったことと大いに関係があるのが窺えるからだ。[*26] つまり堤は、まさに彼女自身が劇のなかで批判している状況を逆手にとって、劇場的な成功を手に入れたということである。

最後に念のため断っておくと、堤の歌舞伎に対する強い愛着にもかかわらず、この劇は東西演劇のどちらかに肩入れしたり、軍配を上げたりするような性質のものではない。劇全体を通じて、日本文化にしがみつき続ける歌舞伎役者らも、西洋かぶれの宮内も、いずれの陣営もが共感と悲哀と諷刺を込めて描かれる。東か西か？『忠臣蔵』か『ハムレット』か？その優劣や勝敗を決めるのではなく、東西演劇・文学の存在を意識すること、複数文化の衝突と競合、融合、あるいは非融合、妥協の延長線上に現在があるのを意識すること……そうした、ごく当たり前なことの重要性があらためて強調されているのである。劇のタイトル、つまり「仮名手本」「ハムレット」という東西古典の題名（の一部）を横並びにするタイトルそのものも、彼女のそうしたメッセージを端的に表すものといえるだろう。

シェイクスピアの受容研究が広く浸透している昨今の状況において、あらためて指摘するまでもないかもしれぬが、悲劇『ハムレット』の総括的理解とは、テキストの緻密な分析や歴史的・文化的背景の研究のみによって完成するものではない。さまざまな文化や時代がいかに本悲劇を受容したかという側面をつぶさに考察し、それらを作品に逆照射することもまた、作品の全貌解明には不可欠な要素であろう。

＊本稿は、二〇一二―二〇一五年度科学研究費補助金による研究「日本的『ハムレット』翻案作品の研究――〈書き換え〉メカニズムの解明――」（基盤研究（C）、課題番号二四五二〇二八六）の成果の一部であり、二〇一四年一一月七日に京都大学で開催された京大英文学会年次大会での口頭発表「堤春恵の『仮名手本ハムレット』と日本の『ハムレット』受容史」に基づいている。

注

＊1――Andrea J. Nouryeh, 'Shakespeare and the Japanese Stage', in *Foreign Shakespeare*, ed. Dennis Kennedy (Cambridge: Cambridge University Press, 1993), p. 254.

＊2――Kazuko Matsuoka, 'Metamorphosis of *Hamlet* in Tokyo', in *Hamlet and Japan*, ed. Yoshiko Ueno (New York: AMS Press, 1995), pp. 229–30.

＊3――一九九二年の初演以来、二〇〇四年には五度目の公演を迎え、ニューヨーク、ロンドン、モスクワなど海外でも上演された。

＊4――デビュー作『鹿鳴館異聞』（一九八七）で文化庁特別賞を受賞後、第二作『仮名手本ハムレット』では読

売文学賞受賞。他にも『築地ホテル館炎上』（一九九三）、『正劇・室鷲郎（オセロウ）』（一九九五）、『音二郎　イン　ニューヨーク』（二〇〇一）など。

＊5――大阪大学に提出された修士論文は「九代目団十郎と五代目菊五郎――明治期の歌舞伎における演技の二つのスタイル」（一九八三）。アメリカのインディアナ大学に提出された博士論文は Harue Tsutsumi, *Kabuki Encounters the West: Morita Kan'ya's Shintomi-za Productions, 1878–79* (Diss. Indiana University, 2004) で、一二代守田勘弥の歌舞伎近代化の試みについての研究である。

＊6――堤春恵「あとがき」『仮名手本ハムレット』（文藝春秋、一九九三）一九二頁。

＊7――とくに、守田勘弥が自らの思いをハムレット第四独白のパロディの形で語る際（八五頁）や、夢なかばで息絶え、手厚く弔われる幕切れにおいて「勘弥＝ハムレット王子」の図式が浮かびあがる。しかし、全体としてはこの比喩が明確にされないことは（堤の大学時代の指導教官でもあった）批評家・山崎正和も指摘するところである。山崎正和「芝居がかりと悲しみと」『仮名手本ハムレット』三頁。

＊8――芦津かおり「二つの葉武列土倭錦絵――〈東西文化融合〉の背後にあるもの」*Albion* 58 (2012): pp. 1–18 参照のこと。

＊9――第一幕の二割以上に当たる一六ページ分が、第四独白の稽古シーンに割かれる。

＊10――一九〇三年には、一高生の藤村操が『ハムレット』を引用した遺書を残して投身自殺をしたが、河竹登志夫はこれを、当時のハムレット崇拝のひとつの象徴的事件としてとらえる。河竹登志夫『日本のハムレット』（南窓社、一九七二）一九二―九四頁。

＊11――前掲、一四七―四八頁。『新体詩抄』には、当時の東大教授で親友同士だった外山正一と矢田部良吉が競うように訳したハムレット第四独白が掲載されている。河竹によれば、この『新体詩抄』をきっかけにハムレット崇拝が強まり、北村透谷や岩野泡鳴、島崎藤村らの文人が多大なる影響を受けた。

＊12――歌舞伎にも独り台詞はあるが、それは語りや客観描写的な性質を強くもつため、主体的表白としてのハムレットの独白とは大きく異なる。前掲、三一八―二四頁を参照。

*13――仮名垣魯文『葉武列土倭錦絵』（一八八六）、河竹新七『葉武列土巧演劇』（一八八九）、福地桜痴『豊島之嵐』（一八九一）の三作。

*14――川上一座が本郷座で『沙翁悲劇　ハムレット』を上演した。実質上、この翻案を単独で執筆した山岸荷葉は、第四独白について「我が劇の生世話物としては最も無理、最も不自然なる独白を、わざと臆面なく意訳して本書には出して置いたが、上場するに当たっては優人の考察次第、或は削除するか、はた全く省略して仕舞ふ事になるか、今はまだいづれとも期し兼ねるので」（「緒書」『ハムレット：沙翁悲劇』［富山房、一九〇三］三―四頁）と記していたが、実際の上演台本では、山岸が危惧したとおり第四独白はカットされていた。長い独り台詞を節をつけずに語るだけの朗読術を持った役者がいなかったため削除されたのだと河竹は推論する（河竹、二三八―四〇頁）。

*15――*The Japan Punch* (January 1874). 文、挿絵とも *The Illustrated London News* の特派員 Charles Wirgman による。

*16――とくに出口典雄率いるシェイクスピアシアターが、一九七五―八一年にかけてシェイクスピア全作品上演を達成したことがそうした感覚を促し、シェイクスピアは「日本の文化的・演劇的伝統の一部として確立された」という認識が広がっていた。Michiko Suematsu, 'The Remarkable Licence: Shakespeare on the Recent Japanese Stage', in *Shakespeare in Japan*, eds. Tetsuo Anzai, Soji Iwasaki, Holger Klein and Peter Milward SJ (New York: Edwin Mellen, 1999), p. 94, p. 98. 一九八八年の東京グローブ座完成もまたそうした感覚を促進したと考えられよう。

*17――たとえば『日本のシェイクスピア』全二巻、佐々木隆編（エルピス、一九八七）、安西徹雄編『日本のシェイクスピア一〇〇年』（荒竹出版、一九八九）、*Hamlet and Japan*, ed. Yoshiko Ueno (New York: AMS Press, 1995)、『シェイクスピア研究資料集成』全三二巻（日本図書センター、一九九六―九八）、*Shakespeare in Japan*, eds. Tetsuo Anzai, Soji Iwasaki, Holger Klein and Peter Milward SJ (1999) などがある。

*18――歌舞伎を欧化改良する動きの成果は、散切物、活歴劇、西洋種の翻案劇として現れた。

＊19——Harue Tsutsumi, *Kabuki Encounters the West: Morita Kan'ya's Shintomi-za Productions, 1878–79*. (Diss. Indiana University, 2004) p. 245; 中川右介『歌舞伎座誕生』(朝日新聞出版、二〇一三) 一三〇頁。

＊20——榎本虎彦『櫻痴居士と市川団十郎』(国光社、一九〇三) 五六頁。

＊21——Tsutsumi, pp. 35–38.

＊22——Julie Sanders は *Adaptation and Appropriation* (New York: Routledge, 2006) において、歴史的事実を用いる虚構 "historical fiction" について論じるなかで、背景として用いられる歴史的事実が、虚構部分にも信憑性を与える効果を指摘する (一三八頁)。この効果は堤の作品にも見てとれるだろう。

＊23——Suematsu および Matsuoka の前掲論文を参照。

＊24——出口典雄は、いわゆる伝統芸能の喚起する日本はステレオタイプ的な「いわゆる日本」にすぎないこと、日本的な演出は単純化されて表層的なものになってしまうことを指摘する。'Interview with Deguchi Norio', in *Performing Shakespeare in Japan*, eds. Ryuta Minami, Ian Carruthers, and John Gillies (Cambridge: Cambridge University Press, 2001), p. 190. とくに蜷川はこうした批判を受けやすく、たとえば彼の『NINAGAWAマクベス』(一九八〇) は、外国人の異国情緒と日本人のノスタルジアに訴えかけるような理想化された (しかし本物ではない)「日本」を作り出したとして批判される。詳しくは John Gillies, 'Afterword: Shakespeare removed' in *Performing Shakespeare in Japan*, p. 243 を参照のこと。

＊25——Tsutsumi, p. 8.

＊26——たとえば中村雄二郎は、「歌舞伎の約束事や型の思わざる新鮮さ、が浮かび上がって面白かった」と指摘する (『産経新聞』、一九九二年六月九日夕刊)。津田類も「当然ながら歌舞伎の役の方がなれていないが、これをむしろ見所としているフシがあって、なかなかに凝った作劇だ」と述べる (『東京新聞』、一九九二年六月二五日夕刊)。

3 記憶と五感から見る『ハムレット』

冬木ひろみ

一　はじめに

『ハムレット』は記憶、あるいは記録するという言葉や場面が極めて多い劇ではないだろうか。この劇の物語が動き出すきっかけとなる亡霊は、ハムレットに「わしのことを忘れるな（remember me）」（一幕五場九一行）と言い残してゆく。それを受けてハムレットは「記憶の手帳（the table of my memory）」（同、九八行）に亡霊の言葉を書き留めようとする。さらに、クローディアスは祈りの中で自分の罪の記憶を告白し、ハムレットは死の寸前に「俺の物語を語ってくれ（To tell my story）」（五幕二場三三三行）とホレイショーに頼む。『ハムレット』には、何か／誰かを覚えている、忘れないといった言及が他にも多く、記憶というモチーフが全編を貫いているとも言える。グリーンブラットは『煉獄のハムレット』で、亡霊がそこから来たと語る「煉獄（Purgatory）」の特異性を当時のさまざまな事例・文献から明らかにするとともに、この劇が「復讐から記憶へと重点をシフトしている」ことの重要性を指摘する。[*1]

　だが、『ハムレット』における記憶に触れる場面・台詞を追ってゆくと、記憶は目や耳といった知覚の存在を強調して語られることが多い。ハムレットは最初に登場してきた際、父の死が「どうしてお前には特別のことに見えるのです？」の「見える（seems）」というガートルードの言葉に食ってかかり、「『見せかけ』などは知りません（I know not 'seems'.）」（一幕二場七六行）と言っている。また、亡霊がハムレットに語る「忘れるな／記憶せよ（remember me）」という内容は、肉体の感覚に溢れた言葉でなされる点も注目すべきであろう。亡霊は「すべらかな身体（smooth body）」が「耳」から毒されたと言い、煉獄の炎に焼かれる様を語ればお前の「両の目」は眼窩から飛び出すだろうから、「生身の人間の耳に入れることはできぬ」などと表現するだけでなく、妻ガートルードの不貞を非難する際に「情欲は腐肉をあさる」といった肉体の浅ましさにも言及する。

　さらに『ハムレット』には目・耳だけでなく、五感すべてに言及した印象深い場面がある。それは第二・四つ折本だけに入っている箇所ではあるが、夫であった前国王の死後間もなくクローディアスと結婚したガートルードをハムレットが糾弾する場面である。「触覚がなくても目があれば／触覚や目がなくても耳があれば……これほど愚かなまねはできないはずだ」（三幕四場七六―七九行）と責めたてるハムレットの台詞には、後で詳述するが、視覚・聴覚・嗅覚・味覚・触覚の五つの感覚が記憶への手段として取り上げられている。この部分を始めとして、五感（あるいはその一つ）が記憶に大きな影響を及ぼしていると思われる台詞は、シェイクスピアの劇の中でも『ハムレット』にはとりわけ多い。しかしながら批評を見ると、五感だけ、あるいは記憶だけからシェイクスピア劇との関係を論じたものは比較的多いものの、五感全体と記憶との関わりを見るものは少ない。[*2] そこで本論では、なぜこの劇でとりわけ記憶と五感が関わるような形で現れてくるのか、それがどのような意味を持ってくるのかを、当時の五感の理論を宗教的な側面も含めて解明したいと思う。具体的には、五感と記憶に関わる意識が凝縮されていると思われる、ハムレットと二人の女性、オフィーリア、ガートルードとの場面を中心に、この劇の記憶と五感の特異な関係を考えてみることにしたい。

なお、『ハムレット』のテキストに関しては多くの議論がなされてきており、最近では第二・四つ折本（一六〇四）は印刷所での乱れも多い草稿とも言えるもので、それを書き換えた上演台本が第一・二つ折本（一六二三）だとする見方が強くなっている。しかしながら、不完全な第一・四つ折本を除き、シェイクスピアの存命中に出版された『ハムレット』のテキストは、同時代のさまざまな影響を受けたシェイクスピアの執筆時の思考が生のまま書き込まれた部分が多いと考えられる。また、ここで取り上げる箇所が二つ折本では省かれているという問題とも重なるため、本論では第二・四つ折本を採用しているアーデン版の幕場・行数に従ってゆくことにしたい。[*3]

二　五感と記憶——古代から一六世紀イギリスへ

まず、五感と記憶に関する理論を概観しておきたい。五感は古くはアリストテレスの『霊魂について』の理論に見られ、五感を通じて情報が心に送られ、想像力の働きで記憶に結びつき、最高位の理性により判断されると言う。[*4] また、二世紀のギリシアの医者ガレノスは、知覚で得られた情報は体内の動物精気を通じて脳へと到達するとしており、この両者の理論はシェイクスピアの時代に読み直され、よく知られていたという。[*5]

一六～一七世紀のイギリスでは、リチャード・ブラスウェイトが『五感についての論考』で、耳が心の中心に響く際立った力を持つとし、五感のそれぞれの特性と役割が適切に発揮されれば内的な瞑想、慈悲、情熱に結びつくとしている。また「五感は、そこからさまざまな誘惑が入ってくる五つの門である」が、正しく使われれば魂の平安をもたらすと言っており、内面とのつながりを明示している。[*6] ヘルキア・クルックも「五感に関わる謎」を詳細な解剖学的分析で解き明かそうとしており、[*7] さらに五感がそれぞれ記憶へと関わってゆくプロセスは、当時英訳されていたフランスの哲学者ピエール・シャロンの著作に明確に記されている。「想像力はまず五感を通じて存在する物の種類や形を収集し（中略）、その後それらを理解に渡し、理解はそれを吟味し熟考して判断する。その後、代書人が本に書き込むように記憶の倉庫に安全に保管する」。[*8] ここで確認したいことは、五感を通じて想像力が働き、内的精神の各部分に多大な影響を与え、最終的には記憶へと結びついてゆくという考え方である。また、本に書き込むように「記憶の倉庫」、つまり頭の中に記憶が保たれるというシャロンの論理も注目してよいだろう。その際に、記憶を記す脳は蝋のように柔らかく、そこに書き込み、また消せると考えられていたことも、[*9] ハムレットの「記憶の手帳」が書き換え可能であることと結びついてくる。

シェイクスピアの同時代の文学でも五感に関わった詩や戯曲はかなりあり、エドマンド・スペンサーは『妖精の女王』（一五九〇）で五感に言及しているし、チャップマンも『オウィディウスの感覚の饗宴』（一五九五）で五感の寓意的な詩を書いている。またシェイクスピア自身もソネット一四一番で、アイロニカルではあるが五感を使った愛について書いている。一二二番には「君の贈り物である記憶の備忘録（thy tables）は、記憶が続く限り私の頭に刻まれる」（一―二行）といった、ハムレットに通じる言葉による記憶の脳裏への書き込みと愛情の関係が見える。

　ところで、こうした五感と記憶が密接に結びつくという発想に関して、一六世紀後半のイギリスに、そして『ハムレット』にも大きな影響を与えた可能性を想定できるものがもう一つある。それは宗教に関する論理として当時ヨーロッパに大きな影響を与えた、スペインの聖職者でありイエズス会の創設者であるイグナチウス・デ・ロヨラの『霊操』である。ロヨラの『霊操』の初版はスペイン語で書かれ、一五四八年にローマで出版されるが、同時代のイギリスでは、カトリックのこの書がオリジナルのままで出版されることはなかった。ロヨラは、五感を通じて想像力を膨らませ、イメージを用いながら瞑想することを修道僧の修行のプロセスの中心にしており、五感を活用することで最終的には記憶に結びつくとしている。一六世紀後半から一七世紀にかけて、ロヨラに大きな影響を受けたイギリスのイエズス会の宣教師たちがその思考・修行のプロセスを秘密の出版も含めて広めてゆく中で、ロバート・パーソンズが英語で出版した『キリスト教徒の修練』（一五八二）[*10]は影響力が一番大きかったようだ。カトリックのパーソンズは、イギリスでともに活動していたエドマンド・キャンピオンが拷問の末処刑された後（一五八一）フランスへ逃亡したため、パーソンズのこの本はイギリスでは実際の出版はなされなかったが、秘密裏にもたらされてプロテスタントの間でもかなり流通したと見られる。一五八四年には、エリザベス一世の重臣であり陰謀を摘発するウォルシンガムのスパイがこの本が出回っていることを警戒する報告をしたという記述もある。[*11] さらにパーソンズの本が人気となったのは、初版の二年後にエドマンド・バニーが内容を書き換えてプロテスタントの信仰の書としたものが、印刷所も明記した形でロンドンで出版されたからである。この本は一六〇二年までに少なくとも二四版を重ねていることから、当時としては異例のベストセラーであったことがわかる。[*12]

シェイクスピアがパーソンズと直接の親交があったかどうかはわからないが、キャンピオンの事件の際に少なくともパーソンズの名は心に深く刻まれたに違いない。ただ、シェイクスピアはパーソンズの政治的な動向以上に、その宗教的思想に大いなる関心を示したと考えられる。だが、そう考えた場合、どの版を手にすることができたであろうか。密かにイギリスに持ち込まれた一五八二年の初版が手に入った可能性を否定はできないが、より現実的なのは、シェイクスピアが劇を書くようになってから『ハムレット』の出版登録までの一五九〇年から一六〇二年の間に出版されたバニーが書き換えたパーソンズの『キリスト教徒の修練』であろう。また、シェイクスピアの幼なじみであり、ロンドンで印刷所を持っていたリチャード・フィールズとの接点も考えられる。フィールズはシェイクスピアの長編詩を出版しているが、プロテスタント信仰を広めるべく、スペイン語に翻訳した信仰の本（カルヴァンの『教義問答集』など）を幾つか出版しており、その中にはパーソンズを攻撃した本の出版も含まれている。フィールズの印刷所はブラックフライアーズ界隈にあったことから、シェイクスピアはおそらく彼と会う機会があったであろうし、その際にロヨラやパーソンズも含めた信仰に関する話が出た可能性は十分あるであろう。[*13]

当時のイギリスに宗派を超えてこうしたイエズス会宣教師たちの書物、あるいはその改作が浸透した一番の理由は、魂の救済を目指す過程として五感を使って瞑想をするという点にあったに違いない。その理論・発想は、宗教だけでなく文学にも影響を与えていったと考えられる。ウィリアム・アラバスターやジョン・ダンなどの形而上詩人たちへ大きな影響を与えたことは、ルイス・マーツが『瞑想詩』で明らかにしている。例えばアラバスターのソネット一五番には「魂の知覚（internal sense）」という五感を示唆する言葉があるし、マーツの指摘によれば「記憶・理解・意志（memory, understanding, will）」というロヨラの言う「魂の三つの力」を示すような内容が見られる。[*14]

シェイクスピアもおそらくこうした五感を通した瞑想から記憶へという考え方に惹き付けられたのではないだろうか。なかでも、『ハムレット』には随所にこうした瞑想・記憶のプロセスを重ねられる部分があると考えられる。それはカトリックの教義にのみ存在する煉獄からやってきた父の亡霊の存在と言葉に留まらない。第五幕第一場でヨリックのドクロを持つハムレットの言葉と姿は、「死を思え（memento mori）」のエンブレムとしてだけでなく、想像力をもって死を瞑想し、知覚で感じて語るという、ロヨラの言う瞑想のイメージがある。[*15]このように、ハムレットの独白の中に現れる死を思う瞑想や、何か／誰かを記憶することの手段として、知覚・五感への言及が付随してくることがこの劇の特徴の一つだと考える時、その根底にロヨラを通じた五感による瞑想と記憶という論理を想定してみることは、『ハムレット』を見る新たな一つの視点となるのではないだろうか。

三　ハムレットの記憶／オフィーリアの記憶

『ハムレット』では五感と記憶の関係は、前述した当時の五感の理論から考えると不安定になっており、五感を司るそれぞれの器官がうまく外界の状況を捉えられないため、内的な想像力から理解へと結びつかず、最終的には記憶へと結実し得ない人物が多いように見える。アリストテレスもこの時代のトマス・ライトも、五感を伝える想像力が歪むと正しい知覚が伝わらないことがあると指摘している。[*16] またスペンサーの『妖精の女王』の中の「アルマの館（"The House of Alma"）」では、動物で表された寓意的な外敵と五感との戦いが描かれるが、例えば視覚の砦を誘惑し最も傷つけるのは、肉体的な「美」と「金銭」であり、触覚を喜ばせて攻撃するのは情欲であるという箇所がある。[*17] こうした肉体の誘惑と五感の戦い、さらには記憶の曖昧さに対するハムレットの攻撃の矢面に立たされるのがオフィーリアとガートルードだと言える。以下、それぞれが対峙する幾つかの場面の言葉に注目してみたい。

ハムレットと女性たちとの関わりで一つ目に注目したいのは、オフィーリアの部屋へやって来たハムレットの様子である。

私の手首をとってぎゅっと握り、
腕を伸ばせるだけ伸ばし……
私の顔の絵を描こうとするかのように、
じっと見つめておいででした。長い間そうしていらっしゃいましたが、

とうとう私の腕を小さく揺すると、
このように頭を三度上げ下げして、
哀れな深いため息をつかれました。
まるで身体全体が崩れて
存在がなくなるかのように。
（二幕一場八四―九三行）

オフィーリアの語るハムレットは狂人の体ではあるが、オフィーリアの手を握り腕を振るということからは触覚を中心としたハムレットの行動が見え、言葉を発せず、「顔の絵を描こうとするかのように」じっと見つめたという彼女の言葉からは、視覚を使ってオフィーリアという肉体を記憶に留めようとするハムレットの意図が見える。同時に、ロヨラの思考の中心にある、死を思い黙想するかのような状況も垣間見える。また、ガートルードの部屋の場面と同様だが、オフィーリアの部屋（closet）へハムレットが侵入していったことは、個人のプライヴェートな記憶とつながる重要な点であり、私室の所有者である女性個人の身体にハムレットは記憶を留めようとしていると考えられる。個人の部屋は心の部屋とも重ねられ、ロヨラの影響を受けたパーソンズは、「思慮は心のクローゼットの扉への鍵」だと記している。[*18] また手首を握るという触覚は五感の中での地位は低いものの、同時代のチャップマンの詩に見られる概念のように「触覚は真の愛の表現となる」[*19] とすれば、ハムレットは直接的な情熱を伝えていることになる。

さらに、肉体と記憶ということで言えば、ハムレットはここでオフィーリアを「絵画」として記憶することにより、女性としての肉体から逃れた、つまり想像力を介して「記憶」に留めた恋人として、過去の中に閉じ込めたのだと言えないだろうか。そう見ると、第三幕のハムレットとオフィーリアの仕組まれた出会いの場面で、彼女に「愛していた／愛していなかった」と過去形で語るのも、また劇中劇の場面で性的な冗談をオフィーリアに言うのも、すでにオフィーリアはハムレットにとって肉体を持った彼女とは別の、「記憶」の存在となっているからだと考えれば、納得がゆく。

二つ目に、直接に会う場面ではないがハムレットの言葉が垣間見えるのが、オフィーリアへの手紙である。ポローニアスが読み上げるハムレットのラヴレターの最後に気になる言葉がある。それは、ハムレットが自分の身体を‘machine’と呼んでいるところである（「この身体が自分のものである限り、永遠にあなたのもの（Thine evermore, most dear lady, whilst this machine is to him.）」（二幕二場一二〇―二一行、下線筆者）。「人間の身体（human body）」の意味では *OED* 初出（n. 2）でもあるこの‘machine’は、身体を部分が集まったものとして客観的に捉えた言葉であり、ハムレットは自分の五体が自分自身のものである限りオフィーリアを愛すると言っている一方で、‘machine’の響きの通り、人工的でこわばったぎこちない肉体、「露と溶けてしまえ」（一幕二場一三〇行）と叫んだあの肉体への嫌悪を示しているように聞こえる。このラヴレターの最初の方に「わが魂の偶像（my soul's idol）」とオフィーリアに呼びかけているところがあるだけに、この奇妙な言葉は、彼の奥底にある五感をもった肉体と魂の分裂を鋭く喚起していると言えるし、[*20] オフィーリアを絵で描く、すなわち脱肉体化しようとするハムレットの思いも、ここで合致してくると言えよう。

三つ目に、第三幕第一場のハムレットとオフィーリアの出会いの場面を、五感と記憶という視点から見ることにしたい。

ハムレット　美しいオフィーリア！　妖精よ、君の祈りの中に（Nymph, in thy orisons）
わが罪の許しも入れておくれ。（Be all my sins remembered.）……
オフィーリア　殿下、ずっと長くお返ししようと思っておりました
思い出の品（remembrances of yours）を持って参りました。
どうぞお受け取りください。
ハムレット　いや、違う、何もやった覚えはない。
オフィーリア　殿下、よくご存じのはずです、
やさしい言葉も添えて、贈り物を（And with them words of so sweet breath composed）
一層大切なものにして下さった。その香りも（Their perfume lost）
失せてしまったからには、お返しします。

（三幕一場八八―九九行、下線筆者）

まずハムレットは、オフィーリアの祈りの中に「わが罪の許しも入れておくれ」と言っているが、ここですでにハムレットはオフィーリアの祈りという言葉（本）の中へ、自分自身の書き込みをしてゆこうとしているのがわかる。一方、オフィーリアは「贈物（remembrances）」を返そうとしてハムレットに拒絶された際、やさしい言葉のなくなった贈物はいらないという趣旨を伝えるが、この時にハムレットの感情を逆撫でするのは、記憶と物を等価だとするかのようなオフィーリアの言葉に他ならない。

「やさしい言葉（sweet breath）」の籠った贈物の香りが失せたというオフィーリアの言葉からは、聴覚と嗅覚が入れ込まれ、五感を使って記憶を引き出しているように聞こえるが、その実、彼女の言葉はすべて実体を伴う「贈物」と結びついている。ハムレットは亡霊との邂逅の後、これまでの記憶を消し去って新たに「記憶の手帳」に書き込むと言っているように、ハムレットにとって記憶は心的状況如何で書き換え可能なものとなっている。一方オフィーリアの方は、第一幕第三場での兄レイアティーズの警告を「記憶の小箱に鍵をかけておく（'Tis in my memory locked）」（八四行）と言っているように、彼女にとって記憶とは箱に入れてしまっておく「もの」であり、取り出したり書き込むことが困難なものとなっている。つまり、オフィーリアは五感の感受性が鈍く、またそれをうまく記憶に伝える想像力も乏しいことが見て取れるが、最終的に記憶を頭の手帳ではなく、「小箱」（おそらくは心）に入れることが問題なのである。小箱や宝石箱は中世にはよくある記憶のメタファーであり[*21]、言葉や宝石を入れる「もの」にすぎない。したがって、オフィーリアの記憶の保管先は、いつも誰かに管理される物質的な箱に結びつくことになる。ここがハムレットとの大きな違いであり、それがハムレットを一層いらだたせる一因ともなる。こう見てゆくと、この第三幕の場面でオフィーリアに対しハムレットが繰り返す「修道院へ行け（Get thee to a nunnery）」は、誘惑という罪を犯し得る五感と肉体を持った女性に対し、「修道院」にゆくことで、正しく五感を使って瞑想し、祈り、記憶に至る道を知れ、という意味に聞こえてくる。

さらに宗教的視点から見た場合、この二人の出会いの場面には五感と記憶の奇妙だが重要な状況があると思われる。二人が出会う直前に、ハムレットは'To be, or not to be'と瞑想するかのように自己に問いかけ、一方オフィーリアはおとりを強要されているとは言え、聖書を持ち、「祈る」格好をしている。五感の活用ということから見た場合、中世のカトリックの僧侶は、瞑想し、五感を使って状況を想像し理解し、記憶に留めていった。この時代ではロヨラが明確に具体的にその実践を指南している。ハムレットの瞑想的な第四独白は、内的想像力・理解力を引き出すために必要なことと考えられるが、オフィーリアに「君の祈りの中にわが罪の許しも入れておくれ」と言って自分の瞑想を終えていることはそのプロセスを象徴的に示していると言える。つまり、オフィーリアの祈りという彼女の内面に自分の瞑想の書き込みをしようとするのである。一方オフィーリアは、同じく「祈り」という宗教的な所作を行いながらも、それが偽りであることから、記憶はおろか、五感を活用するところまでも行き着けない。それゆえハムレットの苛立ちと、何が起こったかすら理解できないオフィーリアとの全く噛み合わないこの場面の対話は、瞑想から五感を使った記憶へのプロセスのパロディと見えてくる。

四　ガートルードの五感と記憶

五感と記憶の交差する四つ目として、ハムレットがガートルードと対峙する場面を取り上げてみたい。第三幕第四場においてハムレットは五感を意識した言葉によりガートルードを叱責するが、オフィーリアとの場面と似た劇的構成がここに見られる。母ガートルードの私室へ行く前に、祈りを捧げるクローディアスを見、ハムレットは今こそ復讐の好機と思うが、それを思いとどまる。しかしながらその直後のクローディアスの言葉により、その祈りが空疎な偽物であったことが明かされる。祈りを介した瞑想、記憶がこの場面でも偽りであることが観客には明らかになった後、ハムレットはそれを信じたままガートルードに会うというアイロニーがここにも出現する。五感という点では、ハムレットの言葉を受け付けない頑なガートルードに対し、この場面では目を中心としたハムレットの攻撃が繰り返され、その際たるものが先王と現王の肖像画ということになる。またこの肖像画は、オフィーリアの部屋を訪れたハムレットが肖像画を描くような身振りをしていたことと視覚という点で重なる。この場面で二人の王の肖像画を見せながら語るハムレットの言葉は明確にガートルードの心と身体に、五感から現れてくるはずの罪の記憶を書き込んでゆく。

目があるのですか？
美しい山を捨てて、こんな泥沼で餌をあさるとは？……
［次の四行が第二・四つ折本に入っている箇所］
触覚がなくても目があれば、目がなくても触覚があれば
手や目がなくても耳があれば、何もなくても匂いがわかれば
一つ残った本物の感覚の病んだひとかけらでもあれば
これほど愚かなまねはできないはずだ。……
情欲という地獄の悪魔がいい年をした女の肉体で反乱を起こせるのなら、
燃えさかる若者であれば美徳など蝋同然だ。
（三幕四場六三―六五行、七六―八一行、傍線筆者）

ここでハムレットが言っているのは、ガートルードの肉体の持つ五つの感覚が狂っているために判断力もなくなっているということであり、この後の部分ではさらに「理性が情欲の言いなりになる（reason pardons will）」（同、八六行）ほどの逆転した状況なのだと非難する。

五感に関してロヨラは『霊操』の中の「地獄の瞑想」で、内部と外部の感覚を通して罪を認識する過程を示している。ここでは、ロヨラに近い内容を持つパーソンズの『キリスト教徒の修練』から、この部分を列挙する形で引用しておこう。[*22]

罪を犯した身体と感覚すべてが苦しみを受ける様を想像してみよ――
悪魔の醜く恐ろしげな姿に好色な目が苦しめられ、
呪われた魂の恐ろしい声を敏感な耳が聞き、
硫黄や堪え難い不浄なものの悪臭を鼻で嗅ぎ、
激しい空腹と乾きに繊細な味覚が悩まされ、
地獄の炎で身体のあらゆる感覚器官が苦しめられる。
（ロヨラの原書では、五番目全体が「手で触って地獄の炎が魂を焼き尽くすのを感じる」になっている。傍線は筆者）

さらにこの後、想像力が苦しめられ、楽しい記憶も失われてゆくという内容が続く。ここで挙げられているのは魂の浄化のプロセスであるが、ハムレットがこの場面でガートルードの肉体と感覚の堕落を非難してゆく過程に酷似していると言えるのではないだろうか。ガートルードの罪を糾弾するこの場面においては、「身体と魂をつなぐ入口」[*23]という五感の本来の役割をハムレットの言葉は明瞭に示している。また、オフィーリアに対する時と同様、女性の身体を誘惑という罪に屈してしまいがちな一つの場所(locus)として、そこに男性が自身の思い通りの記憶を書き込んでゆくという行為がここに見える。[*24]だが、記憶を書き込む脳裏にある'tables'という安定した場所と比べ、女性の身体/心という場所は極めて不安定で弱いものである反面、女性が男性の原初的な回帰の場所であることは、ハムレットの自己矛盾へ通ずる。記憶が五感を通してでなければ得られないのであれば、その五感を司る肉体が堕落していた場合はどうなるのか。五感は肉体の誘惑という罪をも犯す可能性を持つに違いない。独白にも垣間見えるハムレットのこの堂々巡りの問いかけは、当時の五感の二つのイメージを元にしていると考えられる。ひとつは瞑想から魂へ、そして記憶へと至る有益な五感の力であるが、もうひとつは、信頼できない五感である。五感の絵画史を研究したサンガーによると、一五〇〇年くらいからは絵画やタペストリーでは五感が象徴的に誘惑する女性として描かれることがあったという。[*25]このことからも、五感の一面は女性の肉体と直結する欲望と誘惑の罪への危険に満ちたものであると見ることができる。五感についてブラスウェイトも、目は太陽のような力を持つ一方で、目が五感の中で最も危険であり、情欲による偽りの愛を愛情と受け止めることがあると指摘している。[*26]ロゴスにこだわり、デカルト的知と存在論をもつハムレットにとっては、知識も記憶も地上的身体を経ずに得ることが理想と言えるかもしれない。一方、女性たちにとっては、その肉体こそが目に見える状況を記憶する手だてとなる。五感を通じた瞑想から理解へ、そして記憶へという宗教的な意味をも含み得るはずのこうしたプロセスが、ハムレットと女性たちとの対峙においては、その宗教的な祈りを前後の場面に挟みつつ、極めて形而下の、五感の肉体性と官能性を強調するような記憶となってくる点は、まさにハムレットの内面の分裂、そしてパラドックスを助長するものとなる。

五　最後の場面をめぐって

最後の場面は宗教的にも、五感と記憶という点からも極めてアイロニカルな場面だと言える。ガートルードが剣の試合の最中に飲む毒杯は、聖杯のパロディとも言えるし、[*27]それをさらにハムレットがクローディアスの口へと注ぎ、その言葉と息を止めるという意味からは、耳から毒を注がれた先王ハムレットの復讐がなされたと見ることもできる。二つの五感のイメージ、つまり瞑想から魂へ至り記憶となってゆくハムレットの理想とする五感のあり方と、肉体的な誘惑へ至る五感の悪しき力とのせめぎ合いは、最終場面では、五感の一部を使って情欲を制したことにより、精神性の方のみが残ることになる。ガートルードが当時としては異例なことに王を遮って毒入りの酒を飲み、また倒れながらもハムレットに「あの杯に、あの杯に毒が」と知らせたことにより、彼女が罪をもつ肉体から清められ、真実の言葉をハムレットの記憶に残したことになる。耳から真実を確認し、「心の目」をここで得たハムレットが最後に残した「俺の物語を語ってくれ」という言葉は、亡霊の 'remember me' を円環を描くように反復している。

「天使たちの歌声に護られておやすみなさい（flights of angels sing thee to thy rest.）」（五幕二場三四四

行）というカトリックのレクイエムを思わせるホレイショーの言葉に送られてハムレットが逝った後、やってきたノルウェイのフォーティンブラスは奇妙な問いかけをする。「この光景はどこだ？（Where is this sight?）」（同、三四六行）。視覚に関わるフォーティンブラスのこの問いは、知覚に拘ってきたこの劇の最後の問いかけにふさわしいと同時に表層的である。それに対し、ハムレット自身の物語は言葉で語ってゆくしかない。しかし、ハムレットの言葉を受けて事件の顚末を語り始めるホレイショーの物語にハムレットの名が抜け落ちているのは、記憶は客観性を持って正確にとどめ得ないことを示すものであるとともに、個人の肉体の五感を通じてこそ得られるのが真実の記憶だというアイロニーがあるからではないだろうか。ハムレットの最後の言葉は、劇の内的観客へ記憶をとどめるものであると同時に、外部の観客／読み手に、『ハムレット』劇の記憶がそれぞれの五感の受け止め方次第で変容する可能性のあることを、また『ハムレット』劇がハムレットの言葉を裏切るかのように、言葉だけでは再現し得ないことを逆説的に示している。[*28]

『ハムレット』という劇には当時の五感と記憶のあり方が如実に現れている。さらにそれに加え、宗教的な瞑想のプロセスも垣間見えるとすれば、それはシェイクスピアが、言葉による瞑想を通じて人間の内面をヴィジュアルなものとして捉えるという表象の手法をロヨラ、あるいはロヨラ風のエクリチュールの中に見たからに違いない。むろん、その中で最もシェイクスピアを捉えたのは、五感を使った想像力により死者を思い、記憶するということであろう。ヨリックのドクロを持ち瞑想するハムレットの姿が象徴するように、この劇は死者を、そして過去をこれまでにない形で「記憶する」イメージの劇場だと言えるのではないだろうか。

＊本稿は、第五三回シェイクスピア学会（二〇一四年一〇月一一日、学習院大学）で行った口頭発表に加筆修正したものである。

注

＊1——Stephen Greenblatt, *Hamlet in Purgatory*（New Jersey: Princeton University Press, 2001）, p. 208.

＊2——当時の記憶術と劇場や思想との関係に関しては Frances A. Yates, *The Art of Memory*（London: Routledge & Kegan Paul, 1966）が有名だが、当時のイギリスの記憶の受容などを論じた Lina Perkins Wilder, *Shakespeare's Memory Theatre*（Cambridge: Cambridge University Press, 2010）, Hester Lees-Jeffries, *Shakespeare and Memory*（Oxford: Oxford University Press, 2013）, シェイクスピアだけでなくマーロウやウェブスターの劇についても論じた Garrett A. Sullivan Jr., *Memory and Forgetting in English Renaissance Drama*（Cambridge: Cambridge University Press, 2009）などが非常に参考になる。さらには、見ることを中心に、当時の記憶のあり方の曖昧性やシェイクスピア劇での特異性を指摘する論文も多い。Mary Anderson, '*Hamlet*: the Dialectic Between Eye and Ear,' *Renaissance and Reformation*, No. 15, 4, Fall（Toronto: Victoria College, 1991）など。

＊3——Ann Thompson and Neil Taylor eds., *Hamlet: The Third Arden*（London: Thomson Learning, 2006）. 本論の日本語訳は拙訳による。なお、Ann Thompson and Neil Taylor eds., *Hamlet: The Texts of 1603 and 1623*（London: Bloomsbury Publishing, 2006）も適宜参照した。

＊4——Aristotle, *De Anima: Penguin Classics*（London: Penguin, 1987）, Book III, Chap. 3, pp. 196–203.

＊5——Stuart Clark, *Vanities of Eye: Vision in Early Modern European Culture*（Oxford: Oxford University Press, 2007）, pp. 42–43 参照。さらに中世に至る五感の歴史はウールガーの研究が詳細。C. M. Woolgar, *The Senses in Late Medieval England*（New Haven: Yale University Press, 2006）.

*6――Richard Brathwaite, *Essaies upon the fiue senses with a pithie one upon detraction* (London, 1620), STC (2nd ed.)/3566, p. 6 & p. 58.

*7――Helkiah Crooke, *Microcosmographia: A description of the body of man* (London, 1615), STC (2nd ed.)/6062, Booke VIII.

*8――Pierre Charron, *Of wisdome three bookes*, translated by Samson Lennard (London, 1608), STC (2nd ed.)/5051, p. 50.

*9――当時の実際の「手帳（table）」は表面に蝋が引かれており、「記憶の手帳」もこのイメージだと考えられる。なお、アリストテレスの理論では記憶は心に宿るとされるが、当時記憶を留めておく場所が脳なのか心なのかについては、必ずしも明確ではなかったようだ。『ハムレット』のテキストでは 'Within the book and volume of my brain' (1.5.103) となっており、また 'memory holds a seat / In this distracted globe' (1.5. 96–97) という箇所の globe は「頭」と解釈できることから、ハムレット自身の記憶は、心ではなく脳にある「記憶の手帳」を通してすべて脳に刻まれると考えられる。Laurie Johnson, John Sutton, and Evelyn Tribble eds., *Embodied Cognition and Shakespeare's Theatre: The Early Modern Body-Mind* (New York: Routledge, 2014), pp. 205–7 参照。

*10――Robert Persons, *The first booke of the Christian exercise appertayning to resolution*. Rouen: Printed at Fr. Person's press, 1582: STC (2nd ed.)/19353.

*11――Robert Lemon ed., *Calendar of State Papers, Domestic Series, of the Reigns of Edward VI, Mary, Elizabeth, 1547–[1625]* (Her Majesty's Public Record Office, London, Longman, 1865), p. 161.

*12――*A booke of Christian exercise appertaining to resolution: by R. P. Perused, and accompanied now with a treatise tending to pacification*: by Edmund Bunny, imprinted at London: By N. Newton, and A. Hatfield for John Wight, 1584: STC (2nd ed.)/19355. ロヨラの影響を受けた出版の状況は次のものを参照。Robert Persons S.J.: *The Christian Directory* (1582), ed. by Victor Houliston (Leiden: Brill, 1998), pp. xxxix–lviii; Francesca Bugliani Knox, *The Eye of the Eagle: John Donne and the Legacy of Ignatius Loyola* (Bern: Peter Lang, 2011), pp. 37–59.

*13——なお、パーソンズ以外にシェイクスピアへの影響として考えられるのは、ロヨラの門下生であるルイ・グラナダの『祈りと瞑想』*Of Prayer, and Meditation*（初版一五八二、パリ）などであり、プロテスタント版としてイギリスでも何度か出版されている。しかしながら、グラナダの書は五感も取り上げているが、罪と地獄の明確な意識化を主眼とする記述が多い一方、想像力を使った瞑想というロヨラの特色をパーソンズほどは明確にしていないため、少なくとも『ハムレット』において五感と瞑想を中心として考える場合は、ごく一部の影響関係に留まると考えられる。

*14——Louis L. Martz, *The Meditative Poem* (New York: Doubleday, 1963), p. 54; Martz, *The Poetry of Meditation: A Study in English Religious Literature of the Seventeenth Century* (New Haven: Yale University Press, 1976), pp. xviii–xix.

*15——Martz, *The Poetry of Meditation*, pp. 136–38 参照。

*16——Aristotle, Book III, Chapter 3, p. 199; Thomas Wright, *The passions of the minde in generall* (London: Printed by Valentine Simmes [and Adam Islip] for Walter Burre [and Thomas Thorpe], 1604), STC (2nd ed.)/26040, p. 52.

*17——Edmund Spenser, *The Faerie Queene*, ed. by Lilian Winstanley (Cambridge: Cambridge University Press, 1955), Book II, Cant. XI.

*18——Persons, 1582, Chap. II, p. 20 / Bunny の版（1584）では、Chap. II, p. 10.

*19——Alan Salter, 'Early Modern Empiricism and the Discourse of the Senses,' *The Body as Object and Instrument of Knowledge: Embodied Empiricism in Early Modern Science*, eds. by Charles T. Wolfe and Ofer Gal (Sydney: Springer Science and Business Media, 2010), p. 64.

*20——Harold Jenkins ed., *The Arden Shakespeare: Hamlet* (London: Methuen, 1982), II. ii, Note 122–23 を参

照。

＊21——Mary Carruthers, *The Book of Memory: A Study of Memory in Medieval Culture* (Cambridge: Cambridge University Press, 1990), pp. 39–40.

＊22——*A booke of Christian exercise*, by Edmund Bunny, Chapter IX, pp. 113–14. 引用した箇所の記述は、パーソンズの版もバニーのすべての版も全く同じである。なお『ハムレット』のＦ１とＱ２を比べた場合、この'Closet scene'全体においてＦ１は徹底して「視覚」のみに集中させている一方、Ｑ２は五感全体を台詞に入れている。またＦ１では、この箇所を上演には不要な台詞として削除したと考えることができるだろう。

＊23——Woolgar, p. 11.

＊24——これに関してはLina Perkins Wilder, p. 108を参照。

＊25——Alice E. Sanger and Siv Tove Kulbrandstad Walker eds., *Sense and the Senses in Early Modern Art and Cultural Practice* (Surrey: Ashgate, 2012), pp. 8–9 & p. 16.

＊26——Brathwaite, pp. 2–3.

＊27——Gerard Kilroy, 'Requiem for a Prince: Rites of Memory in *Hamlet*,' *Theatre and Religion: Lancastrian Shakespeare*, eds. by Richard Dutton, Alison Findlay and Richard Wilson (Manchester: Manchester University Press, 2003), p. 102.

＊28——Velma Bourgeois Richmond, *Shakespeare, Catholicism, and Romance* (New York & London: Continuum, 2000), p. 41.

4

印刷所の『ロミオとジュリエット』

初版原稿の生成プロセス

英　知明

『ロミオとジュリエット』初版の原稿は、いかに執筆されたのだろうか。シェイクスピアが書斎に籠もって机に向かい、参考資料を前に次々と台詞を書き連ねていく姿を想像する向きは多いだろう。それは我々がしばしば見聞きする、現代の小説家のイメージから派生したものかもしれない。しかし『ロミオとジュリエット』の初版に関する限り、その原稿は全く異なるプロセスを経て書き上げられている。そしてそのプロセスを知ることが『ロミオとジュリエット』という作品全体の正確な理解や解釈に繋がることから、原稿生成の過程を詳細に辿ることでこの悲劇が持つ隠れた実相に迫ってみたい。

『ロミオとジュリエット』の初版四つ折本（以下Q1と略記）は、一五九七年にジョン・ダンター印刷所で印刷・出版された。この初版は、我々が従来から舞台や映画、翻訳などで親しんでいる『ロミオとジュリエット』とは異なる多くの異同（台詞やト書きの差異）を含んでいる。上演や映画、翻訳では、

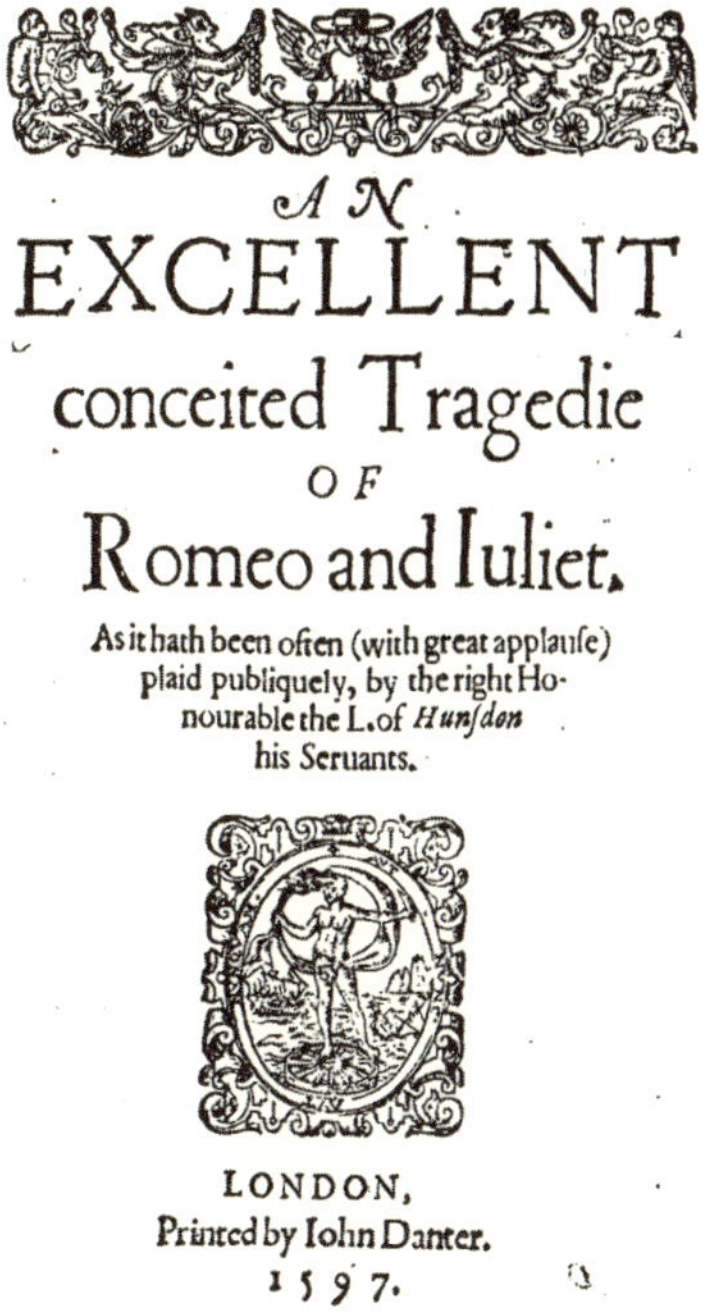
AN EXCELLENT conceited Tragedie OF Romeo and Iuliet.
As it hath been often (with great applause) plaid publiquely, by the right Honourable the L. of Hunsdon his Seruants.
LONDON, Printed by Iohn Danter. 1597.

図1　Q1（1597）のタイトルページ

テクストに通常一五九九年に出版された四つ折本の第二版（以下Q2と略記）が選ばれるため、我々がQ1の上演を観たり、和訳を読んだりすることはほとんど無い。両者の台詞の違いには、例えば次のようなものがある。終幕でジュリエットは命を絶つ直前、Q2では「ああ、幸福な短剣よ／私がお前の鞘になりましょう、この体内で錆びて私を死なせて」（L4r）と語りかける。しかしQ1では「ああ、幸福な短剣よ、どうかこの恐怖をお終まいに／さあ、この胸でお休み、私がこうしてお前を迎えに」（K2v）と自ら刃に倒れ掛かるジュリエットの死の作法を描いており、彼女の自死の描写に際立つ対照を見せている。[*1] とは言えQ2をベースにするテクストも、ほぼ例外なくQ1本文の一部を取り入れている。そうした一例を挙げると、二幕六場でジュリエットが舞台に登場しロミオに近づく場面では、Q2のト書きはごく簡潔に「ジュリエット登場」（F2r）となっているが、Q1には「ジュリエットやや足早に登場し、ロミオに抱きつく」（E4r）という異なるト書きが付されている。このQ1のト書き情報を取り入れるQ2の現代校訂本は多く、Q1の助けを借りて初めて、我々はジュリエットが舞台に登場する仔細な様子を知ることとなる。したがって重要な情報源であるQ1を欠いたままでは、『ロミオとジュリエット』という作品を深く正確に理解することは難しい。Q2はシェイクスピアの直筆原稿から印刷されたと推測されているため、彼が自室に籠もって原稿を書いた可能性が高く、本文に寄せられる信頼も厚い。他方Q1はそれとは全く異なるプロセスを経て原稿が完成しており、そのほとんど知られていないテクスト生成のメカニズムをこれから見ていくこととする。

一　ノートテイキング理論

二〇世紀前半の書誌学研究において、Q1はQ2と比べあまりに行数が短く、テクストの乱れも多いことから「粗悪な四つ折本（Bad Quarto）」と呼ばれた。Q1が「粗悪」というレッテルを貼られた理由は、テクストが役者の「記憶による再生（Memorial Reconstruction）」によって生み出されたと解釈されたからである。つまりQ1は、Q2をベースにした『ロミオとジュリエット』の上演に関わった役者たち数名が集まり、劇場用台本とは違う地方巡業用の短縮版の台本を彼らの記憶を頼りに再構成したもので、真正とは言えない「粗悪な」テクストであると解釈されたのだ。しかしこの「記憶による再生理論」は、一九九六年に厳しい異議申し立てに遭う。ロウリー・マグワイアは、同様に乱れた「粗悪な」本文を持つとされる四一作品を再点検し、この理論が厳格に当てはまる作品は一つも無く、シェイクスピア作品では『ウィンザーの陽気な女房たち』に「強い可能性（a strong case）」があるのみ、という評価を下した。この結果、Q1は「記憶による再生ではない」とこれまでの評価が却下されてしまった。また別の複数の学者たちは、この理論そのものがそもそも証明不能な理論であると断じ、「記憶による再生理論」は現在ではほとんどその有効性を失っている。[*2]

それに代わる新しい理論が、ティファニー・スターンが『ハムレット』Q1を分析して二〇一三年に発表した「ノートテイキング理論」である。[*3] スターンによれば、『ハムレット』Q1の本文は、一人または複数の人間が劇場へ何度か足を運び、先ずそこで台詞がノートテイキングされた──その書き写された資料が後日編集・統合され、最終的に原稿として完成する──またノートテイキングには必ずしも「速記（shorthand）」が使われたわけではなく、「通常の筆記法（longhand）」が用いられた可能性もある──というのがこの理論の概要だ。聞いた内容を書写することでテクストを生成した具体例として、スターンは「説教（sermon）」、「議会演説」、「芝居」を挙げる。当時は高名な牧師の説教や宗教家の講話、また国会議員の演説には多くの聴衆が集まり、手に手に「手帳（table-book）」と呼ばれる小型のノートブックを持参するのが流行だった。彼らは説教や演説を当時の「鉛筆」でノートに書き取り、自宅に戻ってそれを再読して瞑想したり、記録としてまとめたり、なかには出版するケースもあった。「手帳」は、布でこすって鉛筆で書いた部分を消せば、何度でも再利用できる利点があった、とスターンは説く。また『ハムレット』Q1における速記の使用を必ずしも強調しない一方で、スターンは一五八〇年代後半から速記の教則本が次々と出版され、速記を教える専門家がロンドンに多く存在していたことを突き止めている。とすれば、ロンドン市民が説教や演説を効率的に素早く正確に書き取る技術を好んで学んでいた実態は想像に難くない。そうした速記の教則本を試みにオンラインデータベースを使って検索すると、一五八八年から一六九九年までの百十二年間に一四〇点を超える速記の指南書が出版されており、毎年一冊以上が出版された計算になる。[*4] 速記の専門書はシェイクスピアの存命中に刊行が始まっており、複数の種類があったようだ（Charactery, Stenography, Brachygraphy など）。その種の教則本には、『速記——記号で短く正確に密かに書く技法』や『速記の技法——人が話す速度で一単語一文字で簡潔に書く方法』といったいかにも読者の関心を引くタイトルが付けられた。[*5] こうした速記で書き留められた書写情報が、実際に印刷所から出版されたケースも存在する。一五八八年から一六九九年までに出版された書物のうち、タイトルに「shorthand/short-hand/short hand で taken（書き留めた）」という文言を含むものは三〇点を超える。[*6] 数例を挙げれば、「Mr Till（ティル氏）」なる人物の『真正なる全キリスト教徒を慰める説教』（一六四六）という刊本の表紙には、「彼が話したままを速記で書き留めた」と印字されており、また法学者コルベットの国会での演説本（一六四五?）の表紙にも「ノッキー、トム・ダンなる彼の書記たちが速記で書き取り、ジョン・テイラーが編集した」と印刷されている。[*7] このように速記で書き写したことをタイトルに明記する書物は、そこに演劇本は含まれないものの、一六四〇年代以降九〇年代末まで断続的に出版され続けている。[*8] こうした事実から明らかなように、速記という筆写テクニックは決して日陰の存在ではなく、むしろ日常的に（我々があらゆる場面でスマホを取り出すように）効率的かつ優れた書写技術としてロンドン市民の間で広く普及していたと思われる。サミュエル・ピープスが『日記』（一六六〇—六九）や書簡を速記で記述していたことや、ジョン・ロックが彼の『教育論』（一六九五）の中でエレミア・リッチの速記教則本（図2参照）に触れている点も、こうした事実の裏付けとなるだろう。[*9]

現場に手帳を持参して書き取るロンドン市民の行動は、舞台上でも実演された。『ハムレット』Q2

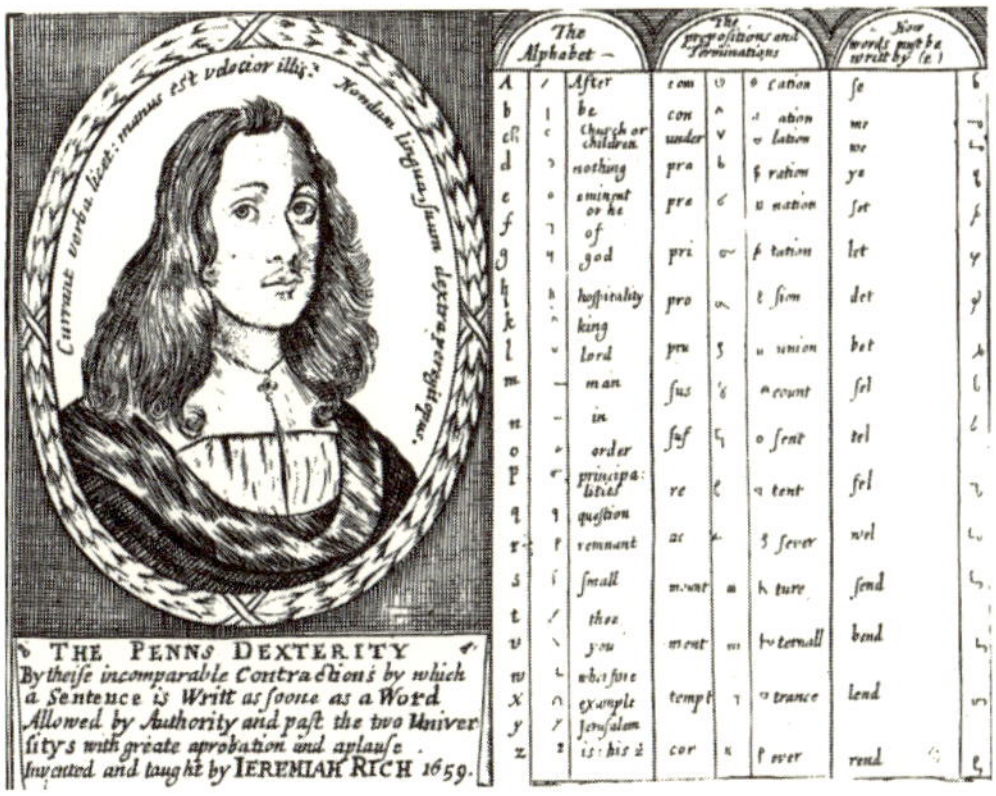

図2　エレミア・リッチの『速記法』(*The Pen's Dexterity*, 1659)［表紙のリッチ肖像画と速記の実例］

では、主人公は亡霊の話から得た教訓を忘れまいと「手帳」を取り出し、次のように言う。「俺の手帳に書いておくのがふさわしい、人は微笑んで、微笑んで、それでも悪党たり得ると」(D3v)。また『ハムレット』Q1では、ハムレットが劇中劇を演じる役者たちに向かって、観客は同じ芝居をすでに何度か観ていて、芝居に来る前から手帳に道化のジョークを書き写している、だから道化は決めた台詞以外余計な冗談を言わないでくれ、と忠告を与える場面がある(F2r—F2v)。[*10] またフランシス・ボーモントは、『女嫌い』のプロローグで「劇場の片隅で手帳を持ってこっそり隠れ、自分の悪意を満たす材料を見つけようとする連中」に批判的に言及している。[*11] 当時「手帳(table-book あるいは writing table)」という表現がどの程度演劇本で使われたか、再びデータベースを使って一五五八年から一六六〇年までの全劇作品を対象に検索すると、四〇を超える版本で使われていたことがわかる。[*12] こう見てくると、説教や演説のみならず、劇場の客席や舞台上においても、「手帳」という存在がかなり日常的なものであったと推測できる。事実、エドモンド・マローンは、観客が手帳に台詞をメモする行動について一七九〇年刊行の彼の全集の解説文で、「当時は手帳を劇場に持参し、芝居の一節（passages of the play）を書き写すのが通例（common practice）であった」と述べている。そして続けて「シェイクスピアの作品のうち、一つないし二つの不完全で乱れた本文を持つ版は、上演中に耳で聞いて書き取られたものか、速記によって書き取られたものである」とも付け加えている。[*13]

観客が劇場で台詞を書き写す行為は、劇作家ももちろん知っていた。トマス・ヘイウッドは、「私の芝居の数本が（中略）偶然印刷業者の手に渡り、耳だけで書き取られたので、あまりに乱れてずたずたで」と不満を述べ、また「誰かが速記で話の筋を書き取り、そのまま印刷したのでほとんど全てが不正確で」とも訴えている。[*14]こうしたヘイウッドの明快な指摘はそれ自体が重要な歴史的エビデンスであり、劇場で台詞が速記で書き取られた蓋然性を高めるものと見て良い。ヘイウッドが速記で書き取られたことを認めた『私をご存じなければ誰もご存じない・第一部』のQ8に関して、分析書誌学者のウィリアム・プロクター・ウィリアムズは、最新の論文にQ1からQ8のテクストの異同を分析した結果を載せ、Q8に見られる本文改訂のほぼすべてをヘイウッド自身が行ったと指摘し、そのうちの多数が「聞き間違い（mishearing）」または「書き写し（transcribing）」のミスを修正するものであると報告している。[*15]

これまで観客が台詞を書き写す実態を見て来たが、スターンのノートテイキング理論は決して新しいものではなく、むしろ一九世紀の理論に一部戻るものである。一九世紀の研究者たちは、乱れたテクストを持つ版本は、台詞が「速記」または「記憶」によって「記録／伝達（report）」され、それが印刷所に渡ったもので、劇作家による正当な版とは認められないという認識であった。二〇世紀に入ると、それは不当でけしからぬ「海賊版（piracy）」であり、そこから「粗悪（bad）な」というレッテル貼りに繋がった。[*16] 粗悪な海賊版という概念には、「権利の侵害を伴う不当な手段」で原稿を入手したという意味合いを持つが、当時は劇作家が書いた原稿はひとたび劇団に売却されれば、その後は劇団の所有物となり、劇作家は実質的な所有権（著作権）を有しなかった事実は広く知られている。したがって作品が「不当な手段」で印刷・出版されることに最も神経をとがらせたのは、劇団であった。そうした「不当」と思われる出版に対して、国王一座が宮内大臣に訴え出た記録が残っている。書籍業組合の「幹部会議事録」の一六一九年五月三日の記録に、「宮内大臣（ペンブルック伯ウィリアム・ハーバート）からの手紙に基づき、国王一座が上演する作品はいかなるものであれ、劇団員数名の同意なしには印刷しないことが望ましく、そのように組合に命じる」と記されている。[*17] 宮内大臣は、「国王一座」と名称が変更されても、宮内大臣一座時代から続く劇団の庇護と支援を行っていたので、彼らの言い分を正当と認め書籍業組合に書簡を送ったと見える。ところがこうした請願に効果は無く、同種の訴えは、一六三七年、四一年にも繰り返され、その都度宮内大臣は組合に「特別な配慮（special care）」を願い出ているが、それが守られた形跡は無い。[*18] 事実、書籍業組合に厳格に適用され、その活動を規制する法的根拠となる一五八六年発令の「星室庁令（Star Chamber Decree）」や一五九九年のロンドン司教の禁止令、また一六三七年の「改正・星室庁令」を見ても、演劇本の出版に劇団の許可が必要という項目はどこにも見当たらない。[*19]

こうした歴史的エビデンスの検証から言えることは、劇団の許可無く作品を出版することは劇団にとって甚だ迷惑な行為であった一方、法的には合法で、なんら過失責任を問われる行為では無かったということである。つまり速記であってもなくても、劇場で手帳を使ってノートテイキングし、その後まとめた原稿を出版しても、版権法が一七一〇年に確立する以前は、劇団に対する「権利の侵害」には一切ならなかったことになる。実際、劇団の許可無く作品を印刷したことを理由に、書籍業組合が印刷業者に処罰を下したという例はひとつも無い。それゆえ所有権の侵害を意味する「海賊版」というレッテル貼りは、完全な誤りだったと言える。説教や国会での演説の場合と全く同じく、劇場空間を音声として漂う役者の台詞を書き取る行為は観客の自由な行動であり、その出版について何ら規制を受けるものではなかったのだ。当時のロンドンでは、口頭で話し聴覚で聞く（oral/aural な）言語表象に対し、所有権（ownership）や版権（copyright）は一切認められていなかった。従ってそれは誰のものでもなく、劇団が所有権を行使し得る対象でもなく、むしろ自由に誰もが所有し利用することが可能なもので、印刷業者が劇団の許可無く作品を出版して利益を得る行為も、それを阻む法的根拠が一切無い完全に自由な商業活動であった。速記で書き取られた演説や説教本の原稿が事前検閲を通過し、書籍業組合登録簿に登録されたのちに出版されているという現実が、この結論の正当性を立証していると言えるだろう。[*20]

二　Q1原稿生成のプロセス

書写された原稿から出版された演説本や説教本と同じように、『ロミオとジュリエット』のQ1も劇場でノートテイキングされた結果の版本である可能性が高い。Q1の原稿がどのようなプロセスを経て印刷原稿になったかを、以下「スターン説」に沿う形で検証する。スターンは、ノートテイキングされた「手書き資料（notes）」は常に完璧だったとは限らないという現実的な示唆をしている。急いだがための書き損じや集中力の欠如から来る聞き逃し、手書き資料の紛失など不完全となるリスクは様々あったと想像できる。[*21] また手書き資料はそのままでは役に立たないので、後日編集する必要があった。これは上述した演説本の表紙に「ジョン・テイラーが編集した」とあることからもわかる。つまり手書き資料は、編集者の目と手を経て最終的に完成させられたと言える。手書き資料が断片的だったり不完全な場合、編集時に不足部分の加筆が行われ、前後関係をスムーズに繋ぐ作業も必要だっただろう。また文脈に整合性が取れるよう、本文を入れ替えたり書き変えたりすることもあったはずだ。またそうした過程では編集ミスも生じただろうし、何かの理由で手書き資料を欠いた部分では、編集者自らが部分的な「創作」を行う必要もあったろう。スターンが言うように、手書き資料をまとめる際はこうした様々なリスクと、編集のみならず「創作」の必要性も常に存在した。[*22]

以下ではQ1原稿の具体的な生成プロセスを考察するが、先ずは手書き資料を編集する際に編集者が犯したミスの例を挙げる。亡くなったジュリエットが葬られたキャピュレット家の墓をパリスが訪ねる終幕のシーンでは、Q1のト書きに「パリス伯と小姓が、花と香り付きの水を持って登場（*Enter Countie Paris and his Page with flowers and sweete Water.*）」とある（I4v）。その後すぐ「花」はパリスによりジュリエットの墓に撒かれるのだが（*Paris strewes the Tomb with flowers.*）、「香り付きの水」はその後Q1で一切の言及を欠き、使われた形跡が無い。その舞台上の目的と意味は、Q2を参照することで初めて確認できる。Q2では最初のト書き（*Enter Paris and his Page.*）に「花と香り付きの水」は明示されないが（L1v）、パリスはその後の台詞で「お前の新床に花を撒こう／ああ、この新床の天蓋は土と石でできているのか／毎夜香り付きの水（sweete water）で私がここを濡らすことにしようと」と墓に語りかける。この台詞から、パリス役者は少なくとも「花」は手にしていたであろうが、「香り付きの水」は所持していなかったと推察される。Q1の「香り付きの水」が最初のト書きに示されたのち突如テクストから消え、物語上の意味を失ったのはなぜか。そもそもこの場面には、Q1とQ2で共通する台詞がほとんど無く、手書き資料の不完全さと大規模な創作の必要性を示唆している。ここで認識しておきたいのは、劇場では台詞は書き写せても、耳に聴こえないト書きは書き写すことはできなかったという当然の事実だ。役者であれば、舞台裏に貼られた「舞台進行表（plot または plat）」を何度も眺めて覚えていたはずだが、観客はそうしたト書きを含む進行の流れや小道具などは視覚に頼るしかない。原稿編集者はこの場面で、少なくともパリスによる flower と sweet water への言及があることは承知していたと思われる。そのため「花と香り付きの水を持って登場」というパリスのト書きを自ら書き込んだものの、続く台詞で「香り付きの水」への言及を忘れてしまい、その使途が不明に陥るという編集ミスを犯したと思われる。ちなみに「香り付きの水」は、一五五八年から一六六〇年までに出版された戯曲の中で、ト書きに限らず「本文」でも二〇回ほど使われている。[*23] しかし顔、手、唇、靴を洗ったり、言及のみで使用されるケースがほとんどで、墓に撒くために使う事例は『ロミオとジュリエット』以外に無く、極めて稀な例と言える。その類例のひとつ、「香り付きの水」で手を洗う例に、「家に帰って、香り付きの水で洗え」とカイロンが両手を切断されたラヴィニアに浴びせる台詞が『タイタス・アンドロニカス』の二幕四場（E2r）に現れる点と、Q1のこの場面でパリスが言う「手向けの言葉でお前の墓を飾ろう（With funerall praises doo adorne thy Tombe）」という台詞（I4v）が、やはり『タイタス』の中の「記念の品々でお前の墓を飾るまで（Till wee with Tropheеs doo adorne thy tombe）」

（一幕一場、C1r）と酷似している点は記憶しておきたい（これらについては後述する）[*24]。

Q1の編集者は、完璧とは言えない手書き資料を前に、台詞の入れ替えやト書きの創作を他所でもたびたび行っている。キャピュレット、パリス、道化の三人が登場する一幕二場の冒頭は、Q2ではキャピュレットの台詞「しかしモンタギューも受ける処罰は同じ、我々のような老いた者が争いを避けるのは難しくない」で始まる（B2v）。ところがQ1の編集者の手元には、この場面冒頭の手書き資料が無かったと思われる。事実ト書きから「道化」は削除され、冒頭のキャピュレットの台詞もQ1では落ちている（B2r）。しかし続くパリスの応答、「名誉ある高い評価を受けるあなた方（you）、これほど長く争っているのは残念」（Q2）の情報はあったようだ。編集者はこの台詞を先頭に置き、文意を通す工夫として「名誉ある高い評価を受ける彼ら（they）、これほど長く争っているのは残念」（Q1）と書き変え、直後に「しかしそれはさておき（But leauing that,）」という場繋ぎ的な台詞を付け加えている（Q2では「さてご当主（But now my Lord,）」という呼びかけの言葉）。また一幕一場で両家の若者が入り乱れて争う場面では、いがみあい、激しく罵りあう台詞を上手くノートテイキングできなかったためか、相当不完全な資料しか手元に無かったようだ。Q2ではティボルトの登場後、「三、四人の市民」、「キャピュレットと夫人」、「モンタギューと夫人」「大公エスカラス」が登場、台詞、登場、台詞のパターンを順次繰り返すのに対し（A3v—A4r）、Q1はひとつのト書きで登場人物全員が一斉に舞台に現れ、エスカラス以外は誰も台詞を発しない（A4v）。しかもト書きで彼らは階級順に並べられていることから（大公→モンタギュー夫妻→キャピュレット夫妻→市民たち）、彼らの正確な登場順を知らない編集者がやむなく階級順に並べたことは想像に難くない。また四幕五場でキャピュレット夫妻と乳母がジュリエットが死んだと思い込み、そこにローレンス牧師とパリスが現れる場面では、最初の数行を除き、Q1（I1v—I2r）とQ2（K2v—K3r）では全く異なる台詞が連なっており、両者は似ても似つかない。また台詞の発話順も違っていて、ここもQ1の編集者による大規模な創作が行われたと見て良い場面だ。ここではQ1のキャピュレットの台詞「ああ、悲しみの顔をした悲嘆よ（O sad fac'd sorrow）」（I2r）に注目したい。データベースで検索すると、「悲しい顔（sad face）」という形容詞と名詞を合わせた表現は、一五五八年から一六六〇年までに出版された演劇の版本では『十二夜』をはじめ全六作品で使われている。他方「悲しい顔をした（sad fac'd）」というフレーズは、『タイタス』（'sad facde', K3r）と詩人でQ1発刊当時まだケンブリッジの学生であったジョン・ウィーバーが書いた『エピグラムと哀歌』（一五九九）にしか現れない。またキャピュレットが二度発する「公明正大な運命（impartiall destinies）」（I2r）は、Q1以外ではこの時期一度も使われていない表現で、シェイクスピアとは異なる人物がこの場面を書いたのかもしれない。[*25]

こう見てくると、Q1の原稿にもシェイクスピア以外の人物が「編集者」として関わり、台詞の書き変え、ト書きでの登場順序や発話順の入れ替え、時には大規模な創作までもしていたことに疑いの余地は無い。またその創作部分には、不思議と『タイタス』との類似が見て取れる。もうひとつQ1とQ2が持つ特徴を追加しておきたい。以下は、アルフレッド・ハートの研究書に掲載された表を分かりやすく書き変えたものである。[*26]

	Lines / 全 vocabulary	Q1とQ2／Fに共通する vocabulary 数	その版全体に占める割合（%）
Romeo Q1	2215 / 2300	2093	91.0
Romeo Q2	2986 / 2949	2093	71.0★
Hamlet Q1	2154 / 2251	1956	86.9
Hamlet Q2	3762 / 3883	1956	50.4
Merry Q1	1419 / 1600	1384	86.5
Merry F	2634 / 2560	1384	54.0
Henry V Q1	1623 / 1800	1669	92.7
Henry V F	3166 / 3180	1669	52.5

『ハムレット』、『ウィンザーの陽気な女房たち』、『ヘンリー五世』のQ1は、いずれも「疑わしい版本」であるが、『ロミオとジュリエット』と同様、その後に（Q2または第一・二つ折本［F］で）「真正な本文」が出版された作品である。右端の「その版全体に占める割合（%）」を見ると、「Q1とQ2／Fに共通するvocabulary数」が、Q2／Fの四作品中、星印（★）を付けた『ロミオとジュリエット』Q2でその割合が頭抜けて高く目を引く（71.0%）。これは語彙レベルで、Q1とQ2が非常に近い本文を持っていることを物語っている。マグワイアが言うとおり、『ウィンザー』のQ1に役者が記憶から再生した「強い可能性」を認めるとしても、役者の記憶が再生可能な割合は語彙レベルでせいぜい半分強（54.0%）に過ぎず、『ハムレット』（50.4%）や『ヘンリー五世』（52.5%）でもさほど変わらない。対照的に『ロミオとジュリエット』では、Q2の語彙の七割以上をQ1が共有しており、明らかに役者の記

憶とは異なる手段で原稿が作成されたと思わせる。Q1が役者たちの曖昧な記憶に依存した結果では無く、またスターンが言うとおり、『ハムレット』Q1が劇場でノートテイキングされた結果の版本であるなら、『ロミオとジュリエット』Q1もやはり劇場で書き留めた書写情報から原稿が作成されたに相違ないだろう。しかも『ハムレット』Q1より（少なくとも語彙に関しては）はるかに正確な手書き資料を元に、高度な編集作業と一部の創作を経て完成したと見ることができる。次に、そうしたQ1の実際の「編集者」について考察する。

三　ヘンリー・チェトル編『ロミオとジュリエット』

Q1の原稿にヘンリー・チェトルが手を加えたことは、二〇世紀半ばからハリー・ホップやシドニー・トマスによって指摘され始め、岡本靖正と加藤行夫が製作した「エリザベス朝ト書きデータベース（ELIZASD）」を使ってQ1とチェトル作品のト書きの共通性を発見したジョン・ジャウィットの論文（一九九八）でほとんど決定的となった。[*27] こうした先行研究では、チェトルがQ1の原稿後半部分を中心に幾つかのト書きを追加したり、書き変えを行ったこと、また印刷後のページ数を増やすため、原稿の途中に多くの「装飾飾り（ornaments）」を挿入したことなどが指摘され、現在ではほぼ疑いのない事実として承認されている。また手書き原稿で残る戯曲『ボルドーのジョン』にチェトルが台詞を追加していたことも知られており、近年この手稿は「速記」で書き取られた資料から作成されたと考えられている。[*28] とすると『ロミオとジュリエット』においても、劇場で書き取られた手書き資料を回収し、ト書きを追加あるいは書き変えて一貫した編集原稿に仕上げることができた人物は、チェトルその人であったと考えられないだろうか。チェトルはQ1を印刷したダンター印刷所で一五九一年ごろから印刷所を共同経営し、また植字工としても働いていた。九九年にダンターが亡くなると、彼は劇作家への道を進み始める。彼は過去にロバート・グリーンやトマス・ナッシュの散文の印刷を担当し、また九一年から九四年にかけて作者不詳の『美しきエム』や『ジャック・ストロー』、グリーンの『怒れるオーランドー』、トマス・ロッジの『内戦の傷痕』などの印刷にも関与したため、戯曲原稿の特性は充分熟知していた。またフィリップ・ヘンズロウの「日記」でも彼への言及が頻繁に記録されており、多くの劇場関係者と親交があったこともわかっている。出版業界の需要や印刷所の利益という観点から見れば、ノートティカーを雇って台詞の書写を依頼し、それを編集してQ1の原稿を完成させ、特に劇団の許可が無くとも法に触れぬまま自らの印刷所でそれを印刷して出版することは、「何でも屋（Johannes Factotum = Jack of all trades）」と呼ばれた彼の評判を考えれば、原稿の獲得競争に日々いそしむ一人の印刷業者／植字工として、ごく日常的なビジネスの一環だったと言えるだろう。[*29]

ここで改めて想起したいのは、Q1のト書きにあった「香り付きの水」、Q2には無くQ1のみに現れるパリスの「手向けの言葉でお前の墓を飾ろう」に類似した台詞、同じくQ1のみで使われるキャピュレットの「悲しみの顔をした」というフレーズの三つが、すべて『タイタス』で観察された事実だ。『タイタス』はQ1の三年前にダンター印刷所で印刷されており、その印刷所には現役の植字工チェトルが居た。当然のことながらチェトルは『タイタス』全体の原稿を熟知しており、いくつかの台詞やフレーズがQ1編集中の彼の記憶に残っていたと思われる。とくに上述したパリスの台詞は『タイタス』の中でも共作者ジョージ・ピールの担当箇所（一幕一場）の台詞と酷似しており、必然的に（シェイクスピア本人ではなく）ピール執筆部分の原稿を熟知した人物の手によるものと考えなくてはならない。

優秀な植字工兼編集者チェトルは、一人ではなく数人を雇って劇場へ何度も通わせ、ノートテイキングされた資料を編集して原稿を完成させたと思われる。チェトルの原稿編集を間接的に補強するのが、Q1の表紙に印字された書誌情報（the title-page imprint）だ。そこには「ジョン・ダンターにより印刷」とだけ印字されており（図1の最下部を参照）、出版業者や書籍販売業者の名前は出てこない。この情報を正しく読めば、Q1は原稿の入手から印刷、出版、販売まですべてダンター印刷所が行ったという意味になる。[*30] さらにスターン論文に無い情報を追加しておくと、一五九一年に当時大人気の売れっ子説教師ヘンリー・スミスの本のタイトルに、「速記で書き取られた説教」と印刷したのはダンター印刷所であった。[*31] また一五九六年に神学者トマス・プレイファーは、前年に出た別の説教本について、これは自分の意思に反し、乱れたテクストのまま出版されたと嘆くのだが、同書を（おそらく速記原稿を使って）印刷したのもダンター印刷所である。[*32] つまりQ1が出版された一五九七年当時、チェトルは手書き資料を用いた作品編集の初心者どころではなく、それらを集約して戯曲原稿を完成するに充分な知識と経験の両方を持っていたことになる。こうした一連のエビデンスは、それらすべてが偶然の一致で起きたとは考えにくい。Q1はシェイクスピアの書斎で生まれた作品ではなく、チェトルが職場で完成させた「印刷所の『ロミオとジュリエット』」なのである。

注

*1——Q1は、*Romeo and Juliet 1597*, ed. by Jill Levenson, The Malone Society Reprints, vol. 163（Oxford: Oxford University Press, 2000）を、Q2は *Romeo and Juliet: Second Quarto, 1599*, ed. by W. W. Greg（London: Chiswick Press, 1949）を参照のこと。本論の和訳は、すべて拙訳。

*2——Laurie E. Maguire, *Shakespearean Suspect Texts: The 'Bad' Quartos and Their Contexts*（Cambridge: Cambridge University Press, 1996）, pp. 324–25. この理論の証明は不可能と説いたものの代表例に、Paul Werstine, 'A Century of "Bad" Shakespeare Quartos', *Shakespeare Quarterly* 50（1999）310–33 がある。

*3——Tiffany Stern, 'Sermons, Plays and Note-Takers: *Hamlet* Q1 as a "Noted" Text', *Shakespeare Survey* 66（2013）1–23.

*4——使用したオンラインデータベースは、'Early English Books Online'（EEBO, http://eebo.chadwyck.com/home, 二〇一五年六月一日アクセス）。刊行数にはリプリント（第二版以降のもの）を含む。書籍では、John Westby-Gibson, *The Bibliography of Shorthand*（London: Isaac Pitman & Sons, 1887）が有益。

*5——Timothie Bright, *Characterie: An Art of Short, Swift, and Secret Writing by Character*（1588）; Peter Bales, *The Art of Brachygraphy, That is, to Write as Fast as a Man Speaks Treatably, Writing but One Letter for a Word*（1597）.

*6——この検索に使用したデータベースは、'The English Short Title Catalogue（ESTC）'（http://estc.bl.uk/F/?func=file&file_name=login-bl-estc, 二〇一五年七月二二日アクセス）。

*7——Mr Till, *A Sermon of Consolation for All True Christians*［. . .］*Taken from him as it was delivered in short-hand*（1646）; Miles Corbet, *A Most Learned and Eloquent Speech*［. . .］*Taken in Short Hand by Nockey and Tom Dunn His Clarkes, and Revised by John Taylor*（1645?）. 他に速記者のフルネームを印字し、しかも正確な原稿であることを強調した Christopher Love, *Mr. Love's Case: Wherein Is Published*

[...] *His Several Petitions to the Parliament* [...] *Printed By an Exact Copy, Taken in Short-hand by John Hinde* (1651) やダービー伯ジェイムズ・スタンリーの処刑直前の演説を記録した *The Earle of Darby's Speech on the Scaffold, Immediately before his Execution at Bolton in Lancashire* [...] *Exactly Taken in Short-hand, as It was Spoken* [...] (1651) もある。

*8——演劇本のチェックには以下のデータベースを使った。'Database of Early English Playbooks' (http://deep.sas.upenn.edu/, 二〇一五年七月二二日アクセス)。演劇本のタイトルになぜ「速記で書き留めた」と印字されなかったかについては、稿を改めて考察する。

*9——ピープスについては、'Oxford Dictionary of National Biography' (http://www.oxforddnb.com/, 二〇一五年七月三一日アクセス) 収録の当該項目および *Shorthand Letters of Samuel Pepys*, ed. by Edwin Chappell (Cambridge: Cambridge University Press, 1933) を、ロックの『教育論』は、*Some Thoughts Concerning Education* の増補改訂版 (1695), pp. 286–87 を参照。

*10——Q1は *Hamlet: First Quarto, 1603*, ed. by W. W. Greg (Oxford: Oxford University Press, 1965) を、Q2は *Hamlet: The Quarto of 1604–5*, ed. by W. W. Greg (Oxford: Oxford University Press, 1940) を参照。

*11——ボーモントの単独作 *The Woman Hater* (1607), 'The Prologue' (A2r) を参照。

*12——これらの版本には、シェイクスピア、デカー、ジョンソン、ヘイウッド、マシンジャー、マーストン、フレッチャーなど、主要な劇作家の作品が多く含まれている。この検索に使用したオンラインデータベースは、'Literature Online' (http://literature.proquest.com/marketing/index.jsp, 二〇一五年六月一日アクセス)。

*13——Edmond Malone, 'An [*sic*] Historical Account of the Rise and Progress of the English Stage, and of the Economy and Usages of Our Ancient Theatre', in his *The Plays and Poems of William Shakespeare, 1, Part II* (London: H. Baldwin, 1790), pp. 122–23.

＊14——Thomas Heywood, *The Rape of Lucrece*（1608）の「読者へ（To the Reader）」（A2r）には、'since some of my Playes [. . .] accidentally come into the Printers hands, and therefore so corrupt and mangled, copied onely by the eare' とあり、*If You Know Not Me, You Know No Body* 第1部のQ8（1639）に付けた「プロローグ」（A2r）には、'some by Stenography, drew / The Plot: put it in print, scarce one word true' とある。

＊15——William Proctor Williams, '"Stolne and Surreptitious": Heywood as a Test Case', *Early Theatre*, 17.2（2014）, 134–45.

＊16——これは、二〇世紀初めの書誌学者ポラードの以下の研究書のタイトルに如実に表れている。A. W. Pollard, *Shakespeare's Fight with the Pirates and the Problems of the Transmission of His Text*（Cambridge: Cambridge University Press, 1920）.

＊17——*Records of the Court of the Stationers' Company 1602 to 1640*, ed. by William A. Jackson（London: The Bibliographical Society, 1957）, p. 110.

＊18——E. K. Chambers, 'Dramatic Records: The Lord Chamberlain's Office', in *Collections: Vol. II, Part II*, ed. by W. W. Greg, The Malone Society Reprints（Oxford: Oxford University Press, 1931）, pp. 384–85, 398–99.

＊19——Edward Arber, *A Transcript of the Registers of the Company of Stationers of London 1554–1640*, 5 vols.（London and Birmingham, 1875–94）, II, 807–12; III, 677–79; IV, 528–36.

＊20——注7に挙げたティル氏の説教本のタイトルには、'*Licensed, entred, and printed according to order*' と印刷されており、また William Hill, *A Brief Narrative of That Stupendious Tragedie Late Intended to be Acted by the Satanical Saints* [. . .] *Exactly Taken in Short-hand Characters*（1662）の表紙裏ページ（A1v）には、'Licensed and Entred' と大きな活字で強調するように印字されている。

＊21——スターンによれば、当時の「手帳」で現存するものは「一六折り本のサイズ」で（Stern, '"Noted" Text',

p. 5）、片手に楽に乗る程度のごくごく小さなものであった。ゆえに手帳そのものの紛失や盗難のリスクは避けがたかったと推測できる。また「手書き資料（notes）」をそのままタイトルに冠する書物が存在した点にも注目したい――Anthony A. Cooper, *Notes Taken in Short-hand of a Speech in the House of Lords* [. . .]（1679）.

*22――Stern, '"Noted" Text', pp. 15–16.

*23――この検索には'Literature Online'を使用（二〇一五年六月一日アクセス）。

*24――『タイタス』については、*Titus Andronicus 1594*, ed. by Thomas L. Berger and Barbara A. Mowat, The Malone Society Reprints, vol. 166（Oxford: Oxford University Press, 2003）を参照のこと。

*25――これらの情報収集には、'Literature Online'（二〇一五年六月一日アクセス）、および'EEBO'（二〇一五年六月一〇日アクセス）を使用。

*26――Alfred Hart, *Stolne and Surreptitious Copies: A Comparative Study of Shakespeare's Bad Quartos*（Melbourne: Melbourne University Press, 1942）, p. 25. 資料のみの引用で、以下の議論はハートの研究書には無いものである。

*27――Harry Hoppe, *The Bad Quarto of 'Romeo and Juliet': A Bibliographical and Textual Study*（Ithaca, New York: Cornell University Press, 1948）; Sidney Thomas, 'Henry Chettle and the First Quarto of *Romeo and Juliet*', *The Review of English Studies*, New series, 1（1950）, 8–16; John Jowett, 'Henry Chettle and the First Quarto of *Romeo and Juliet*', *The Papers of the Bibliographical Society of America*, 92（1998）, 53–74.「岡本・加藤ト書きデータベース（ELIZASD）」は、一九八七―八八年度科学研究費補助金・総合研究（A）「パソコン・システムの利用によるエリザベス朝ト書きの研究」（研究課題番号：62301056）の成果である。

*28――Gerald E. Downs, 'Memorial Transmission, Shorthand, and *John of Bordeaux*', *Studies in Bibliography*, 58（2007–08）, 109–34（pp. 117, 134）.

*29——スターンは、印刷業者が「編集者」の役割を果たした一六二三年刊行の説教本の例を挙げ、印刷業者が「編集者」になり得た現実を例証している（Stern, '"Noted" Text', p. 18）。チェトルの通称「何でも屋」については、John Jowett, 'Johannes Factotum: Henry Chettle and *Greene's Groatsworth of Wit*', *The Papers of the Bibliographical Society of America*, 87（1993）, 453–86を参照。

*30——M. A. Shaaber, 'The Meaning of the Imprint in Early Printed Books', *The Library*, 4th series, 24（1944）, 120–41を参照。

*31——Henry Smith, *A Fruitfull Sermon*［. . .］*By Henrie Smith. Which Sermon Being Taken By Characterie*［. . .］（1591）.

*32——Thomas Playfere, *The Meane in Mourninge*（1596）の 'The Epistle Dedicatorie' を参照。彼の前年の書物とは、*A Most Excellent and Heauenly Sermon. Vpon the 23. Chapter of the Gospell by Saint Luke*（1595）のこと。

5

隠喩としてのキケロの手

『ジュリアス・シーザー』と雄弁術

鶴田 学

マルクス・トゥリウス・キケロ（前一〇六―四三）は、哲学者、政治家にして古代ローマにおける雄弁術の第一人者《プリンケプス》であった。国際的なベストセラーとなったキケロ伝を著したアントニー・エヴァリットによれば、ペトラルカによって再発見されたキケロの作品群は、エリザベス一世に愛読され、ジョンソン博士やギボンの文体を鍛え、リンカーン大統領の演説に息吹を与えた。[*1] キケロの古典的な修辞はルネサンスを経て近代に至るまで脈々と流れるヨーロッパ人文主義《フマニスム》精神の源泉だったのである。ところが『法廷弁論術のシェイクスピア』を著した政治学の泰斗クエンティン・スキナーによれば、キケロの雄弁術がシェイクスピアに及ぼした影響は、最も重要でありながらこれまで完全に看過されてきた研究領域だと言うから意外である。[*2]『シェイクスピアと共和主義』を著したアンドルー・ハドフィールドも共和主義者キケロは「一六世紀ヨーロッパ思想の発展に最も影響を与えた知性の一人」[*3]であると認めているが、翻って『ジュリアス・シーザー』を紐解けば、劇作家の描いたキケロは驚くべきことに端役である。その理由としては、シーザーを演じた看板役者リチャード・バーベッジがキケロ役も兼ねていたという劇団の裏事情を推理する椿説もあり、[*4]可能性は否定できない。だが、劇作家がキケロを十分に描かなかった背景には別の積極的な動機があるように思われてならない。劇の主な材源であるプルタルコス『英雄伝』によれば、アントニーは政敵キケロの処刑を命じ、生首と手とを広場の演壇《ロストラ》に晒し、見世物とした（第五巻「キケロ」三六六頁）。[*5]この衝撃的なキケロの末期が私たち現代人にとって馴染みのないものだとすれば、責任の一端は没後四百周年を迎えた劇作家ウィリアム・シェイクスピア（一五六四―一六一六）にある。キケロの強い影響下にあったヨーロッパ思潮に悖反《はいはん》し、その存在を矮小化したのは英国の国民的詩人《ザ・バード》だったからである。

一　端役のキケロ

プルタルコス『英雄伝』をトマス・ノースによる英訳もしくはアミョの仏語訳やギリシア語原典に遡って読んでいたエリザベス朝の知識層にとって「端役のキケロ」という演出は意想外だったのではないだろうか。シェイクスピアによる登場人物キケロの扱いはおざなりである。まず、雄弁術の第一人者とは到底思われない乏しい台詞。一幕三場、キケロは「人は物事を自分の好き勝手に解釈する（construe）ので、物事の本質から大きく的を外すのだ」（三四―三五行）[*6]と含蓄のある発言をするが、この格言風の台詞《センテンシア》は出番のなさを贖うものではない。会話では殆ど聞き手にまわって相槌を打つばかりのキケロにようやく許された台詞がこれなのである。シェイクスピア伝『時代の魂』を著したジョナサン・ベイトによれば、「解釈する《コンストルー》」はラテン語から英語に「翻訳する《コンストルー》」という文法学校用語を連想させると言うから、劇作家が故郷で享受したラテン語教育を懐古している様子が窺える。[*7] しかしながら、キケロへの熱烈な献辞《オマージュ》と言うほどの事事しいものではない。芝居の中盤ではキケロの登場はなく、名前すら言及されず、おそらく観客はその存在を忘却する。そこから長い沈黙を経て、芝居も終盤に差しかかった四幕三場において、唐突にキケロの訃報が伝えられる。新体制によって多くの元老院議員が粛清されたという伝聞を受けたブルータスが「キケロもその一人だった（Cicero being one）」（一七八行）と呟くのだが、何と呆気ない幕切れだろうか。

当然、キケロが演説する場面もない。キケロの演説を聴いたと言うキャスカが「それは意味の解らない外国語《ギリシア》だった（it was Greek to me）」（一幕二場二七三行）と仏頂面で評するだけである。シェイクスピアは『英雄伝』に記されたキケロの有名な二つの弁論を黙殺している。一つは、シーザー暗殺（前四四年三月一五日）の直後、キケロが元老院で行った三月一七日の弁論である。[*8]『英雄伝』によれば、キケロは、古代アテネの先例に倣い暗殺者に恩赦を与えるよう演説を行い、主犯格のキャシアスとブルータスとに属州を与えることを元老院に議決させた。だが、シーザーの国葬が行われた三月二〇日、アントニーが血気に逸る民衆を煽って暴動を引き起こし、ローマを混乱に陥れたためにキケロの熱弁は水泡に帰す（第五巻「キケロ」三五八頁）。もう一つの黙殺された弁論は、アントニーを痛罵した一連の「フィリッピカ演説」（第五巻「キケロ」三六五頁）である。史実のキケロは元老院における言論の権威と共和制の原則を信じ、アントニーの性的な醜聞や贈賄を告発する弁論を書き続けた。そのような国家の重鎮としてのキケロをシェイクスピアは己の劇世界に登場させない──「あいつ《キケロ》の名前は出すな(O, name him not)」(二幕一場一五〇行)という次第である。不在のキケロに代わって劇中ではブルータスとアントニーとが弁論合戦を行うが、シェイクスピアが用いた如何なる材源にも二人が続いて登壇し、民衆が両者の演説を聞いたという逸話はなく、ましてや演説の言葉遣いに関しては何の史料もない。[*9] すべてこれらはシェイクスピアの創造物である。

二　ブルータスの独白と演説

三幕二場の弁論合戦は『ジュリアス・シーザー』という芝居の山場であるが、そこに向かう前に、ブルータスの独白に耳を傾けたい。なぜならば、ブルータスの雄弁が冴え渡るのは民衆に訴える演説ではなく、奇妙なことに真夜中に私邸の庭で呟く独り言だからである。「シーザーは戴冠を切望している。あいつの本性がそれでどう変わるか、そこが問題だ(there's the question)」(二幕一場一二―一三行)。聞き覚えのある結句は、おそらく、「生きるべきか死ぬべきか、それが問題だ(To be, or not to be, that is the question)」(『ハムレット』三幕一場五六行)の祖型である。あるいは、

悍《おぞ》ましき行為の実行と
最初の衝動との空隙にあるのは
恰《あたか》も幻影、乃至《ないし》は恐ろしい夢。

精神とその装具たる身体とが
その時、閣議を開き、人間という国家は
恰も小さな王国の如く
内乱という蛮行に苦悶する。
（二幕一場六三―六九行）

Between the acting of a dreadful thing
And the first motion, all the interim is
Like a phantasma or a hideous dream.
The genius and the mortal instruments
Are then in council, and the state of a man,
Like to a little kingdom, suffers then
The nature of an insurrection.

という韻文の優美な響きを聴いた常連の観客は、牢獄に幽閉されたリチャード二世の煩悶する調べ（『リチャード二世』五幕五場一―六六行）を想起し、そこにブルータスという哲人の内面を感取したかもしれない。ブルータスの言う「実行（acting）」には、それがどれほど血腥い行為であっても、究極には「芝居（acting）」であるという感覚が、すなわち芝居の虚構性を曝露しかねない危うさが含まれている。「現実のアクション／フィクションの芝居」という相剋が刻まれているのである。そのような緊張関係は個々の語間にも存在し、motionという起点とactingという終点との狭間に在る苦悩がブルータスを苛む。現代の語感とは異なり、シェイクスピア時代のmotionは、むしろ「心の動き＝衝動」（*OED*, motion, *n.* 9）を意味した。一見すると同義語に見えるactingとmotionとは「外的な身体の行動／内的な心の衝動」としてここでは対をなしている。「幻影（phantasma）」というラテン語は、*OED*によれば一五九八年初出の真新しい借入語であったから、観客のなかには意味を理解しない者もいたことだろう。そのために劇作家は直後に「恐ろしい夢（a hideous dream）」と平易な英語を添える。知識層の好奇心を満たすラテン語と大衆にも理解できる英語とを並列する技巧を劇作家は心得ていたのである。

逡巡するハムレットを想起させる真夜中のブルータスとは別人であるかのように、シーザー暗殺後、登壇したブルータスは余りにも平明な散文で民衆に語りかける。

わたしがシーザーを愛さなかったからではありません。わたしがローマをより愛したからであります。君たちは、シーザーが生きていて、君たち全員が奴隷として死ぬのを好むのですか。むしろ、シーザーが死んで、君たち全員が自由民として生きた方が良いではありませんか。シーザーがわたしを愛したので、わたしは彼のために泣きます。シーザーが幸運だったので、わたしはそれを喜びます。シーザーが勇敢だったので、わたしは彼を尊敬いたします。しかしながら、彼が野心家だったので、わたしはシーザーを殺したのであります。

（三幕二場一九―二三行）

単調なリズムはブルータスの不器用さを演出しているのか、それとも劇作家が意図的に技巧に劣る拙い台詞を言わせているのか——批評家の見解も種種である。達意の文であると肯定的に捉えたのは『シェイクスピアのローマ世界』を著したヴィヴィアン・トマスであり、ブルータスは質実剛健で知られる「スパルタ風の短く簡潔な文体を模倣した」[*10]のだと主張している。他方、ブルータスの散文にぎこちなさを読みとるのが『シェイクスピア散文の芸術的効果』を著したブライアン・ヴィッカーズであり、ブルータスは「聴衆を考慮せずに独善的な態度で書いて準備した原稿」[*11]を棒読みしているのだと解釈している。別の批評家もブルータスの硬直した散文を否定的に評価し、それは「教本丸写しのレトリック、公認の規則に従って職業弁士が話している」[*12]台詞なのだとして、単調な演説を型にはまった修辞技法に帰している。ブルータスの無骨な散文による語りは、一時的にはローマの民衆を熱狂させ「彼を新たなシーザーに！」（三幕二場四三行）と叫ばせるが、続いて登壇するアントニーの無韻詩《ブランク・ヴァース》の演説がいとも簡単に民意を覆す。劇作家シェイクスピアが役者ブルータスに散文の演説を用意したときから、弁論合戦と武力闘争とにおけるブルータスの二重の敗北は決定していたと言っても過言ではない。

三　アントニーの演説

弁論術、すなわち言葉と言葉とを闘わせることで最善の方途を見いだす英知の術は、共和制末期のローマにおいて危機に瀕していた。キケロの習作『発想論』第一巻（一節）には、弁論によって「多くの都市が建設され、数多くの戦火が消され、最も強力な同盟や最も神聖な友情が結ばれた」[*13]という理想が掲げられているが、『ジュリアス・シーザー』の世界は遙かに現代的である。プルタルコス『英雄伝』

にもあるように、民衆を蜂起させたのは、煽動家アントニーが持ちだしたシーザーの血染めの外套である（第五巻「キケロ」三五八頁）。それは、シーザーの遺体ですらなく、むしろ遺体を覆うヴェールである、と同時に暗殺団がシーザーに加えた暴力を曝く物証でもある。アントニーは生前のシーザーを回想する語りを通して民衆の記憶を書き換えようと試み、「輩《ともがら》たるローマの同胞（Friends, Romans, countrymen）」（三幕二場六五行）を「シーザーの天幕」へと誘う。

諸君、この外套《マント》に覚えがあろう。我が眼瞼《まぶた》に浮かぶは
シーザーが初めてこれを羽織りしとき
それは或る夏の夕暮れ、シーザーの天幕《テント》のなか
その日シーザーが討ち据えしは宿敵ネルヴィ族。
見よ、ここを突き抜けしはキャシアスの剣
見よ、何たる裂け目を嫉み深きキャスカが作りしか
ここを貫きたるは愛情を注がれしブルータスの剣

（三幕二場一六一―六七行）

You all do know this mantle. I remember
The first time ever Caesar put it on,
'Twas on a summer's evening, in his tent,
That day he overcame the Nervii.

Look, in this place ran Cassius' dagger through;
See what a rent the envious Casca made;
Through this the well-belovèd Brutus stabbed

反復されるv音〔ever, evening, overcame, Nervii〕は唇を噛みしめた哀惜を表現している。台詞に潜む最大の欺瞞は、第三アーデン版の編者デイヴィッド・ダニエルが指摘するように、シーザーがネルヴィ族を討った戦闘にアントニーは参戦していなかった[*14]という事実であろう。歴史を熟知した観客であれば、役者アントニーの虚辞に苦笑したか、あるいは渋面を浮かべたかもしれない。

ローマの民衆を意のままに煽動するアントニーであるが、演説の半ばで敢えて己の弁論の未熟さに言及する件がある。「私はブルータスの如き雄弁家（orator）にあらず」（二〇七行）と芝居がかった台詞を吐きながらアントニーはw音の頭韻《アリタレーション》技巧に酔う。

何とならば、私には知恵《ウィット》も、言辞《ワーズ》も、威厳《ワース》もなく
雄弁の実演、つまり演説もままならず、弁じる力
人々の血を沸き立たせる力もない。ただ実直に語るのみ。
（二一一―一三行）

For I have neither wit, nor words, nor worth,
Action, nor utterance, nor the power of speech

To stir men's blood. I only speak right on.

この台詞における Action, nor utterance が意味するところを正確に理解するためには、古代ローマやエリザベス朝の弁論術について知る必要がある。キケロ『発想論』第一巻（九節）によれば、古代ローマ人は意想を定めてから演説を行うまでの過程を総合的に修辞学《レトリック》と捉え、次の五つに区分していた。

一、意想の選択（inventio）
二、配列（dispositio）
三、表現（elocutio）
四、記憶（memoria）
五、演説法（pronuntiatio）

『弁論家について』第一巻（一八節）でキケロが述べているように pronuntiatio とは狭義の「発音」ではなく、弁論者の顔の表情や身振り手振り（actio）までも含んでいた。プルタルコス『英雄伝』においてローマの雄弁家キケロと対比されたアテネの雄弁家デモステネスは、五つの過程のなかで最も重要なものはどれかと尋ねられ、「一に実演（アクション）、二にも三にも実演である」と繰り返して強調した[*15]という逸話を残している。ラテン語の原典と格闘して弁論術を学んだエリザベス朝の英国人であれば、action と聞いたときに、通常の「行動」という意味と並んで「演説法」という意味を容易に連想できたことだろう。

英語による弁論術では「演説法」を表現するために更に別の語が用いられた。ラテン語を解さない英国の読者への指南書『修辞学の技法』（第二版一五六〇）は、人文主義者《フマニスト》であり政治家であったトマス・ウィルソン（一五二五—八一）によって著され、弁論術の五番目の項は「発話（utterance）」と英訳された。[*16] ラテン語の弁論用語の直訳である「実演（action）」や「発音（pronunciation）」をウィルソンが避けた理由は容易に推測できる。英語の action は行動一般を幅広く指し、pronunciation はもっぱら狭義の発声・音声を指すために、「聴衆の前で行う演説」と解されることが難しいからである。

こうした当時の弁論用語を念頭に考えてみれば、劇作家シェイクスピアがアントニーに言わせた Action, nor utterance という台詞は、ラテン系の弁論用語 action をゲルマン系由来の別の英語 utterance で言い換えたものである。アントニーは口先では雄弁を否定しながら、その台詞は雄弁術の丁寧な解説となっている。シェイクスピアは、そうした小聡明《あざと》さを含めてアントニーという人物を描いたのである。続けて、アントニーは外套を捲り、遺体を指す。

私が語るのは諸君自らが既に知ること
ご覧あれ、親愛なるシーザーの傷、傷、哀れな、哀れな無言の口を。
傷口よ、代弁せよ。
（三幕二場二二四—二六行）

I tell you that which you yourselves do know,

Show you sweet Caesar's wounds, poor, poor, dumb mouths,
And bid them speak for me . . .

「哀れな、哀れな」という畳語法《エピジュークシス》に導かれる「無言の口」は、無言と形容されながらも雄弁に語る訳だから、まさに撞着語法《オクシモーロン》の標本である。続く「傷口よ、代弁せよ」では、アントニーは暗殺者キャスカの言葉と行為とを横領している。暗殺の瞬間、先鋒を務めたキャスカは「手よ、代弁せよ（Speak hands for me）」という叫びとともにシーザーに刃を向けた（三幕一場七六行）。それは「共和制の弁論が息絶えて、新たな政治の流儀が暴力に代わってしまったことの証」（ハドフィールド前掲書、一六九頁）である。もはや言葉ではなく、暴力がローマを支配し始めた。キャスカは自らの手を穢し、アントニーは民衆を利用した。

書斎の人、ミシェル・ド・モンテーニュ（一五三三―九二）は、シーザーの暗殺ではローマは動じなかったが「シーザーの外套は全ローマを揺るがした」と『エセー』に書き綴った。[17] 同様に、劇場人シェイクスピアが描いたアントニーの煽情的な演説においても、外套や遺体の傷口が創り出す視覚《スペクタクル》の力が何よりも雄弁に語っている。アントニーの演出に誘導されたローマの民衆が「おお、哀れな光景だ（piteous spectacle）」（三幕二場一八九行）と叫ぶのは決して偶然ではない。民衆は雄弁術によって説得される聴衆からスペクタクルに欺かれる「劇場の観客」へと転じたのである。血染めの外套を利用した視覚の修辞技法《レトリック》を帝政ローマ時代の雄弁家クウィンティリアヌス（三五―一〇〇）は視覚と情念《パトス》に訴える効果的な修辞の手本として『弁論術教程』第六巻（三〇―三一節）に採択した。[18] 共和制末期、キケロに代表された弁論術は、帝政時代には視覚に訴える演劇的な詐術へと変容していた。その弁論術における歴史的な変遷をシェイクスピアは咀嚼して己の劇に見事に応用したのである。

四　諫言と友情

三幕二場における弁論合戦の敗北を機に身の危険を感じたブルータス等の暗殺団はローマ市街を離れ、最後には軍事的な敗北によって自害を強いられる。表層の筋だけを追えば、勝つためには手段を選ばなかったマキャヴェリアンのアントニーが一方的に勝利したかのように感じられるかもしれない。しかしながら、シェイクスピアは再び敗者に光をあて、実直な弁論によって隠された真実が浮かび上がる瞬間を描く。それは、ロマン派の詩人コールリッジが「このブルータスとキャシアスの場面ほどシェイクスピアの天才《ジーニアス》が人智を超えていると印象づける箇所は他にない」[*19]と絶讃した、いわゆる「諍《いさか》いの場」として知られる四幕三場である。

ローマ最古の弁論術教本『ヘレンニウスへの修辞学』第四巻（四八節）によれば「何らかの過失のために相手を叱責する正当な理由が自分にあるとき、敬意を抱く相手に対して敢えてもの申す」場合に使われる、実直な諫言《リケンティア》という修辞がある。諍いの場においては、この修辞技法が生彩を放っている。[*20]キャシアスに対して収賄の嫌疑を抱いたブルータスは執拗に相手を責め、キャシアスもそれに応戦し、際限のない誹謗中傷合戦が展開する。だが、歯に衣着せぬもの言いによって、むしろ蟠《わだかま》りが解ける。

キャシアス　君は僕を愛していないのだ。

ブルータス　僕は君の欠点が嫌なのだ。

キャシアス　友情の目で見れば、そんな欠点は見えまい。

ブルータス　阿《おもね》る者の目には見えないのだ。よしんば欠点がオリンポス山ほどに大きくとも。*21

（四幕三場八九―九二行）

「友情の目（a friendly eye）」という言葉が一朝口をついて出れば、遠からず友情は甦生する。ブルータスとキャシアスの会話は韻文であるが、それは実直を装ったアントニーの詭弁とは異質である。実直な諫言こそが真の友情を深めることも劇作家シェイクスピアは承知していた。

史実のキケロは、シーザーが暗殺された紀元前四四年三月以降、矢継ぎ早に複数の著作を完成させた。そのなかにはルネサンス期英国の古典教育において盛んに読まれた『友情について』も含まれる。シェイクスピア自身もその一部を故郷ストラットフォードの文法学校で読んでいた可能性は高い。*22 キケロ『友情について』第七巻（二三節）には「真の友人を見つめる者は、いわば自分の似姿を見つめることになる」とあるが、次のキャシアスの台詞は、劇作家がキケロの顰《ひそ》みに倣ったものであろう。

キャシアス　知っての通り、君は君自身を何かに映さずしては正しく見ることが叶わない。だから僕が君の鏡となり君が自ら気づいていない君自身をあるがままに見せようと言っているのだ。

（一幕二場六七―七〇行）

五　キケロの手

紀元前四三年一〇月末、アントニー等の新三頭政治家はキケロを含む二百人余りの元老院議員の財産没収《プロスクリプティオ》・追放を告示した。キケロがリストに挙がったのは、一連の「フィリッピカ演説」で執拗にアントニーを攻撃したからである。一二月七日、百人隊長ヘレンニウスと軍団司令官ポピリウス・ラエナの部隊が刺客として派遣された。奇しくもポピリウスは以前に父殺しの嫌疑で裁判にかけられたところをキケロの弁護によって処罰を免れた人物であった。

［キケロは］刺客の顔をじっと睨んだ。髪や髭は白くなり、顔は過労のために窶《やつ》れて皺で覆われていた。ヘレンニウスが残虐な方法でキケロの命を奪ったとき、その場に居合わせた多くの者が目を覆った。キケロ享年六四、駕籠から頭を出したところを斬首されたのである。アントニーの命により、手も斬り落とされた。それはアントニーを攻撃する「フィリッピカ」と呼ばれた演説を書いた手であった。【中略】［アントニーはキケロの］生首と手とを即座に演壇《ロストラ》に晒すように命じた。それはローマ人にとって恐怖と悍《おぞ》ましさを掻き立てる見世物だった。

（『英雄伝』第五巻「キケロ」三六六頁）

シェイクスピアは折に触れて再読したであろう『英雄伝』を通してキケロの最期を知っていたに違いない。[*23] しかしながら、劇中ではキケロとアントニーとの確執に触れず、キケロの訃報をたった一言「キケロもその一人だった」（四幕三場一七八行）で済ませた。そうして『英雄伝』に記された『タイタス・アンドロニカス』風の地獄絵図[*24]を舞台に再現するのを回避したのである。

西洋古典学者シェーン・バトラーの著した『キケロの手』によれば、『英雄伝』のテクストには決定的な齟齬――キケロ伝では「手」は複数形、アントニー伝では「右手」と特定された単数形――が記録されている。伝承に存在した両手説と右手説との揺らぎがそのまま『英雄伝』にも反映されたのだ。バトラーは、印欧語族の言語形式上に現れた単複の齟齬を出発点として、古代ローマが口承文化から文字文化へと移行した歴史の断層を描写する。[*25]ここで重要なのは、アントニーの憎悪が雄弁家キケロの舌にではなく、原稿を書いた手に向けられたという史実である。少年期のシェイクスピアは故郷の文法学校で文字を介してキケロと出会った。そのシェイクスピアが書いた『ジュリアス・シーザー』を私たち現代人は「未だ生まれぬ未来の国々で未知の言語で（In states unborn and accents yet unknown）」（三幕一場一一三行）古典として読み継いでいる。文字《エクリチュール》を記す力を持つキケロの手を恐れて断手刑を命じたアントニーの不安は的中した。故にこそ、シェイクスピアが芝居の後半における僅かな心の慰めである友情の場面を描いたとき、雄弁術の軌範師キケロのことがふと脳裡をよぎったのだとすれば、そこに暴力に対して言葉が勝利を収めるルネサンス人文主義の闊達な精神を読み取ることができるのである。[*26]

注

＊1――Anthony Everitt, *Cicero: The Life and Times of Rome's Greatest Politician* (New York: Random House, 2003), p. viii.〔邦訳『キケロ――もうひとつのローマ史』（高田康成訳、白水社、二〇〇六）〕米国版の

原著と邦訳では序文が異なるため、ここに要約・紹介した記述は邦訳版には存在しない。

＊2——Quentin Skinner, *Forensic Shakespeare* (Oxford: Oxford University Press, 2014), pp. 3–4.

＊3——Andrew Hadfield, *Shakespeare and Republicanism* (Cambridge: Cambridge University Press, 2005), p. 168.

＊4——Garry Wills, *Rome and Rhetoric: Shakespeare's Julius Caesar* (New Haven: Yale University Press, 2011), pp. 13–14. ウィルズの説は、バーベッジがブルータスを演じていたとする通説に逆らう。威厳ある端役のシーザーとキケロとをバーベッジが兼ねて演じたというアイデアは奇抜であるが面白い。

＊5——プルタルコス『英雄伝』からの要約・引用は *Plutarch's Lives of the Noble Grecians and Romans. Englished by Sir Thomas North anno 1579, with an Introduction by George Wyndham*, Vols. V–VI (New York: AMS Press, 1967) に拠る。訳はすべて拙訳である。

＊6——『ジュリアス・シーザー』からの引用の幕・場・行数は William Shakespeare, *Julius Caesar*, ed. Marvin Spevack (Cambridge: Cambridge University Press, 1988) に拠る。シェイクスピアの他の劇作品からの引用も各々の新ケンブリッジ版に拠る。訳はすべて拙訳である。

＊7——Jonathan Bate, *Soul of the Age: The Life, Mind and World of William Shakespeare* (London: Penguin, 2009), pp. 90–91.

＊8——プルタルコス『英雄伝』には細かな日付などは記されていないが、本論では時系列を明示するために、マティアス・ゲルツァー『ローマ政治家伝Ⅲキケロ』（長谷川博隆訳、名古屋大学出版会、二〇一四）を参照して適宜年月日を補った。

＊9——Skinner, p. 110.

＊10——Vivian Thomas, *Shakespeare's Roman Worlds* (London: Routledge, 1989), p. 48.

＊11——Brian Vickers, *The Artistry of Shakespeare's Prose* (London: Methuen, 1968), p. 243.

＊12——Warren Chernaik, *The Myth of Rome in Shakespeare and his Contemporaries* (Cambridge: Cambridge

University Press, 2011), p. 82.

＊13——キケロ等の古典からの引用は各々のロウブ古典文庫から英訳を参考に訳出し、巻と節とによって出典を示した。

＊14——David Daniell 編注アーデン・シェイクスピア第三版の脚注に、その戦闘にはアントニーが不参加であったこと、そのためにローマの中央広場で演説を聞いていた古参の兵士はアントニーの嘘に気づいたかもしれないとの指摘がある。

＊15——Cicero, *Brutus* and *Orator*, Loeb Classical Library (Cambridge, Massachusetts: Harvard University Press, 1962), pp. 124–25.

＊16——Thomas Wilson, *The Art of Rhetoric* (*1560*), ed. Peter E. Medine (Pennsylvania: The Pennsylvania State University Press, 1993), p. 49 によれば、弁論術の五大要素の英訳は 1. Invention of matter, 2. Disposition of the same, 3. Elocution, 4. Memory, 5. Utterance である。

＊17——*Shakespeare's Montaigne: The Florio Translation of the Essays*. Eds. Stephen Greenblatt and Peter G. Platt (New York: New York Review Books, 2014), p. 234. フローリオによる英訳は、*Caesar's* gown disquieted all *Rome*, which his death had not done である。

＊18——Jennifer Richards, *Rhetoric* (London: Routledge, 2008), p. 45.

＊19——Jonathan Bate, ed., *The Romantics on Shakespeare* (Harmondsworth: Penguin, 1997), p. 376. コールリッジは「シェイクスピアの天才」を謳っているものの、批評家エムリス・ジョーンズはエウリピデス作『アウリスのイピゲネイア』をこの場面の隠れた材源として示唆していることを付言しておく。Emrys Jones, *The Origins of Shakespeare* (Oxford: Clarendon Press, 1977), pp. 108–18.

＊20——Richards, p. 68.

＊21——シーザーが暗殺される直前に追従者に対して吐いた台詞 Hence! Wilt thou lift up Olympus? (3.1.74) を想起させる台詞である。

*22——Peter Mack, *Elizabethan Rhetoric: Theory and Practice*（Cambridge: Cambridge University Press, 2002）, pp. 12–14.

*23——本論で論じたように、『ジュリアス・シーザー』ではキケロの末期は直接には描かれていないが、処刑の残虐さとそれに対する劇作家の反応を連想させる言葉がブルータスの台詞となって紛れ込んでいることを指摘しておきたい。原文は Our course will seem too bloody, Caius Cassius, / To cut the head off and then hack the limbs — / Like wrath in death and envy afterwards — / For Antony is but a limb of Caesar.（2. 1. 162–65）であるが「血腥過ぎる（too bloody）」と言うのはキケロの末期に対する劇作家自身の所感ではないか。

*24——舌に加えて両手も斬り取られるラヴィニアが真実を伝えるために用いる手段がオウィディウス『変身綺譚』すなわちラテン語教育の古典である。Farah Karim-Cooper, *The Hand on the Shakespearean Stage*（London: Bloomsbury, 2016）pp. 221–40.

*25——Shane Butler, *The Hand of Cicero*（London: Routledge, 2012）, pp. 1–3.

*26——二〇世紀の終わりを席巻した批評理論に影響を受けたアンチ人文主義の潮流への批判的な立場としては Robin Headlam Wells, *Shakespeare's Humanism*（Cambridge: Cambridge University Press, 2005）, pp. 177–203 が先駆的である。

6

真実という野良犬

『リア王』における「忠告」のパフォーマティヴィティについて

米谷郁子

世の中には、いわば自分本来の舞台を知っている、つまり現に自分が手がけている芝居の中で、どこでどう振舞ったらよいかを充分弁えていて、それに応じて自分の役を見事に演じ、順序次第をまちがえるようなことは一切喋ったりしない、といったもっと現実的な哲学もあります。こういう哲学こそ、あなたが大いに心がけなければならない哲学ではありますまいか。

トマス・モア[*1]

「最上の忠告者は死者である」と言われたのは、もっともである。書物は忠告者がはばかる時でも、率直に語るものである。それゆえ書物に、とくにみずから舞台で演じたことがあるような人々の書物に親しむのは、よいことである。

フランシス・ベーコン[*2]

一　序

シェイクスピアの時代、宮廷は舞台であった。冒頭のトマス・モアとフランシス・ベーコンの引用は、どちらも顧問官から君主に向かって発せられる「忠告」について論じたものであるが、ここで言われている「舞台」とは宮廷政治の場のことであり、「忠告」という実務は舞台で演技をする俳優のパフォーマンスのようなものとして論じられている。同様に、シェイクスピア時代の演劇は政治を論じる場でもあって、劇作家たちは芝居作品を通じて政治を語った。本稿でとり上げるシェイクスピアの『リア王』もまた芝居を通じて政治を語った作品である。そこでは「忠告」の問題が一つのテーマとなっている。

老いたブリテン王リアは、王国を分割して三人の娘に与えると宣言し、娘たちが領土を贈与されるにふさわしいかを判断するために、自分に対する愛情がどれだけのものであるかを述べるように要求する。王は飾り立てた言葉で取り入る追従的な愛情表現をした長女ゴネリルと二女リーガンに領土を分配し、冷淡に聞こえる飾り気のない言葉で述べた善良な末娘コーディリアを勘当してしまう。さらに忠実な臣下ケント伯の忠告も聞き入れず、追放を申し渡す。追放されたケントは王の身を案じ、変装して王につき従っていく。上の二人の娘の冷遇によってすべてを失った老王は、狂気に陥って嵐の中を彷徨する。こうして理性を失ってはじめて、己と娘たち、追従という見せかけの愛、この世と人生についての正しい認識を得る。このシェイクスピアの『リア王』（一六〇五―六頃）では、登場人物たちの情動から生じた諸要求に対して折々に発せられる「忠告」の重層性のテーマが、一義的にはケントによって、そして同時に他の登場人物によっても担われつつ、作品全体に拡散している。右に述べた主筋だけでなく、グロスター公爵―エドガー―エドマンドを中心とする副筋においても、これらの要求や忠告は、作品を取り巻く政治的な問題に関わるものとして表象されている。

政治が制度としてだけでなく人間の「生」のさまざまな側面にまで及んでくる現代にあっては、シェイクスピアの作品の持つ政治的な現代性がどのようなところにあるのかを改めて考える必要がある。例えば自然の猛威をしのぐ屋根を求めるサバイバーたちの身体。迫害や暴力からの庇護を求める身体。病み老いて保護と診療を求める身体。移動や労働の自由を求める身体。そして、言論の自由。『リア王』という作品が現代性を持つのは、登場人物たちの他者への言語的かつパフォーマティヴな働きかけが、極めて不安定となっている現代世界の諸相を象徴しているからである。

本論では、シェイクスピアの『リア王』に見られるケントの「忠告」の言葉を論じることで、『リア王』のもつ現代性の一端を明らかにしようとするものである。初期近代英国演劇に登場する「忠告」場面は、とりわけジェイムズ朝演劇の政治批評に取り組んできたカーティス・ペリーが端的に述べるように、同時代の時事的問題へのアリュージョンとして注目され、個別の作品の特定場面を解釈するためにのみ論じられてきた感がある。[*3] けれども後述するように、君主に対する臣下の「忠告」というテーマは、同時代演劇に至るまでの文学の長い伝統の中に位置付けて論じるべきものである。シェイクスピアの『リア王』には、材源となる作品や同時代の他の作品に見られるような「臣下が君主に対して行う忠告」として注目すべき場面は明確には特定されず、またそうした場面がないという欠如すら議論の的になったことはほぼなかったと言ってよい。[*4] しかしながら拙論でこれから論じたいのは、政治的「忠告」

のテーマが極めて内在的な形でこの作品全体の基調となっていること、加えてケントの行う忠告が、一面では古臭く時代遅れのものとして見なされたとしてもなお重層的でパフォーマティヴな力を持つ発話として、より広範な文学の伝統の中に位置づけ得るものであることである。

二　「忠告」の文学的伝統

古典学者であり外交官でもあったトマス・エリオット（一四九〇頃—一五四六）の礼節指南教育論『為政者論』（一五三一）に見える通り、中世から引き継がれてきた「忠告（counsel）」のありかたに関する議論は、一六世紀になると、人文主義の分野や教育と政治の両実践の中で、知と愚、経験と未熟、言と動の間の関係を問い直す一大テーマとなっていた。[*5] シェイクスピアの『リア王』が、同時代になお有効な劇的素材としてこのテーマを発展させたと考えられる根拠を検討するために、まずは『リア王』の背景にある作品として『ゴーボダック』（一五六二）の例を見てみよう。

『ゴーボダック』の冒頭には、君主ゴーボダックの自主退位、および二人の息子フェレックスとポレックスに王国を分割相続させるという二つの愚挙に関して、三人の忠告者とゴーボダックとの対話の場面がある。[*6] 王に忠告を行う三人のうち最初の忠告者アロスタスは典型的な追従者であり、ゴーボダックの決断に迎合する。二番目のフィランダーは、王の退位には反対するも王国分割に賛意を示す。三番目に登場するユービュラスは、どちらの決断にも反論しながら国の未来を案じる。この作品はアロスタスの賛意の通りに進むが、他の二人の忠告の正当性や効力について、作品は答えを提示しない。この三人が宮廷における他の堕落した追従者たちと対置されながら作品は進み、君主が死を迎えた後も、それぞれの忠告の効力の検証はなされないために、作品の孕む混沌はますます明るみに出る。寓意的役割の明瞭だったそれまでの道徳劇とは異なり、『ゴーボダック』においては、例えばユービュラスはギリシア語で「賢い忠告者」を意味するから善良な寓意的人物だろうという予想は必ずしも通じない。第一の忠告者アロスタスの名前は「軟弱」という意味であり、第二の忠告者フィランダーは「人類の友」という意味を持つが、名が体を表すとは限らず、割り切れなさは残る。

　ここでさらに問題になるのは、「忠告」のもつパフォーマティヴな側面、すなわち「何が言われるのか」ではなく「どのように言われるのか」の問題である。[*7]「忠告」の問題は、その忠告内容の事実関係や真偽よりも、忠告の行為が生起する瞬間に選び取られる言葉やレトリック、およびその忠告を発する者が君主の権力を前にしてどのような礼節《デコーラム》を駆使し、どのように生き延びるかを問う。そもそも「忠告」の伝統は、古典古代以来称揚されてきた *parrhesia*（パレーシア、率直な語り）の叡智として捉えられてきた。「よき忠告」においては常に、「飾り気のない平明な言葉で語る」ことが求められてきた。さらに貧しい衣に身を包みつつ、平民たちに救世主の到来という真理を平明な言葉で説き続ける洗礼者ヨハネの姿に理想的な忠告者像が象徴化されるに至り、「忠告」はこうしたキリスト教的美徳と結びつき、「嘘偽りなき正直な告解」を善とする倫理的伝統の中で、質素清貧な姿として立ち現れるのである。

　シェイクスピアの同時代の演劇作品を例に取れば、グロスター公トマス・オヴ・ウッドストックを主人公とする政治劇『ウッドストック』（一五九二―九五頃）では、寵臣たちによって堕落させられた王に対して飾り気のない装いで率直な物言いをするトマスの姿に、善き忠告者の理想が具現化されている。

『リア王』に登場するケントも、そうした正直で率直な忠告者の典型である。しかしながら、ケントはその後苛酷で悲惨な運命を歩まされる点で他の「善き忠告者」の系譜からは外れる。第三幕以降、狂人の乞食を装って「卑しい、あわれな姿」に身をやつし、腐敗した世界の中で「逃げられるだけは逃げ、生きのび」ようとするエドガー（二幕二場一七七―八〇行）、「悪口御免の（'all-licenced' 一幕四場一九一行）」道化、それに発狂した王、この三者が一体となって嵐の荒野をさまようのだが、彼らの悲惨さに常に寄りそい続けるケントの「忠告」のパフォーマティヴィティは、意外にも見過ごされてきた。[*8] 劇中で変装するケントとエドガー、そして道化の姿を通じて、率直さは、善を体現する人物たちがそれぞれ時に裸同然で追放状態にあること、その清貧が狂気と隣合わせであることの演劇的な表象によって、「忠告」の役割に関連づけられているのだ。

絢爛な装飾を纏うレトリックやまわりくどい複雑な表現は、ことごとく「人を欺くもの」として警戒された。けれども他方で、平明な言い回しは往々にして無慈悲で口が悪く、時に聴く者の機嫌を損ね不快にさせる要素を含むものであった。最悪の場合には話者の政治的な立場を危うくさせ、迫害に結びつくものであったため、忠告は命がけの発話となる。そうした命がけの忠告を行った人として想起に値するのは、スコットランド人の人文主義者ジョージ・ブキャナン（一五〇六―八二）である。ラテン語で活発に詩や劇作を行い、政治批評を繰り広げ、そして若き日のジェイムズ一世であるスコットランド王・ジェイムズ六世の家庭教師であった。戯曲『洗礼者ヨハネ』冒頭の献詩においてブキャナンは、当時まだ一〇歳の少年であったジェイムズに、この作品で描かれるような「暴君が人民に対して与える苦痛」に注意を促し、もしもジェイムズが将来暴君となったとしても、その責めをブキャナンに負わせないようにと、皮肉めいた口調で説く。「私はまた、この小さな本が後世における証人になるよう望んでいる。もしも邪悪な忠告者たちによって強いられるか、もしくは正しい教育を転覆させるような形で、王権の過度の濫用によって、あなたが何か間違ったことをしでかしたとしても、それはあなたの教師たちの失敗のせいにされるべきことではなく、美徳ある警告に従わなかったあなた自身の過失のせいなのです。[*9]」臣下が君主を合法的に退位させることができるだけでなく、君主が暴君となった場合に殺害することができると論じた『君主制についての対話』をブキャナンが発表したのは、この二年後、一五七九年のことであった。

トマス・モアが『ユートピア』で描いたように、忠告者の地位に就くことを拒むラファエル・ヒスロデイのような人間もいる。「善き忠告者」でいるために君主から疎まれ嫌われると知っているからである。『リア王』の道化の言葉を借りれば、「真実ってやつは野良犬だね、鞭でたたき出されるんだから」（一幕四場一〇九行）というわけだ。モアは、真実を述べることの重要性を否定しないものの、それを「語ることを可能とする」ものは、「語り方」、つまり礼節《デコーラム》の尊重によってであることに重きを置いていた。「所期の目的を達するためにはどうやったらもっとも賢明で妥当であるか、ということを智慧を絞り工夫を凝らして懸命に考えなければなりません。善いほうに導くことのできないものは、せめて最悪の事態に陥らないように、処置することです。すべての人が善人でない限り、万事がうまくいくということはありえませんし、また実際そうなることはここ当分望むべくもないと思います。[*10]」ベーコンも言う。「国王は提出される議案のことで自分自身の気持ちを打ち明けすぎないように用心するがよい。さもないと、顧問官たちはただ国王の意向に迎合して、率直に忠告する代わりに、「お心のままに」を唱えるだろうからである。[*11]」つまり忠告者は、現実には世の潮目を読みながらも、善いほうに導くことができない場合には国王の意図に迎合するのも仕事のうちなのだ。この論理に従えば、忠告者は時に追従の衣をまとっていなければならないということになりさえする。[*12]『リア王』を考える上で注目に値する点は、ベーコンが政治の場で忠告であれ討議であれ拙速を避けて慎重に進めていくべきだと主張する際に、イングランドとスコットランドの連合（Union）に関する議論の場を例に挙げていることである。[*13]実際、一六〇六年の冬には、クリストファー・ピゴットなる議員がスコットランド人に対して暴言めいた答弁を行い、議会がそれに対する処分を行わなかったことをきっかけに、国王と議会の間の交渉の場における「言論の自由」や「忠告」のあり方が論議された。王国統合で揺れていた当時の政治の場で、こうしたレトリックや言葉の問題が注目されていたことは、『リア王』を考える上でも見過ごせない点であろう。[*14]

以上のように、政治と文学の伝統の中で、「忠告」は両義的でパフォーマティヴな側面を表してきた。「忠実でまじめ、率直でひたむきな人たち」によって誠実に行われるべき忠告は、実は常に、茶番喜劇的に君主の意向に迎合する「追従」のレトリックや、居丈高な教師の発する暴言めいた助言と紙一重の言辞になり得るのである。

三　ケントの忠告

こうした「忠告」の政治的文化的背景を念頭に置いて、あらためて『リア王』を読んでみると、忠臣ケントの人物造型に込められた政治性がよく見えてくる。『リア王』における「忠告者」ケントのパフォーマティヴな言葉のもつ演劇性とその特異性について考えるために、『リア王』の材源に立ち戻ってみたい。

『リア王』の材源については既に多くの議論があるが、よく知られている中でも、例えばホリンシェッドの『年代記』やシドニー『アーケイディア』には、ケントのような人物による君主に対する忠告の場面は出てこない。それに対して、王の末娘とその夫のガリア王が姉娘たちに勝利し、リアの復位で終わる歴史ロマンス劇的な『リア王実録年代記』(一五九〇頃)には、さきに検討した『ゴーボダック』と同じく、王に忠告を与える三人の忠告者が登場する。[*15] 老王リアは、妻の死後に三人の娘へ均等に王国を分け与えようとして、忠告者たちに助言を求める。一番目の忠告者スカリジャーは、土地の持つ価値を考慮に入れた不平等分割を提案する。二番目の貴族は、リアに息子がいないことをむなしく嘆きながらも、王国を守るために近隣諸国の王と娘たちを結婚させることを提案する。三番目のペリラスは愛のない政略結婚に反対するが、リアは例の「愛情テスト」を娘たちに課すことを思いつくのである。ペリラスは王に反対し続け、リアの末娘コーデラが勘当された後もなお、コーデラの味方につき続ける。そして、作品を通してずっとリアに寄り添い、耳触りのよい追従の言葉と真実を語る言葉の違いを王に理解させていくのである。リアは結末でペリラスのことをダイモン、つまり「理想の友」と呼ぶ。苦境の中で飢えるリアに向かってペリラスは言う、「わたしのこの肉体をお食べ下さい。この血管も、あなたを癒すだけの美徳ならまだ残っておりましょう。さあ、お食べ下さい」。[*16]

シェイクスピアは、『リア王実録年代記』に登場するこのペリラスと、王につき従う貴族マムフォードをあわせる形で、ケントという人物を創造したと考えられている。『リア王実録年代記』の中では巡礼者に変装して王につき従いたいと申し出るのがマムフォードなのだが、その時リアは、臣下としてでなく「歯に衣着せぬ（blunt）」友人として付き添ってくれるならば、という条件で許可を与える。マムフォードは王に答える。「もし私の口が悪く率直に過ぎると思われたならば、私にそうあれと頼まれたご自身に感謝されるがよい」。

シェイクスピアの描くケントも、「口の悪さ・率直さ」を体現する人物として読まれ、また観られてきた。ケントのふるまいは、いかにも誠実で飾り気なく、無骨で率直な質実剛健さを理想とするブリテン人の鑑であり、また道徳劇の伝統に見られる人物、例えば「誠実」という名の登場人物の見せるような善意や美徳を体現する寓意的人物に結びつけて考えられてきた。ただし、ケントの歯に衣着せぬ物言いは、王に向けられた瞬間から苛烈なまでに政治的な重い意味を帯びた、命がけの忠告となる。

『ゴーボダック』と『リア王実録年代記』の両作品とも、王に忠告する三人の登場人物が重要な役割を果たしていたが、シェイクスピアの『リア王』冒頭では忠告者の役割がケント一人によって担われている。とはいえ、この変更によってシェイクスピアは忠告のテーマを薄めたのではなく、むしろその後の物語の展開において忠告者の役割を他の登場人物たちに分散させたと考えられる。例えば、最初の三人の娘たちの「愛情テスト」の場面では、ゴネリルとリーガンが二人揃って典型的な追従者らしい誇張された言葉遣い（'large speech' 一幕一場一八四行）を繰り返し聞かせ、さらにコーディリアが飾らない善き忠告者のごとき発話をする。臣下ではなく娘に忠告を行わせることによって、父と娘の間のプライベートな軋轢が親子間の「愛情」という情動の問題に留まらず、極めて政治的な意味を持つものであることを観客にほのめかしている。また、四つ折本（一六〇八）の一幕四場にしか見られない道化のリアへの台詞（「あんたの土地を譲るように忠告したやつ」'That lord that counselled thee to give away thy land' 一幕四場一三七行、下線は筆者による）のような細部に 'counsel' の言葉が読み取れることからも、『リア王』の成立当初から忠告のテーマがテクストに遍在していたことがうかがえる。ケントは、コーディリアの発話を受ける形で、末娘を勘当しないよう忠告する。ケントの発する「忠告」の言葉は、厳密にケントという一人の話者の意図を反映する発話と考えられるとしても、実際には単独の話者による独立した言語行為などではなく、他の登場人物たちの関係性や場面の文脈を受けて発せられ、さらにその関係性によって成り立つ劇の運動全体の中に組み込まれているのだ。

自分の忠告が聞き入れられるかどうかは君主の一存にかかっていることをわきまえているペリラスなどとは異なり、ケントの忠告は、王の反応を無視するその言葉の激しさの点で、材源に登場する忠告者たちとはかなり異なっている。王のコーディリアに対する酷い言葉に対して、

ケント　　　　　　　　　おそれながら、陛下、
つね日ごろわが国王としてあがめ、わが父上として
敬愛し、わが主君として従い、わが保護者として
祈りのなかにその名をとなえてまいりました私——
（一幕一場一四〇—四三行）

ここまではいいだろう。ケントは臣下としてあるべきデコーラムによって敬意を表明している。しかし

リアはここで警告を発する。

リア　弓はすでに引きしぼられた、矢面に立つな。
(同、一四四行)

それでもケントは引き下がらない。

ケント　矢を放たれるがいい、この胸板を射抜かれても
かまいませぬ。リアが狂ったとなればケントも
礼節を捨てましょう。なにをなさる、ご老体？
権力が追従に屈するとき、忠義が口を開くのを
恐れるとでもお思いか？　王が愚行に走るとき
直言するのが臣下の名誉。さあ、さきほどの宣告を
おとり消しなさい。とくと熟慮されたうえで、
軽率なご処分を撤回なさい。
(同、一四五—五二行)

「狂った」「老体」。「追従に屈する」「愚行」による「軽率なご処分」。君主でなくともこうした言葉に侮辱されたと感じるだろう。ケントは、忠告にふさわしいデコーラムを尊重することも、あるいは戦略的追従を選び取ることもなく、むしろ 'be Kent unmannerly'（一四六行）とすることを自ら宣言してしま

う。こうしたケントの「率直さ（plainness）」は傲慢不遜であるとみなされ、それに対する報いは、「追放」であった。その意味で、リア王に対するケントの決死の忠告は大失敗ということになる。あるいはケント自身も、自分の忠告は決して功を奏さないだろう、失敗するだろうと知りながらも、わざと激烈なまでに傲慢不遜な態度を選び取ったのかもしれない。

ケント　ここにはもはや自由はない、とどまることが追放だ。
（略）
ではご一同、ケントはこれでお別れいたします、
新しい国で古いしきたりを守って暮らします。
（同、一八二—八七行）

四　ケントのパフォーマティヴなあやうさ

この「古いしきたり」がいかなるものなのかは、ケントがカイアスと名前を変えて、変装した上で再登場し、奉公人としてリア王に合流してから明らかになる。長女ゴネリルの執事オズワルドとの二度目の邂逅において、オズワルドに対してケントが発する罵詈雑言は、その愚弄と侮蔑の激しさにかけて、シェイクスピア作品に登場する善人の台詞の中でも最も衝撃的で、かつ喜劇的であり、ラディカルな場面となっている。

ケント　おまえはな、悪党さ、ごろつきさ、残飯あさりの乞食野郎さ、卑しい、高慢ちきな、薄っぺらな、汚らしい、年三枚のお仕着せもらいの、年収百ポンドの最低紳士の、いやらしい、毛糸の靴下野郎さ、肝っ玉は小娘同様の、喧嘩をこわがって訴訟に頼るいくじなし野郎さ、父なし子の、鏡ばかりのぞくみえっぱりの、おせっかいの、にやけ野郎さ、カバン一つが財産の下司野郎さ、ご主人のためとあらば喜んで女をとりもつ女衒野郎さ、要するに悪党と乞食と臆病者と女衒と淫売の伜とをこねて丸めた野郎さ、いま言った肩書きを一つでも否定するならぶんなぐってひいひい言わせたくなる野郎さ。

（二幕二場一四―二二行）

これだけでは足りないとでも言わんばかりに、ケントはさらに続ける。

ケント　きさまの頭を卵がわりにたたき割って月見ウドンでも作ってやるか。抜くんだ、この淫売の伜、床屋通いのにやけ野郎

（同、二九―三一行）

この差別的な暴言の洪水に、一体どうしてこんなひどい侮蔑が爆発するのかと疑問に思うのは、愚かなオズワルドだけではないだろう。と同時に、変装後のケントがこの台詞を言うことも考えると、ケント役の俳優には喜劇役者的な佇まいが必要になる場面でもある。ここのケントの台詞は、賢明なる忠告を行う保守的な年輩の臣下というよりはむしろ、当時の政治パンフレット作者や、同時代の芝居に登場した多弁な悪党たちの吐く罵詈雑言に似ているからだ。変装というパフォーマティヴィティを発揮すると

同時に、レトリックの上でもパフォーマティヴなケントの、ここがある種の見せ場であることは間違いない。さらに重要なのは、この暴言の後にオズワルドが二女リーガンの夫コーンウォールに向かって、「ケントは王の歓心を買おうとしているのだ」と主張する場面である。ケントはリア王におべっかを使い、王に取り入ろうとして、故意に王の娘の取り巻きを侮辱したのだと、オズワルドは主張するのである。これに抗して率直であることが自分の務めであるというケントの主張に冷や水を浴びせる形で、コーンウォールは次のように述べる。

コーンウォール　こういうやつがいるのだ、
一度ぶっきらぼうなもの言いをほめられたため、
わざと無礼、粗暴な態度をとり、本性をゆがめてまで
格好をつけるようになる。おせじは言えません、
正直率直を旨とし、つねに真実を語りますってわけだ。
認められればそれでよし、認められなくても
正直者で通る。おれは知っているぞ、こういう悪党は、
正直を売り物にしながら、露骨なことばに陰険狡猾な
意図をかくしている。お役目だいじにペコペコ追従する
愚かなガチョウどもよりはるかに油断のならないやつだ。

（同、九三―一〇二行）

「ぶっきらぼう」な「率直さ」を「わざと」「本性をゆがめてまで」演じてみせ、「格好をつける」というこのコーンウォールの言及は、ケントのレトリックの両義的な性質をよく捉えている。ケントは一方ではたしかに、平明と自由闊達さの美徳を体現している。しかし他方で、その同じケントの言葉は粗暴なまでに痛烈で率直な諷刺の言葉であり、戦闘的かつ挑発的に、暴言まがいの言論を繰り出していく。しかも忠告が戦略的に追従の衣を身にまとっていなければ効力を持てないと暗示したトマス・モアやベーコンの論点をここで思い出すならば、罵詈雑言は実はケントならではの追従の戦略なのであると、コーンウォールが主張するくだりは注目に値する。もしもケントの発話行為がそのような戦略を持っていたとしても、それをコーンウォールに見破られた段階で、ケントの率直な発話はまたもや失敗していることになる。事実、ケントは足枷をかけられ、グロスターの城の前に懲罰として放置される。そしてこの後、観客は屈辱にひたすら耐えるケントを見つめるしかないのである。

　こうして世直しや善政には結びつかない、つまり常に人を説得し損ない失敗するレトリックや忠告は、『リア王』の作品全体に散在している。実に多くの人間が助言を求めたり、助言になり損なう言葉を発したりするのだ。リーガンすらも、父と姉の対立を知り、取るものもとりあえずコーンウォールと共にグロスターを訪ねて言う。「グロスター伯、実は急な事態が起こって／どうしてもあなたの助言が必要になったのです」と（二幕一場一二二―一二三行）。結果として、彼らが忠告を仰いだグロスターの両目は、のちに他ならぬこの二人の手によってくり抜かれる。そして、狂人トムの変装を取らないエドガーと、盲目のグロスターの父子は、無力で貧しき二人組となって手に手を取り合い、あの「ドーヴァーの断崖」へと向かうのである。

ケントの粗暴な忠告の言葉、コーディリアの率直な言葉、道化の諷刺のこもった無駄口、トムの狂気の言葉。これらは全て現世では効力を持たないものとして劇中で示される。『リア王』は、こうした言葉の政治的効力を徹底的に否定することで、逆説的に観客だけに、その美徳のありようを伝えるという劇的アイロニーを発する作品である。よい忠告と伝統的に結びついて来た率直な言論は、ケントやコーディリアの姿によって、『リア王』の中で誇張され劇化されているが、それはひとえに、忠告をめぐる一連の発話の効力や政治的有効性を今一度問い直すためと考えられる。不可解なまでに無軌道な道化や狂人トムに変装したエドガーの発する言葉は、忠告をしたゆえにケントが陥った袋小路から脱する道を示しているかもしれない。しかしながら、ともすれば「道化だから」とか「狂人だから」といった口実でのみ特別な自由を認可された彼らの言葉は、作品内では王国の再生や何らかの政治改革のモデルとはなり得ていない。むしろ、そうなり得ないということを、シェイクスピアは意識的に描いたとも思える。コーディリアの素朴な物言いによって生まれた騒擾によって幕を明けたこの作品は、最終場面では再びこの政治的に無力な者たちの素朴な言葉を響かせて終わる。「二度と（"Never"）」を木霊のように繰り返し、「頼む、このボタンを外してくれ」（'undo this button'）」（五幕三場三〇七―八行）という狂気とも悟りともつかない台詞を続けつつ、詩的で心ゆさぶるリアの台詞の残響で終わるのである。貧しい愛情表現と率直な忠告で始まりミニマルな詩的言語へと最終的に一体化していくように聞こえる「素朴な言葉」は、「政治的に有効」であると見なされない存在によって発せられながら、君主と臣下、個人と国家、オリジナルと材源の境界線上に現れては消え、表象可能性の限界を暴く。ホリンシェッドの『年代記』では、リアの継承者として三人の娘たちの息子や甥たちの存在が示されるが、シェイクスピアの『リア王』では、君主制や領土それ自体の価値が回復不能なまでに否定されたとでも言うかのごとく、リア王亡き後の王国統治に名乗りをあげる者は一人もいないのである。リア王亡き国をあとにして、ケントは再び旅立つ。そして――

この悲しい時代の重荷に耐えていくほかあるまい、
感ずるままを語り合おう、儀礼のことばは口に出すまい。
もっとも年老いたかたがたがもっとも苦しみに耐えられた、
若いわれわれにはこれほどの苦しみ、たえてあるまい。

（五幕三場三二二―二五行）

この最後の台詞は、四つ折本ではオールバニーに、二つ折本（一六二三）ではエドガーに与えられているが、シェイクスピアが最後の台詞を誰に配する意図を持っていたのか、本文研究では最終的な結論に至っていない。最後の台詞を発する主体が誰なのか決めることができない、このテクスト自体に見られる決定不能性は、「一体誰が、この国を統治するにふさわしいのか」という問いに決定的な答えが永遠に与えられない、テクスト内部の物語の未決状態と重なっている。「感ずるまま（'what we feel' 三二三行）」に、相手の言って欲しいと望むような建前を情緒的に語ることが求められ、「私たちが言うべきこと（'what we ought to say' 三二三行。この訳は筆者による）」を言うことが困難である現状で、それでは政治批評、「忠告」の言葉は、一体どの位置にあるべきだろうか。「感ずるまま」と「言うべきこと」との間に明確な対照が設けられ、人々の情動が「ありのまま・感じるまま」の言葉を求めるとき、「忠告」は、たとえ「言うべきこと」であったとしても、それを聞く者には耳障りで旧弊な、受け入れ難いものにさえなることだろう。『リア王』を読み観る、今を生きる私たちにとってはどうだろうか。この結末によって、「感じるまま」に語り合うのか、それとも、無力であることがわかっていても、あるいは失敗による屈辱と忍耐の日々が待っているとしても、それでもなお「言うべきこと」を、私たちはパフォーマティヴに模索し得るのか。最後に岐路に立たされるのは、『リア王』を読む私たち自身なのである。

五　結

「忠告」の言葉は、一方ではそれが可能なものとなるための政治慣習や社会規範に即したデコーラムを備えていなければならない。にもかかわらず他方では、時にデコーラムを廃して暴力的なまでに率直平明を旨とすることで、「忠告」が成功するための条件である「口当たりのよさや穏便な見せかけ」を自ら積極的に破ろうとする。それゆえにケントの発話は、事前にその効力や成否を予測することができないか、あるいはむしろ発話の失敗が予測されるような状況から決して逃れられない地点に存在する。結末がどちらに転ぶかわからない、むしろ失敗のみが見えている、そこでこそパフォーマティヴな「忠告」の発話はその名に値する演劇的かつ政治的な力を生み出すことができるのである。ケントの発話は、政治としての舞台上で失敗の恐れを全力で引き受けた上での、それゆえに結果的に恐れを知らぬまでに苛烈な一撃であり、そうした成功の可能性が尽きる地点を自らめざし、それに懸命であるあまりに変装までするという、ある種盲目的な狂気のなかでのみ遂行される、逆説の言葉なのである。

＊本稿の一部は、二〇一五年三月にドイツのベルリンで開催された Renaissance Society of America 第六一回年次大会で研究発表した原稿を下敷きにしている。

注

＊1——Thomas More, *Utopia*, ed. by George M. Logan and Robert M. Adams（Cambridge: Cambridge University Press, 1989）, トマス・モア『ユートピア』（平井正穂訳、岩波文庫、一九五七）五七頁。以下、引用は平井訳に拠る。

＊2——Francis Bacon, *The Essayes or Counsels, Civill and Morall*, ed. by Michael Kiernan（Oxford: Clarendon Press, 1985）, フランシス・ベーコン『ベーコン随想集』（渡辺義雄訳、岩波文庫、一九八三）一〇〇頁。以下、引用は渡辺訳に拠る。

＊3——Curtis Perry, 'The Crisis of Counsel in Early Jacobean Political Tragedy', *Renaissance Drama* 24（1993）, 57–81（pp. 58, 78）参照。他に Greg Walker, *Writing under Tyranny: English Literature and the Henrician Reformation*（Oxford: Oxford University Press, 2005）参照。個別のシェイクスピア作品では、とりわけ『冬物語』や『ジュリアス・シーザー』や歴史劇における「忠告」のテーマが論じられてきた。以下に主要な文献を挙げる。John Guy, 'The Rhetoric of Counsel in Early Modern England', *Tudor Political Culture*, ed. by Dale Hoak（Cambridge: Cambridge University Press, 1995）, pp. 292–310, 特に人文主義学者たちにとって「忠告」の政治的慣習が意義を持っていたことに関しては Arthur B. Ferguson, *The*

Articulate Citizen and the English Renaissance (Durham: Duke University Press, 1965) 参照。「忠告」を「言論の自由」と「追従」の伝統との関わりから歴史的に論じた書として有用なのは David Colclough, *Freedom of Speech in Early Stuart England* (Cambridge: Cambridge University Press, 2005)。宮廷における言論の状況を君主の「寵愛」との関わりから論じたものとして、Curtis Perry, *Literature and Favoritism in Early Modern England* (Cambridge: Cambridge University Press, 2006)。宮廷での政治的な慣習の文脈から論じたものとして、Conal Condren, *Argument and Authority in Early Modern England: The Presupposition of Oaths and Offices* (Cambridge: Cambridge University Press, 2006)。テューダー朝とステュアート朝の政治思想を論じたものとして、いくつかの論集があるが、とりわけ有用なのは David Armitage, ed., *British Political Thought in History, Literature and Theory, 1500–1800* (Cambridge: Cambridge University Press, 2009)。

*4——『リア王』における counsel のテーマに短く触れている論考には以下のものがある。Andrew Hadfield, ‘The Power and Rights of the Crown in “Hamlet” and “King Lear”’, *The Review of English Studies*, vol. 54, no. 217 (Nov., 2003), pp. 566–86.

*5——「秘密を守る（keep counsel）」というもう一つの重要な意味の持つ演劇性と、とりわけ女性性との関連については、Julie Crawford, *Mediatrix: Women, Politics, and Literary Production in Early Modern England* (Oxford: Oxford University Press, 2014) に既に詳しく論じられており、特に Christina Luckyj, *‘A Moving Rhetoricke’: Gender and Silence in Early Modern England* (Manchester: Manchester University Press, 2002) と共に、コーディリアについての議論に参考になる。

*6——『ゴーボダック』における忠告のテーマとその機能については、Kevin Dunn, ‘Representing Counsel: *Gorboduc* and the Elizabethan Privy Council’, *English Literary Renaissance* 33, no. 3 (2003), 279–308 参照。

*7——イギリスの哲学者J・L・オースティンが提唱した言語行為論 (Speech Act Theory) では、あらゆる発話行為は言語行為《スピーチアクト》とみなされる。この理論において、行為遂行的《パフォーマティヴ》な言明は、事実確認的《コンスタンティヴ》な言明と区別され

る。事実確認的な言明が物事を外側から記述する（例「猫がベッドの下にいる」）ために、真偽が問題になるのに対して、パフォーマティヴな言明は言明そのものによって何かを為す（例「私は誓う」などの「約束」「説得」「契約」「言い訳」「批判」「お詫び」等）ために、こちらはどのように言われるかや礼節《デコーラム》が問題になる。事実確認的な言明もパフォーマティヴな言明であるとして、オースティンは後にこの区別を放棄するが、それでもなお、この区別は今も意義を持つ。『言語と行為』（坂本百大訳、大修館書店、一九七八）参照。なお、パフォーマティヴィティ理論は九〇年代のフェミニズム理論、とりわけジュディス・バトラーによって発展した。バトラーにおけるパフォーマティヴィティとは、「生存可能な主体としての資格を得てそこに留まり続けるための、規範の強制的な引用」を意味する。Judith Butler, 'Critically Queer', in *Bodies That Matter*（New York: Routledge, 1993）223–42（232）参照。パフォーマティヴな言明は、自由意志を持つ言語行為者が主体的に選び取るものではなく、むしろ行為者の成型に先行し、その生存可能性を条件づけるものとして作用するものである。このパフォーマティヴィティと演劇におけるパフォーマンスの違いについて、バトラーは「同一視することは間違い」（同書二三四頁）と指摘しているが、パフォーマンスはパフォーマティヴであるとも論じている。この場合の「演劇性」も「完全に意図的ではないもの」であって、両者は実は完全に区分し切り離すことは不可能なものとしている。Butler, 'Imitation and Gender Subordination', in *Inside/Out: Lesbian Theories, Gay Theories*, ed. by Diana Fuss（New York: Routledge, 1991）13–31 参照。以上を踏まえ、本稿に関わるパフォーマティヴとは、行為者の意図によるコントロールを超え、それゆえに結果や効果をあらかじめ想定することが困難であるような発話、さらにいかに発話が行われるべきかを規定する社会規範に則ったデコーラムやレトリックに対して対話や交渉の関係にあるような、行為者の生存可能性に関わる演劇的言辞であると定義づけておく。

*8——以下、『リア王』の引用は小田島雄志訳（白水社、一九八三）を用いる。原文の引用および幕・場・行数は William Shakespeare, *King Lear*, ed. R.A. Foakes, The Arden Shakespeare Third Series（London: Methuen, 1997）に拠る。

＊9――George Buchanan, *Tyrannicall-Government Anatomized, or, A Discourse Concerning Evil-Councellors Being the Life and Death of John the Baptist: and presented to the Kings most excellent Majesty by the Author*, Wing/B5298, 1642, B2 参照。
＊10――モア前掲書、五八頁。
＊11――ベーコン前掲書、一〇一頁。
＊12――「パレーシア」の伝統を辿りつつ、この点を詳細に論じたものとしては、Colclough の前掲書の第一章。
＊13――ベーコン前掲書、一〇〇頁。
＊14――これに関しては、Colclough の前掲書の第三章（特に pp. 147–48）に詳しい。
＊15――*True Chronicle History of King Leir*, in Geoffrey Bullough, *Narrative and Dramatic Sources of Shakespeare*, Vol. VII（London: Routledge, 1973）pp. 337–401 参照。
＊16――前掲書、p. 389.

7 マクベスと役者の身体

桑山智成

はじめに

演劇上演や映画撮影において役者は自分の身体と想像力を使って別の人物へと変身する。しかし、映画上映とは異なり、演劇上演では観客と役者が同じ時間と空間を共有するので、観客は、登場人物が織りなす物語と同時に、役者本来の存在感や創造行為自体をも味わうことができる。

シェイクスピア作品はこうした演劇の性質を強く意識して書かれている。特に本論が注目したいのは、劇作家が役者の存在感をあえて登場人物の表象に重ね、両者の一体性を強めるような瞬間や場面である。わかりやすい例としては『ヴェニスの商人』や『十二夜』において女性登場人物が男性に変装して活躍する場面が挙げられる。当時、女性登場人物は男性によって演じられていたので、こうした場面では現実の役者の男性性が虚構の女性性と混じり合い、不思議な現実味や存在感を持つ人物が舞台に生まれたのである。

悲劇『マクベス』においても、シェイクスピアは役者と登場人物とを混交させて、独特の劇的効果を生み出している。このテーマに関しては、マイケル・デイヴィッド・フォックスという批評家が考察を加えている。[*1] フォックスは、一般的にイギリス初期近代演劇において、メタシアトリカルで(登場人物が演劇を比喩に使ったり、演技行為を行ったりする)自意識的な台詞が役者自身の存在感を力強く引き出して登場人物を表象したこと、そして舞台に一人だけの登場人物が語る「独白」や、他の登場人物には聞こえない設定の「傍白」も同様の効果を持ったことを主張し、この見解を『マクベス』全体に適用している。

確かに、メタシアトリカルな台詞や独白ならびに傍白にはこの傾向が見られる。しかしこうした台詞全てが登場人物だけでなく役者の存在をも強調するという一般化は少々雑に思われる。具体的なそれぞれの場面や台詞によって、登場人物と役者の距離や関係性は変化するからである。

もっともフォックスもいくつかの台詞を具体的に検討している。代表例として採りあげているのが、人間を「歩く影、哀れな役者」と見なす有名な五幕五場の台詞である(一八―二七行)。[*2] その見解をまとめると以下のようになる。〈舞台上のシートンや兵士たちはこの台詞に反応を見せず、反応を求められることもない。つまり、強い焦点がマクベスのみに当てられており、映画のクロースアップのような効果が生まれている。その中で、「役者」の比喩は、観客の意識を登場人物マクベスだけでなく、演じる役者の存在自体にも結びつける。それゆえに、役者は「いま・ここ」において自分自身が感じる痛みと

情熱を台詞に乗せることができ、作品は悲劇的な頂点を迎える。[*3]〉

しかし以下に本論が示したいのは、マクベスと役者が鮮烈な重なりを見せるのはダンカン王を殺害する二幕一場までの前半であり、二幕二場からは両者の関係は変化していくということ、そしてこの変化は五幕五場の台詞にも見られ、そこには別種の演劇的性質ないし効果が見られるということである。これらのことを示すために、作品を具体的に検討していきたい。

一　初登場場面におけるマクベスと役者の一体化

マクベスは初めて登場するや否や魔女の予言を聞き、その一つが成就したことがすぐにわかると、「二つの真実が語られた。王座を主題とする大いなる一幕の前に、喜びを約束する前口上のように」（一・三・一二九―三一行、日本語訳およびルビは筆者、以下同様）と傍白を述べ、王座への野心と暗殺の想像を語り始める。V・K・カンタックを含め多くの批評家が指摘してきたように、ここには「一幕」(act)、「前口上」(prologue) など演劇用語が含まれており、マクベスは自分の状況を芝居のように捉えている。[*4] これはあたかもマクベスが自分を芝居の登場人物であると認識しているかのような印象を観客に与え得る。一方で、マクベスを演じる役者は、実際にこれが「王座を主題とする芝居」の幕開けであることを知って台詞を話すのであり、役者自身の意識も混じった不思議な人物がここで生まれることになる。役者と登場人物をより密接に絡み合わせる趣向はこの傍白の後半に見られる。

もしこの予言が善いものなら、どうしてあの誘いの恐ろしいイメージに俺の髪はざわめき、いつもは落ち着いている俺の心臓が不自然なほど肋骨を打ち付けるのだ。現在の恐怖など、恐ろしい想像に比べればたいしたことはない。殺人は思考の中でまだ想像にしかすぎないのに、男としての俺の状態をこんなにも揺さぶり、その機能は想像の中で窒息している。まるで何も存在していないかのようだ、存在しないものの他には。

（一幕三場一三六―四四行）

一般的に役者は想像力と身体を使って別の人物に変身するが、同じように初登場のマクベスも本来の自分とは異なる存在になることを想像している。通常、演技では、役者が登場人物の状況に近づいていくが、ここでは登場人物からも役者の状況に近づき、両者が接近していると言える（換言すれば、役者は自分がまさに得意とする作業をマクベスとしての表現としてそのまま利用することができる）[*5]。

また、マクベスは自分で恐ろしいイメージを想像しておきながら、その想像に驚いているが、この状況も役者に当てはまる。暗殺の想像に関して具体的な描写がなく、「恐ろしいイメージ」（horrid image）、「恐ろしい想像」（horrible imaginings）、「思考」（thought）、「想像」（surmise）といった語彙が繰り返されるにすぎず、役者は具体的なイメージを自分なりに想像することが求められるからである。そして、特に当時の上演においては、マクベスと同様に、シェイクスピアが属した国王一座の役者にとっても王を殺すという想像はまさに恐るべきことであったはずである。

役者自身にも恐ろしい想像を強いるという点に関連して、台詞がマクベスの身体に言及していることも意義深い。マクベスの髪は逆立ち、心臓の鼓動は肋骨に響いている。言うまでもなく演劇上演の間、舞台上で役者の身体は登場人物との共有物となっているので、この台詞は役者にも自身の髪、心臓、肋骨が反応するかのような、あるいは実際に反応させる想像を積極的に要求していると言える。

台詞の小刻みなスタッカート・リズムもこの身体的一体化を促進させる。特に「俺の心臓が不自然なほど肋骨を打ち付ける」の箇所は、原文では And make my seated heart knock at my ribs（一三八行、下線は筆者、以下同様）の一行の韻文だが、これは規則的な弱強五歩格のリズムで読むことができる。特に seated 以外の単語は全て単音節で構成されていることも小刻みなリズムに貢献している。さらに、短い母音と長い母音の繰り返しで始まった後で、knock at my ribs で短母音が連続する変化もスタッカートを強調する。また、my 以外のそれぞれの単語の終わりが /d/, /k/, /t/, /z/ という、舌が硬口蓋に当たる、あるいは歯で出す明確な子音になっており、特に seated heart knock at では、/t/ 音が一音節おきに繰り返されている。こうした強烈な特徴が書き込まれた台詞によって、役者はマクベスの驚きを音声的に、つまりは身体的に共有することになるのである。

言うまでもなく、この音声的特徴によって観客もマクベス（と役者）の身体反応を感じることになる。ここで注意を喚起しておきたいことは、マクベスの想像が暗殺という未来についてであるにせよ、心臓の鼓動といった身体反応は現在にのみ属するということである。この心臓の鼓動とそのリズムを通じて、登場人物・役者・観客の意識は繋がり、さらに、現在という時を共有している事実も暗示されているのである。

二　一幕七場の独白におけるマクベスと役者の身体

一幕三場での想像の影響は身体内部に留まっていたが、想像世界は徐々に身体表面や外側へと表出していく。その一つの例が一幕七場の独白である。この台詞は役者に大きな動作を要求しないものの、詳しく見てみると、独白を行う役者の身体的な様態や劇場空間が書き込まれ、それらがマクベスの思考や想像と連動していることがわかる。

この一撃で全てを決着させることができるなら、ここで、そうここでは、時の流れの、この川岸と砂洲の上では、我々は来世を飛び越えられる。だがこういう場合、ここにおいても、やはり我々に裁きが下される。我々が血に満ちた指示を与えると、それは考え出した本人を蝕むために帰ってくるのだ。均等な手を持つこの正義の神は、我々が用意した毒杯の中身を我々の唇に勧めてくる。……しかも、このダンカンは柔和で、統治においても清らか、それゆえ彼を他界させる罪深い行為があれば、彼の美徳がトランペットの舌をもって天使のようにそれを訴え、そして哀れみが、突風に跨がった生まれたての裸の赤子のように、あるいは目に見えない空気の乗り物に乗った智天使のように、その恐ろしい行為を皆の目に吹き付け、風を涙で水浸しにしてしまうだろう。

（一幕七場四―二五行）

まず、幾度も繰り返される「我々」（we）や「ここ」（here）という単語がマクベス（役者）と観客が同じ時間と空間を共有している事実を強調している。「ここ」はすぐに「時の流れの、この川岸と砂洲の上で」（Upon this bank and shoal of time）と言い換えられて、「現世」を表すことがわかるが、特に当時の（ような）劇場での上演では、この比喩表現も観客が目にしている役者の物理的状況つまり立ち姿そのものと立体的に連動する。というのも役者は、三方を観客に囲まれた張り出し舞台の上で、つまり砂洲の上に立っているような状態で、この独白を語っているからである。

さらに、その後の「均等な手を持つこの正義の神は、我々が用意した毒杯の中身を我々の唇に勧めてくる」の箇所は、観客の視線を役者の「手」と「唇」に集める。「均等な手を持つ正義の神」は原文では even-handed Justice（一〇行）という稀な表現になっており、注釈では、両皿が釣り合った天秤を持つ、あるいは同じ重しを両手に持つ「正義の神」を指すと指摘されることが多い。[*6] しかし、ここでマクベスが何も手に持っておらず、言うまでもなく腕や手が左右均等な even-handed な状態であることも注目に値する。つまり、マクベスはここで「均等な手を持つ正義の神」と「毒杯を唇に押しつけられる罪人」の両方に自分を見たとえて、つまり両者を演じながら思考を発展させていると考えられるからである。このことによってマクベスの思考や想像は、役者自身の身体性や演技力と不可分に絡み合うことになる。

さらに、引用後半の「美徳」や「哀れみ」の比喩表現においても、マクベスと役者、両者の演技性や身体性が融合している様を見ることができる。「美徳」が悪行を人々に知らせるイメージは「トランペット」のような「舌」だと描写されているが、原文の plead like angels, trumpet-tongued, against（一九行）では /d/ 音と /t/ 音（有声音と無声音）が繰り返されており、マクベスと役者の語り方、つまりその「舌」も、「美徳」と同様に、トランペットのような音を表現する。そもそも、「美徳」の行為はplead「訴える、嘆願する」という話し方に喩えられている。つまり、ここでマクベスと役者は「美徳」を自分の想像力と身体を使って演技、表現するのである。

次の「哀れみ」の箇所にも、役者が独白をする際の様態が書き込まれている。当時の劇場では、場面状況や人物心理の描写の大半を言葉が担っており、観客は台詞を聞きながら役者を見て虚構世界を想像した。「[哀れみが突風に乗って]その恐ろしい行為を皆の目に吹き付け[る]」という表現には、役者が呼吸に乗せて言葉を観客に伝える様子が、そして、「涙で風を水浸しにしてしまうだろう」という表現には、観客がその言葉を聞いてその内容を心の中で視覚化し、反応する様子が重なっている。[*7]

これに関連して、原文ではこの箇所は役者によって一気に語られるべく書かれており、その際に役者の吐く息が「突風」と重なり得ることも意義深い。

Besides, this Duncan / Hath borne his faculties so meek, hath been / So clear in his office, that his virtues / Will plead like angels, trumpet-tongued, against / The deep damnation of his taking off; / And pity, like a naked new-born babe, / Striding the blast, or heaven's cherubin, horsed / Upon the sightless couriers of the air, / Shall blow the horrid deed in every eye, / That tears shall drown the wind.

(1.7.16–25)

ここでは Besides, this Duncan「しかもこのダンカンは」から引用の終わりまでの一〇行（一六―二五行）がいわゆるso that構文となっており、意味上で切れ目がなく、行が次々と跨り、長い休止を置くことが難しい。特に、このthat節の中の二番目のSV節では主語pity「哀れみ」（二一行）と述語blow「吹き付ける」（二四行）が三行離れており、それゆえに連続性も強い。加えて、二二行のstriding「跨がった」、blast「突風」、horsed「馬に乗った」で繰り返される/st/音も擬音語として機能し、引き出された役者の息の強さとあいまって、「突風」を表現し得るであろう。

このように、ここでマクベスが使う、想像力に富む比喩やイメージは、舞台で独白する役者の立ち姿や発声行為と連動し、そのことによってマクベスと役者、両者の思考・想像・身体性は分かちがたく絡み合い一体となるのである。

もちろんこれによって役者自身の台詞朗唱の能力や発声の力強さも通常以上に引き出され、観客は役者が生み出す物理的な迫力を堪能できるであろう。そして、既に確認したように、観客の存在や視線も台詞の中に取り入れられていたことも注目に値する。登場人物・役者・観客が同じ時間と空間を共有する枠組みが強調される中で、マクベスの良心的な想像が展開することになるからである。

三　二幕一場におけるマクベスと役者の身体

第一幕で強調されたマクベス・役者・観客の一体感や「いま・ここ」を共有している感覚は、暗殺直前のマクベスの独白においてさらに高められる。この場面でマクベスは宙に浮かぶ短剣を見るが、それを掴もうとしても掴めない。テキストはこの短剣の正体を明らかにはしないが、マクベスが「お前は、熱に悩まされた脳から現れた心の短剣、偽りの作り事か」(二幕一場三七―三九行)と言い、「こんな物は存在しない。こんな風に目に知らせるのは血にまみれた仕事なのだ」(四七―四九行)と言った後に消えることから、これがマクベスの想像と密接に結びつけられていることは確かである。

マクベスと同じように、この場面を演じる役者も想像力を働かせて存在しないものを見なければならない。ここにおいて、第一幕と同様に、役者が持つ想像力の強さが、マクベスの想像力としてそのまま反映されることになる。しかし異なる点は、ここでは想像世界が目を通してはっきりと身体外に認識され、手がそれに触れようとすることである。

この場面の役者の演技に関してニコラス・ブルックが次のような指摘を行っている。「見えない短剣はマクベスの身体、ジェスチャー、そしてとりわけ目によって作られる必要がある。その目は宙の一点を見つめ、それによって存在しないものが観客にも『見える』ようになるのである。」[*8]

ブルックはわざわざ説明はしていないが、一七行の間、短剣はさまざまに変化するので、役者はその都度、目で演技を行うことになることも重要である。つまり、短剣が柄を向けて浮かんでいることに気がついた時(三三行)、掴もうとして掴めない時(三四行)、しかしまだ見える時(三五行)、その後、動き始めた時(四二行)、柄や刃に血糊がついた時(四六行)といったように、目は次々と変化を示さねばならない。言い換えれば、役者の目のほんのわずかな動きでさえも登場人物や虚構世界の描写として大きな意味を持つことになる。

ブルックの指摘の通り、役者の手によっても短剣は表現される。短剣を掴もうとする行為は、完全にその手が宙を握るまで、短剣の柄の場所や大きさまでをも表現し得るだろう。つまり、この場面での役者の行為はパントマイムの性質があり、何もない空間に登場人物が何かを見るという設定によって、役者の演技能力やその迫力が、極めて純粋な形で表れることになる。[*9]

しかしこの所作がパントマイムと決定的に異なる点は、現実だけでなく虚構世界においても、対象が物理的に存在しないことである。役者の手が宙を握るその瞬間、マクベスの手も本当に何も握っていないことになる。

当時のような、大がかりな装置を使わない裸舞台での上演では、マクベスと役者が手を握る瞬間の意義は大きい。場面状況は台詞で語られ、観客はその報告を聞いて想像の中で虚構世界を完成させたからである。つまり、短剣が現れてマクベスが「これは短剣か、俺の前に見えるのは？　柄を俺の手の方に向けているのは？」（三三行）と語る時、観客にとっても、本当に短剣が浮かんでいるのかどうかわからない。しかし役者が手を握りしめた瞬間に、虚構世界においても短剣が存在しないことが、マクベスや役者だけでなく観客にも明確に認識される。現実の役者の手の感覚が、そのまま登場人物の感覚に、そして観客の認識に繋がり、劇場が一つになる瞬間が生まれるのである。

しかしこの場面が役者から引き出す演技力は手と目に関するものだけではない。この後の台詞では足取りの演技も試されることになる。

今や世界の半分で自然は死んでいるかのように眠り、狂気に満ちた夢が、カーテンで覆われた眠りを苦しめている。今、魔女は青ざめたヘカテーに捧げ物をしている。そしてやつれた殺人は見張りから合図を受け、つまり番人たる狼の吠え声を聞き、こんな風に、そのこっそりとした歩みで、タークインの陵辱の足取りで、獲物に向かって亡霊のように動くのだ。確かで固い大地よ、お前は俺の足音を聞いてはならない、それがどこに向かうにせよ。お前の石が、俺の居場所を喋って、今まさにふさわしいこの現在の恐ろしさを奪ってしまわないために。（二幕一場四九行―六〇行）

殺害へと向かうマクベスは自分を「やつれた殺人」「タークイン」「亡霊」に重ね、その足取りや動きを演じようとしている。多くの批評家が指摘するように、この演技性に罪の意識に向き合わずに殺害を行いたいマクベスの意識を見ることもできよう。[*10] しかし舞台効果として重要なことは、登場人物が歩みの表現に意識的になることで、観客が役者の実際の足取り、その一歩一歩に注目することである。特に「こんな風に」（thus）という言葉は、観客が見ている役者の歩みが、様式性などを全く介さずに、そのまま虚構世界と同一であることを強調している。

そして、マクベスが足音を立てないように歩くことが劇場の一体感をさらに高めている。最初に世界が眠っている静けさが強調されてから、その中をマクベスと役者は音を立てずに歩こうとするので、観客もそれを確認するために耳を澄まさざるを得ない。舞台を退場する際の実際の足取りだけでなく、そのわずかな音や静けさまでもが余すところなく虚構世界の表現となっている。このように、登場人物・役者・観客が「いま・ここ」を共有している事実が強められ、場内に一体感が高まる。また、「今」（now）「現在」（present）といった語句や、マクベス夫人からの合図の鐘の音が不意に鳴ること（六一行SD）も、「いま・ここ」の感覚と緊張感をさらに高めている。

四　暗殺直後のマクベスと役者の手

これまで役者の演技行為と、マクベスの想像力や身体性が連動し、登場人物・役者・観客が同じ時間と空間を共有している感覚が強められる様子を見てきたが、暗殺直後の二幕二場ではマクベスのあり方に変化が起きる。

殺害現場から妻のもとに戻ってくると、マクベスは直接話法を使って、まるでうなされているかのように、そこで聞こえてきた声を再現し、言えなかった「アーメン」という言葉を繰り返し叫ぶ。ここでは、役者の発声の強さがそのままマクベスの後悔に繋がるという点で、役者の身体的な存在感が登場人物の表象に取り入れられていると言えよう。しかし、これまでの台詞は劇場内と虚構世界内の現在を強調していたが、このマクベスの台詞の焦点はあくまでも過去の出来事の再現に向けられている。

この後、マクベスが持ってきてしまった二本の短剣をマクベス夫人が殺害現場に戻すために舞台を去ると、突然ノックの音が響く（五八行SD）。このノックに関しては観客も何も知らされておらず、ここで再び、二幕一場のように劇場内と虚構世界内での現在が強調される。

　あのノックはどこからだ？　一体俺はどうしたというのだ、ちょっとした音で驚くとは。何だ、この手は（hands）？　ああ！　これは俺の目をくり抜く。ネプチューンの大海の全ての水を使えば俺の手（my hand）からこの血を洗い流してくれるだろうか？　いや、俺のこの手（this my hand）はむしろ無数に波立つ大海原を肉の色へと染め上げて、緑を赤一色へと変えるだろう。

（二幕二場五八―六四行）

これまでと同様にマクベスと役者が共有する身体（ここでは手や目）が言及されているだけでなく、この海の比喩は劇場空間内の役者の姿にも重ねられている。血まみれの一本の手が広大な海に影響を及ぼしていくイメージは、円形劇場の舞台に独り立っている役者の手と声が、舞台を囲む観客に心理的影響を与えていく状況と重なるからである。特に、[t]he multitudinous seas（「無数に波立つ大海原」）のmultitudinousという珍しい形容詞の選択が興味深い。シェイクスピアがこの単語を使ったのはこの箇所と『コリオレイナス』の二度だけであるが、後者で「民衆の」という意味で使っていることから考えても、[t]he multitudinous seasと観客との間に呼応関係を読み取ることができる。[*11]

しかし、この台詞の焦点は、役者の手と目を使った動的な演技力を引き出すことにはなく、罪の象徴やそれを示唆するイメージの大きさにある。手についた「血」もこの象徴性を高めている。当時、血の表象には、羊の血や酢、インクなどが使われたようだが、[*12]どんな素材であれ、たとえ一時的に観客に衝撃を与えたとしても、結局それは物質的には小道具にしかすぎない。ここで強く働いているのはその記号性や象徴性なのである。二幕一場までは役者の生身の身体そのものの生き生きとした存在感が強調されていたが、この場面においてマクベスの手に、王殺しという決定的な罪や象徴性が生まれてしまったのである。シェイクスピアはマクベスが罪を背負ったことを、物語展開や言葉で表現するだけでなく、役者の身体に関連した舞台表象の性質の違いを通しても表現しているのである。

これまでのマクベスの手のあり方が、この場面において具象から象徴への流れを作ることも注目に値する。まずマクベスは二幕一場で幻の短剣を掴むために素手の片手を宙に差し出し、次に自分の持っていた短剣を片手に掴んで退場する。そして二幕二場で再登場する際には血の付いた両手それぞれに血の付いた短剣を持っており、次に血のついた素手の両手（hands）を見つめ、最後には血の付いた素手の片手（this my hand）を差し出す。

つまり、二幕一場を退場した際には短剣は一本であったのに、二幕二場に登場した際に短剣が二本に増え、しかもこれらには赤い色が付いている。さらに、場面の焦点は二幕一場の片手から、二幕二場の赤い両手、次に赤い片手へと移っていく。この赤い片手は二幕一場の片手と対照を為すことによって象徴的に罪を示しつつ、具象から抽象、身体性から象徴性への流れも完成させているのである。

五　第三幕以降におけるマクベスの身体

このような身体の象徴性は第三幕以降強まっていく。三幕一場に王として登場した後、バンクォー殺害に関してマクベスは独白で次のように述べる。

奴ら［魔女］は俺の頭に実りのない王冠を載せ、不毛な王杖を俺の手に置いた、俺の血筋には継承させず、血の繋がらない手にもぎ取らせるために。

（六〇―六三行）

この台詞だけでなく「王としてマクベス登場」（一〇行SD）というト書きからも、ここでのマクベスが頭に王冠を被り、手には王杖を握っていることがわかる。しかし、ここで突然にマクベスが王の服装で登場し、自分についてweという君主としての一人称単数を使い出すこと（二一、一四、二〇、二二、二九、三二、四二行）や、この台詞の「魔女が王冠や王杖を彼に持たせた」という受動的性質によっても、役者が小道具を付けて王を演じている姿とマクベスの様子は重なっている。

第一幕や第二幕とは異なり、この役者のイメージで強調されているのは演技行為の身体的躍動感や想像力の飛翔ではなく、あくまでも役柄を演じる、あるいは演じさせられているという、演技の一般的性質なのである。さらに注目に値するのは、「『血の繋がらない手』によって王杖がもぎ取られる」という箇所における抽象的あるいは象徴的な「手」への言及である。ロバート・S・マイオーラは、『マクベス』において「手」という言葉が頻出することや、マクベスの「手」を倒す「神聖な手」の存在について指摘している。主要な例と論点を示すと以下のようになる。

〈ダンカン王殺害前にマクベスは「目は手のすることを見てはならんぞ」（一幕四場五二行）と言い、手と目がばらばらだが、その後、悪行を重ねるにつれて両者は一致する。バンクォー殺害後、魔女に会いに行く前には「頭の中の妙な事を手にさせるとしよう。見抜かれる前に行動に移さねばならない。」（三幕四場一三七行）と言い、マクダフの家族の殺害を決意すると「俺の心が生み出すものを手にも生み出させてやる。」（四幕一場一四六行―四七行）と述べる。また、マクベスはバンクォー殺害前に「夜よ、血まみれだが目には見えないお前の手を使い、俺を蒼白にする、あの大いなる証文を引き裂き、反故にしてくれ」（三幕二場四九―五一行）と言い、自分の狂気を「夜」に壮大に反映させている。他の登場人物もマクベスを「悪しき手」と見なしており、三幕六場でレノックスは「神の祝福が、呪われた手のもとで苦しむ我らの祖国に早く戻ってきますように」（四八―五〇行）と述べる。これに対応する「神聖な手」が、ダンカン殺害が発覚した後のバンクォーの「神の偉大な手の中に立って」（二幕三場一三一行）という語句で示される神の手である。また、同じような手は四幕三場で言及されるイングランド王エドワードの「聖なる手」であり、この手は瘰癧を癒やす力を持っている。[*13]〉

マイオーラの「手」に関する議論は、セネカの悲劇との類似を指摘することが中心にあるせいか、舞台上の役者の手と、比喩としての手とを同列に扱っており、本論が扱った第二幕の手の特徴や、作品を通した手の性質の変化に注目していない。例えば、最初の例では、ダンカン王殺害の前に、マクベスが目と連動させたくない手は、身体的な手であるが、バンクォー殺害の後で目と連動する手は計画の実行を示す比喩なのである。[*14]

第三幕以降の展開において二幕二場までのマクベスの生き生きとした手を彷彿とさせる場面は、夢遊病のマクベス夫人が手の汚れを必死に洗おうとする五幕一場かもしれない。役者の手の所作や勢いが手に関する台詞と連動し、役者自身の身体性も引き出される。しかし、前半との違いは、舞台上には医師や侍女という他の登場人物が存在し、彼らが彼女の様子を見守り話し合うことである。この場面の焦点は、観客が彼らの視点からマクベス夫人の罪の意識の表れを見守ることなのである。

第三幕以降でマクベスを演じる役者に身体的に大きな演技を求める場面も複数存在する。例えば、三幕四場の宴会において、殺害したバンクォーの亡霊が現れ、マクベスは再び身体的に動揺を見せる。しかしこの場面においても、その構造や観客との関係という点で、第一幕や第二幕におけるマクベスの動揺とは決定的に異なっている。

まず、驚く対象がもはや想像ではなく、舞台上の亡霊という登場人物であり、そしてこの登場人物は過去の殺害行為の象徴にもなっている。そして、この亡霊は二度この場に闖入するが、ト書きは二度とも、マクベスがその存在に気づく前に観客に亡霊を見せている（三四行SD、八六行SD）。つまり、亡霊が登場する時、観客はマクベスの驚きを共有するのではなく、彼がどのように驚くのかに注意を向けることになるのである。さらに、他の登場人物もその驚く様を見ており、彼らがどのように反応するかということも物語において重要な鍵となる。この場面で、マクベスの驚きはあくまでも舞台の全体図の一部になっている。

同様のことは、魔女がマクベスにバンクォーの子孫が代々王になることを示す幻影の場面（四幕一場）にも言える。マクベスは「目の玉が焼かれるようだ」（一一二行）とか「目よ、驚け！」（一一五行）と自分の目に言及するが、これも独白や傍白ではなく、さらに舞台上には魔女や幻影など、観客の視線の対象が複数存在する。短剣の場面においてはマクベスの手や目の動きが観客の状況理解にも深く関わっていたが、ここでは両者はもはや密接に連動していない。そもそも、シェイクスピアの時代の観客にとっては、バンクォーの子孫であるジェイムズ一世がまさに自分たちの国王なのであるから、新たに驚きようもなかった。

無論、こうしたマクベスの身体性の変化は、必ずしも第三幕以降のマクベスが迫力や魅力を失うことにはならない。第一幕や第二幕のように観客と「いま・ここ」の強い感覚を共有することはないが、その代わりに、過去・未来・運命と戦うスコットランド王として、登場人物マクベスならびに劇世界のスケールは拡大していくのである。シェイクスピアは、ダンカン王殺害という虚構性の強い（つまり観客現実と劇世界が大きく乖離する）事件を境に、舞台表象の重点を巧みに移しながら物語を大きく展開させていると言える。

こうした場面を経て、物語は五幕五場の有名なメタシアトリカルな台詞に行き着く。マクベス夫人の死の知らせを聞き、次のようにマクベスは語る。

> 明日、その明日、またその明日が、こんな小さな足取りで一日から次の一日へと這い進む、記録される時間の最後の音節に達するまで。そして我々の全ての昨日は、道化どもに塵まみれの死への道を照らしてきた。消えろ、消えろ、短い蝋燭。人は所詮、歩く影、哀れな役者だ。出番の間は威張ったり怒ったりしているが、その後はもう耳にされることはない。これは馬鹿が語るお話だ。音や激怒に満ちているが、意味するものは何もない。
>
> （五幕五場一八―二七行）

本論の冒頭で紹介したフォックスの見解が示すように、この台詞の「役者」と「上演」の比喩は、確かにマクベスを演じる役者の存在感を引き出し、台詞に力を与えている。役者は、『マクベス』の上演自体が終わりに近づいていることをわかっているので、特にこの点において、マクベスの感慨に同調することができるだろう。また、台詞の始まりで役者が「明日、その明日、またその明日」を発声する際の速度が、マクベスが感じる「明日の足取り」の速度そのものを表現し、そしてこの一致が「こんな(this)」という単語で結びつけられている。この点で、マクベスの良心が想像世界を展開した一幕七場の独白を彷彿とさせる。

しかしこの台詞が、第一幕や第二幕の台詞のように、役者自身の身体的な迫力を引き出し、観客と「いま・ここ」の強い感覚を共有する台詞ではないことは確かである。以前の独白とは異なり舞台にはシートンや兵士たちが存在しており、このことによってマクベスにはあくまでも虚構世界の人物としての一定の性質が保たれている。宴や幻影の場面と同じように、このマクベスは舞台上の図像や虚構世界の一部という性質が強い（場面の状況からしてこれが傍白とも考えにくい）。

そもそも「意味するものは何もない」という箇所を支える発想は、上演や観劇行為の意義さえをも打ち消すものであり、登場人物が役者や観客（そして劇作家）に挑戦しているとも言える。ここには、これまでの登場人物と役者との間にはなかった緊張関係が潜んでいる。

そして、第一幕や第二幕との最も大きな違いは、マクベスの関心がもはや現在にはないことである。マイオーラが示した通り、セネカの悲劇『狂えるヘラクレス』は『マクベス』に影響を与えているが、そのセネカは『人生の短さについて』において、「どんな時間でも自分自身の必要のためにだけ用いる人、毎日毎日を最後の一日と決める人、このような人は明日を望むこともないし恐れることもない。……それ以上のことは運命の女神が好きなように決めるであろう。」と述べている。[*15] 言うまでもなく、当時の観客が親しんでいた新約聖書にも「明日を思い煩うな」という有名な言葉（マタイ六章三四節）がある。『マクベス』とこうしたストア派哲学やキリスト教思想との関係についてここでは詳しく立ち入ることはできないが、確かなことは作品後半でマクベスは運命や未来と戦おうとするあまり、「いま」を感じる力を失っていること、そしてそれが登場人物と役者の関係性や舞台表象の変化にも連動していることである。

マクベスの未来への傾斜は、王になるという予言を聞いた時から既に始まっているのかもしれない。しかし、ダンカン殺害までの舞台表象においては、役者の存在感や演技力が最大限に引き出され、少なくとも劇場内では「いま・ここ」の強い感覚が登場人物・役者・観客の中で共有されていた。

実際に、この五幕五場の台詞の直前にマクベス自身が自分の変化を認めている。「俺は恐怖の味をほとんど忘れてしまった。以前には、夜の叫びを聞いて五感が青ざめ、恐ろしい話を聞いて髪の毛全体が生きているかのように逆立ち震えた時もあった。」（九―一三行）と言うが、これは初登場場面でダンカン殺害を想像した時の「髪はざわめき……心臓は不自然なほど肋骨を打ち付ける」という台詞と呼応している。この麻痺の理由として、マクベスは自分が既に恐怖を味わいすぎたからだと述べるが（一三―一五行）、身体反応とは現在にのみ属するものであることを考えると、マクベスの「現在」に対する感覚や意識が弱まっていることもここで示唆されているように思われる。

おわりに

マクベスがマクダフと闘う最後の一騎打ちはしばしば感動的とさえ評される。主な理由は、マクベスが運命という大きな存在に負けることを知りながら敢えて挑戦するからであろう。しかし、マクベスがこの闘いを通して、予言や未来など関係なく「現在」に再び集中することにも一因があるように思われる。観客は、この一騎打ちでマクベスが負けることはわかっていても、そしてこれが振り付けられた演技上の闘いであることを了解しながらも、再び「いま・ここ」においてマクベスと役者が放つ身体的な迫力を味わうことができるのである。

結局、マクベスは殺され、最終場で生首として示される。これは、上演内において役者とマクベスとの完全な分離が確認されたということでもある。物語においても、舞台表象の点においても、もはやマクベスから「現在」は完全に奪われてしまった。このようにシェイクスピアは、役者と登場人物との距離や、観客と役者が時間と空間を共有するという演劇の特性を先鋭に意識して物語を展開している。上演を立体的に捉える座付作家の鮮やかな劇作術をここに見ることができるのである。

注

*1——Michael David Fox, 'Like a Poor Player: audience response, nonrepresentational performance and the staging of suffering in *Macbeth*', Nick Moschovakis, ed., *Macbeth: New Critical Essays* (New York and London: Routledge 2008), chap. 11, pp. 208–23. このテーマに関して他のシェイクスピア作品については以下で検討した——「『ペリクリーズ』における祝祭性の創造——劇場の生命感と作者の創作行為——」『英文学評論』第八五集（二〇一三）六一—八二頁、「シェイクスピア演劇における役者の体と生命感——『リチャード3世』『ハムレット』『リア王』について」*Albion* 60 (2014) 84–91.

*2——『マクベス』からの引用の原文は William Shakespeare, *Macbeth*, eds. Sandra Clark and Pamela Mason (London and New York: Bloomsbury, 2015) による。直訳を試みるために、原文の韻律の反映は考慮せず、散文として訳した。

*3——Fox, pp. 217–21.

*4——Anne Righter, *Shakespeare and the Idea of the Play* (London: Chatto &Windus, 1962), pp. 130–32; V. K.

Kantak, 'An Approach to Shakespearian Tragedy: The "Actor" Image in *Macbeth*', *Shakespeare Survey 16*（1963）42–52.

＊5——類似した劇作術はマクベス夫人の初登場場面（一幕五場）においても繰り返されている。マクベスからの予言に関する手紙を読み上げながら初登場するという設定によって、マクベス夫人は初登場時点で既に想像世界に入り込んでおり、手紙を読み終わると、精霊などに自分を悪しき存在に変えるように呼びかけ、変身しようとする（四〇—五〇行）。ここに役者の演技行為との類似がある。

＊6——例えば、クラークとメイソンの版の脚注や、William Shakespeare, *Macbeth*, ed. Nicholas Brooke（Oxford: Oxford University Press, 1990）の脚注を参照。

＊7——この「哀れみ」の描写は、ハムレットが役者の演技を想像する箇所と類似している。"What would he do / Had he the motive and that for passion / That I have? He would drown the stage with tears / And cleave the general air with horrid speech, / Make mad the guilty and appal the free, / Confound the ignorant and amaze indeed / The very faculties of eyes and ears."（2.2.495–501）. 引用は William Shakespeare, *Hamlet*, eds. Ann Thompson and Neil Taylor（London: Thomson Learning, 2006）より。

＊8——Brooke, 'Introduction', p. 4.

＊9——一八世紀の上演で、名優デイヴィッド・ギャリックが手を伸ばした時に、英語がわからない外国人客がその迫力に圧倒されて失神したという逸話が存在している。William Shakespeare, *Macbeth*, Shakespeare in Production Series, ed. John Wilders（Cambridge: Cambridge University Press, 2004）p. 115.

＊10——例えば、Kantak, 51 を参照。

＊11——三幕一場一五七行。行数は William Shakespeare, *Coriolanus*, ed. Peter Holland（London: Bloomsbury, 2013）による。「民衆」や「群衆」を意味する名詞形 multitude はさまざまなシェイクスピア作品において使われている。

＊12——Andrew Gurr, *The Shakespearean Stage 1574–1642*, fourth edition（Cambridge: Cambridge University

Press, 2009), p. 224.

＊13——Robert S. Miola, *Shakespeare and Classical Tragedy: The Influence of Seneca* (Oxford: Clarendon Press, 1992), pp. 115–17.

＊14——マイオーラの見解を補足すると、二幕二場で響くノックの音も、マクベスに対抗する「手」の存在を暗示しているように思われる。

＊15——セネカ『人生の短さについて』(茂手木元蔵訳、岩波文庫、一九八〇)二四頁。

8

理想の君主を演じる
『ヘンリー五世』への道

髙田茂樹

一　体制への忠誠か己の利害か

『ヘンリー六世』三部作から『ヘンリー五世』に至るシェイクスピアの英国史劇を通観すると、そこには二つの対立しあう考え方がさまざまに形を変えて作用しているのが分かる。この二つの考え方は、しかし、対立することによって作品を破綻させるのではなく、むしろ、その対立こそがそれぞれの作品を構成する根本原理となっているように思われる。そして、それが作品ごとに様相を変えながら次の作品へと受け継がれていって、全体を一つの共通するテーマの多角的な考察という形にまとめ上げていると考えられる。この二つの発想とは、一つには、君主を頂点に戴く既存の政治体制を理想と考えて、その体制に忠誠を尽くすことこそが臣下たる者の存在理由であると見なす考えであり、もう一つは、人はみな己の利益、ここではとりわけ政治的権力の獲得や維持・伸張こそを最優先に考えて、その目的の達成のためにはいかなる犠牲も厭わないものだという見方である。本論では、この二つの対立しあう考えが、作品ごとにどう展開されているか概観して、最後の『ヘンリー五世』の中でそれがどう止揚される(あるいは、されない)のか、考えてみたい。

二 英国史劇の背景——一五八〇年代、九〇年代の政治と社会

まず、この時期にそういった考え方がイングランドで表面化してくる事情について、ごく粗略にではあるが、一通り見ておこう。

元々国王の政治基盤の脆弱だったイングランドでは、しかし、バラ戦争によって封建貴族の権力が相対的に弱まったこともあって、一五世紀末のテューダー朝の成立以降、他の国に先駆けて中央集権的な国家体制の整備が進められた。けれども、貴族の政治権力は一気に削がれたというわけでは決してなく、テューダー朝政権は、不十分な政治基盤を補うために、ヘンリー・テューダーによる政権奪取を正当化して、君主を頂点とする体制を理想視するイデオロギーの浸透を強力に押し進めた。[*1] さらに、女王メアリーによるカトリックへの復帰とそれに伴う内政の混乱のあとで王座に就いたエリザベスの政権は、女性の君主を戴くことへの危惧を払拭して人々の忠誠心を確かなものにするために、このイデオロギーを女王にふさわしいように脚色して、その浸透にいっそう心を砕いた。一五八〇年代半ばから九〇年代にかけて広く見られる「エリザベスの神格化」は、エリザベスの老いとそれが意味する王位の継承

者問題の錯綜、バビントン陰謀事件とメアリー・ステュアートの処刑、さらには、スペインの無敵艦隊の侵攻といった厳しい状況の中で、恐怖や不安とないまぜになったナショナリズムの異様な高揚を背景に、このイデオロギーが宮廷やその周辺の文芸や芸術を通して過剰なかたちで表現されたものであった。[*2]

その一方で、この時期、イングランドは、それまでスペインやポルトガルに後れを取っていた、新大陸やアジアとの交易や植民地建設にも本格的に乗り出すようになっており、冒険心に富んだ貿易業者が、次々と外洋に乗り出して、海賊顔負けの略奪行為を繰り返しながら、スペインなどと海上交通の覇権を激しく競い合っていた。直接交易に携わらない人々も、女王も含めて、積極的に交易や植民、略奪に出資するなどして、社会全体に冒険と一攫千金の夢が醸成されつつあった。そして、そういった思潮は、さらに、一六世紀初頭以来、積極的に導入されたヒューマニスト的な教育プランの成果として根付いていった、何事にも自分の力を頼んで自ら道を切り拓いていこうとする個人主義的な進取の精神とも深く結びついて、人々を冒険の旅や立身へと駆り立てていた。

そういう進取の精神が君主や既存の体制に対する忠誠心とつねに対立するわけではなく、傍若無人の海の荒くれ者が熱狂的な愛国者であることも少なくなかったが、自らの利益や権力の追求が時に忠誠心の低下や体制への挑戦に繋がることは否定できない。ただ、そういう精神の持ち主が体制や君主に対して正面から公然と戦いを挑むというのはむしろ例外で、一般には、裡にはそういう気概や思いを秘めながらも、表面的には君主や既存の体制に恭順の意を示しつつ、陰で自らの利益を計るという方が圧倒的に多かっただろう。[*3]

このように表向きは宗教や道徳を尊重し君主や体制に忠実に従いながら、陰で権謀術数を駆使して自らの利益を図るという行動パタンは、当時、マキャヴェリズムとして、揶揄され忌避もされながら、同時に強く人を惹きつけずにはおかなかった。フィレンツェの厳しい政治状況の中で育まれたマキャヴェリの実際の思想がそれほど単純に割り切れるものでないのは言うまでもないが、イングランドで彼の名を冠してもてはやされたのは、多くは、表向きは宗教や道徳の教えを説きながら、それを利用して人々を欺き操ろうとする為政者の姿だった。イングランドでマキャヴェリがこのように喧伝されたのは、近代になって曲がりなりにも中央集権的な政治体制が整えられてゆく過程で、むしろ宮廷内での権力闘争が激化して、そこがさまざまな権謀術数が交錯する場と化したということも関わっているだろう。ただ、イングランドにおけるマキャヴェリ受容を考えた時、単に政治的な駆け引きや策謀に長けていれば、それでマキャヴェリ的と見なされたというわけではなく、多くは、宗教上の教えや道徳の規範を虚構の絵空事と見なして、表向きはそれを尊重するふうを装って人を欺き、自分の政治的な目的を実現してゆくという意味合いが含まれていたと言えよう。[*4]

三　『ヘンリー六世』から『リチャード三世』へ

『ヘンリー六世』三部作（一五九〇―九一）のうち、まず先に書かれたのは、現在の『第二部』・『第三部』に当たる部分と考えられ、そこでは、権力を持った為政者たちが己の利益に執心したために、社会の秩序が崩壊していく過程が描かれて、そういった中で、人間はどういう心理的荒廃に陥っていくのかということが、全体を貫く主題として展開されている。そして、そこから翻って、では、本来あるべき社会のありようとは一体どういうものなのかということを、シェイクスピアは、時間を遡るかたちで、『第一部』の中で探ってみせたのである。

ヘンリー五世亡き後、まだ幼いヘンリー六世の周囲では、叔父や有力な貴族たちが、後見に名を借りて、実権を求めて、党派を組んで相争う。フランスに派遣されていたイングランドの遠征軍は、その巻き添えを食らって、援軍の支援も得られず、たいへん不利な戦いを強いられる。そういった中で、孤軍奮闘する遠征軍の司令官トールボットが、国王に忠誠を尽くし家名を尊ぶ、古き良き世代を代表する理想的な武将として描かれている。劇中のさまざまなエピソードを通して伝わってくるのは、トールボットの指揮の下で兵士たちが文字通り彼の手足となって働き、同時に、彼自身が王を頭に戴く政体の手足となっているという関係である。

けれども、トールボットに体現されたような理念がその本質を露わにするのは、それがまさに危機に瀕する中でである。劇のクライマックスは、国内の貴族たちの反目のために、半ば意図的に捨て置かれたトールボットのもとに馳せ参じた息子のジョンと、彼に逃げるようにと説く父が、迫り来る破滅を前にして、互いに相手を気遣って言い争う場面である。彼らはそれぞれ家名や血統、名誉を重んじて、恥ずべき行為を避け、互いの身の上を思いやる。さらにその背後には、国王への忠誠と国への愛と信頼がある。二人はそういった価値や信念を自らの死を賭してでも守ろうとするのである。この二人の姿は、父子関係、さらには個人と家や国家との関係の一つの理想像を提示していると言えるだろうが、それが今その瞬間に滅びゆくものとして提示されているのである。二人の対話は、息子を説得することができないのを見て取った父親の「では、生きるも死ぬも合い並んでともにしよう。そして、魂と魂、手を取り合って、フランスの地から天国へと飛んでいこう」（四幕五場五四—五五行）という言葉で括られているが、その言葉通り、トールボットは、戦いに散った息子の亡骸を抱いて、涙に暮れながら息絶えることになる。

先に見たように、『ヘンリー六世』の『第二部』、『第三部』は、こういった人間関係とそれに基づく道徳観念が失われてゆく中で、人々が完全な精神的荒廃に陥ってゆくさまを酷薄に描いているが、次の『リチャード三世』（一五九二）では、『ヘンリー六世・第三部』を通してそういう道徳の崩壊と精神の荒廃を一身に具現したかたちで頭角を現してきたグロスター（のちのリチャード三世）が、いよいよその本領を発揮して、マキャヴェリ的な権謀術数を弄して、親族や腹心も含めて自分の権力掌握の障害となる人々をつぎつぎに陥れていく。それは単に愛や道徳を顧みずに悪事の限りを尽くすというのではない。自ら画策してロンドン塔に幽閉されるよう仕向けた兄クラレンスを唯一人気遣うふうを装って見送りに出て、必ずすぐに出られるように計らうからと請け合って相手を感激させながら、速やかに刺客を送って始末するという具合に、グロスターにあっては、企みや裏切りの行為自体が、政治的な目的を実現させるための手段というにとどまらず、自身の存在を実感させてくれる方途として、自己目的化しているのである。

四　『リチャード二世』と『ヘンリー四世』

歴史的にはずっと遡るが、創作順から言えばこのリチャード三世の後に来る『リチャード二世』（一五九二）のボリンブルックは、マキャヴェリ的な策士という点ではずっと洗練された印象になっている。リチャード二世からボリンブルック（ヘンリー四世）への政権の委譲が決した後で、民衆がロンドンの町に入るリチャードをあしざまに罵って囃したてて、その一方で、いかに熱狂的な態度でボリンブルックを迎え、それにボリンブルックの側もいかに立派に応じていたかを、二人の叔父ケント公はいちおう中立的な立場から、妻に語って聞かせる。

老いも若きもあまりに多くの者らが、窓枠ごしに
公爵の顔を一目見ようと、必死の形相で
目を凝らしている様子を見れば、窓自体が声を上げたとも
思えただろう。壁全体も人々の顔で埋まって、タペストリーでも
吊るしているかのようで、それがいっせいに「イエス様がお護り
くださいますよう、ようこそ、ボリンブルック様」と叫ぶのだ。
その間、公爵は、帽子を取って、一方からもう一方へと
こうべを巡らせ、猛り立つ馬より低く頭を下げて、人々に
「同胞の方々、本当にありがとう」と声を掛ける――

ずっとそんなふうにして、あの男は通り過ぎていった。

（『リチャード二世』五幕二場一二—二一行）*5

間近に見る者にはほとんど自明とも感じられるボリンブルックの野心だが、民衆は、もっと単純に、リチャードの悪政にとどめを刺した英雄として、彼を歓呼して迎え、それに対してヘンリーがいかに謙虚な態度で応じていたかというのである。実際、表面的な言動を追う限り、王座に就いたヘンリーは、以前にもまして、謙虚で信心深い態度を示そうとする。リチャードの死を悼んで喪に服し、さらには、贖罪の意味を込めて十字軍を率いてエルサレムに遠征しようとまで言うのである。

このように、マキャヴェリ的な策士としては人並み外れて優秀と感じられるボリンブルックではあるが、彼が自分の政治的な意図の全容を『リチャード二世』の中で明確に口にすることは——観客に対してすら——一切ない。

そのボリンブルック、ヘンリー四世が自分の振る舞いの意味について自ら語るのは、次の『ヘンリー四世・第一部』（一五九七）の中でである。彼はこれを自分の後を継いで君主の重責を担うはずの皇太子ヘンリー（ハル）にだけ、まるで一子相伝の秘密のように伝えるのだが、その様子はさながら、ケント公が伝えた、民衆に対する彼の態度の意味を、自ら解説しているかのような具合である。

ごくまれにしか人前に立たないことで、わしは動きを起こせば、
つねに彗星のごとくに注目を浴びるようになり、

人は子供にこう教えた。「ほら、これがあの方だよ。」
別の連中はこうも言った。「どこだ、どれがボリンブルックだ。」
そして、そういった際には、わしは、あらゆる礼節を天からかすめてきて、
これ以上ないほどにへりくだった態度で振る舞い、
そのおかげで、わしは文字どおり、王冠をいただいた
王の面前にあってすら、人々の心からその忠誠心を引きだし、
彼らの口から声高な歓迎・歓呼を受けたのだ。

（『ヘンリー四世・第一部』三幕二場四六―五四行）

さらに、次の『第二部』（一五九八）でも、彼は自分の死期が近づく中で、やはりハルに対してだけ、王の重責と、自分がその王の座を得るために重ねた罪障と払った代償の大きさを述懐した後で、彼が『リチャード二世』の終幕で口にしていた、贖罪のために十字軍の遠征に出るという目論見自体、実際には、自分の即位にまつわる暗部から人々の目を逸らして、関心をほかに向けるための方策だったことを明かすのである。

わしは（……）、多くの者らを
率いて聖地に向かうつもりだった。
やつらが、暇を持て余して、わしの立場についてこまかに

詮索するようなことがないようにな。だから、ハリー、
お前も、軽はずみな連中の心を、よそとの戦いで
一杯にしておくのだ。その方策をずっと守っていけば、
昔あったことの記憶もいずれ消し去ることができよう。

（『第二部』四幕五場二〇九―一五行）

ヘンリー四世が、シェイクスピアの描くマキャヴェリ的な策士たちの中で傑出した存在であることに疑問の余地はあるまい。実際、彼が、『リチャード二世』の中で兵を挙げて帰国して以降、自分と同じ責任を負うことになる王子ハルを除いては、三作を通してほかの誰に対しても自分の心のうちを語ろうとしないということ自体、彼が際立って有能なマキャヴェリアンであることの証しだと言えよう。しかし、その政治的な意志の強靭さとは裏腹に、二部作に描かれたヘンリー四世は、繰り返される内乱と絶え間ない気苦労のために、心身ともに消耗している有様で、ほとんど病床を離れることもなく、彼がその政治的成功に対して大きな代償を払っていることは明らかである。彼は、自分がリチャード二世から力ずくで王座を奪った責めは自分の代で清算したと、半ば自らに言い聞かせるように、ハルに語っているが、その点も含めて、自分たちは武力で奪った王座を平和裡に維持していくという困難な課題は、ほとんど何一つ解決されないままに、息子のハルのちのヘンリー五世に引き継がれてゆくのである。[*6]
　実際、父親が改めて説いて聞かせるまでもなく、ハルは、父親の処世の要諦をあらかじめ身につけている。放蕩仲間のフォルスタッフらとひとしきりふざけ合った後で、一人になると、ハルは、打って変

わって沈着な態度で、自らの自堕落な振る舞いの真意を説く。

しばらくの間は、
お前たちの怠けたでたらめに調子を合わせてやるが、
それは要するに太陽をまねているだけだ。
己れの美々しさを、いやしく瘴気を含んだ雲が
世間から隠してしまうのを大目に見るのも、
そうやって、自分が元の姿に戻ろうとする時は、
永く待ちこがれられていただけに、自分の息の根を止めてしまうとも
見えた醜く汚い霧の覆いを破って現れることで、
ひときわ人の目を引くことを狙ってだ。
……
俺がこの無軌道な行いを改めて、
約束もしなかった借金を払う際には、
いかに俺の言葉よりはるかに俺が優れているかということで、
その分ひとの予想の裏をかいてやるのだ。

（『第一部』一幕二場一九五―二一一行）

父親を悩ませる自分の放蕩も、要は、王に即位した暁に、それまでの振る舞いからは想像もつかないような敬虔で有能な名君ぶりを発揮して、人々の注目と感嘆を一身に集めるための策略だというのである。

二部作を通して、ハルは、この計画を着実に実行して、『ヘンリー五世』の世界を拓いてゆくのだが、そこでは、マキャヴェリ的な演出という感覚は、もはや君主一人に限られるものではなく、彼を取り巻く世界全体の根本的な構成原理となっている。

五 『ヘンリー五世』

『ヘンリー五世』（一五九九）は、ヘンリーが、『ヘンリー四世・第一部』の中で自ら予告したとおり、王位に就くと同時に、それまでの放蕩三昧の生活を全て改めて、敬虔にして聡明という模範的な君主になったことを喜ぶ司教たちの会話から始まっている。

王様が神学を講じておられるのを聞きさえすれば、
心底からの感嘆の念とともに、陛下が僧職に
就いてくださっていたらと願わずにはおれぬだろう。
政務について論じておられるところを聞けば、
これまでずっとその研究に没頭してこられたのだと言うだろう。

戦争のお話をされているのを耳にすれば、恐ろしい戦いも
美しい調べとなって、思わず聞き惚れてしまうほどだ。
政治のどんな分野に話を向けようと、そのうちで一番
複雑に絡まる点も、よく馴染んだ靴下留めのように、
するりと解いてしまわれるのだ。

(『ヘンリー五世』一幕一場三八―四七行)

劇の中で讃えられるのは、王の敬虔さや聡明さだけではない。王のことを褒めそやしていたカンタベリーの大司教は、今度はその王に、それまでイングランドを支えてきた父祖たちの英雄的な伝統について雄弁に語って聞かせる。

国王陛下、
今こそご自身の当然の権利を唱えて、深紅の軍旗を掲げる時です。
雄壮なご先祖の方々を思い起こしてください。
さあ、畏れ多き陛下、陛下の王位継承権の元となったひいお祖父様の
眠っておられる墓所へ赴き、その剛胆な精神を呼び覚ますのです。
そして、あの偉大な大伯父、黒王子エドワード殿下の精神もです。
殿下は、フランスの大軍を完膚なきまでに打ち破られて、

フランスの地でたいそうな悲劇を演出されたものです。
その間、雄壮比類ないそのお父上は、丘に立って、
獅子の子に譬えるべきお子たちが、フランスの貴族たちを
血祭りに上げるさまをにこにこ笑いながら、ご覧になっていました。
そして、偉大なイングランドの兵士たちは、軍の半分の勢力で、
フランスの大隊の総勢を迎え撃ち、
あとの半分には、笑って高みの見物をさせていたのですが、
こちらは手持ちぶさたで、参戦したくてうずうずしていたものです。

（一幕二場一〇〇―一四行）

単に偉大な過去の事績を振り返って懐かしんでいるというのではなく、自分たちがその偉大な過去に繋がっていることを確認し、さらにその伝統を未来へと繋げていこうというのである。事実、この劇には、「勝ち誇る兵士としての地上での名声」や、「戦場での盟友同士のあいだの血を分けた兄弟のような絆」、「よき兵士が天国で享受する永遠の命」、「勝利へと導いてくださった神の御業」といった、イングランドの「英雄的な伝統」を想起させ、胸を高鳴らせるような言葉にあふれている。それは、まさしく、かつて『ヘンリー六世・第一部』の中で、トールボットが体現し、危機的な状況にあって彼とその部下たちを支えた理念である。
　イングランドの人々についてのこういった言及は、先に挙げた、ヘンリーのことを敬虔で聡明な君主

と讃える言葉と相いまって、君主から末端の兵士まで全員が一丸となって、国の大義のために献身的に尽くす勇壮な国民という姿を観客一人一人の胸のうちに喚起して、舞台と土間が一体となって、自分たちが父祖から受け継いだ英雄的な伝統の下に団結しているのだという感覚を皆で共有するべく誘っているように聞こえる。けれども、こういった熱を帯びた言葉も、その脈絡を仔細に見れば、微妙に違った意味合いを帯びているように感じられる。

即位したヘンリーが示す聡明さを喜ぶ司教たちだが、それに続くやりとりから浮かび上がる彼らの最大の関心事は、ヘンリー四世の下で一旦は上程されながら先送りされていた、教会の所領の一部を国庫に没収するための法案が再び審議にかけられたのを、いかに王に取り入ってその実現を断念させるかということであり、そのために、込み入った教会法の細目をイングランド側に有利に解釈して、フランス国王の座に対してヘンリーが継承権を主張するのを側面から支えることによって、彼のフランス進攻を後押しして、王の心証をよくしようということである。『ヘンリー四世・第二部』で、父の四世が、自分がエルサレム奪還のための十字軍の遠征を企てたのは、リチャード二世の死に対する贖罪のためというより、人々の関心を国外に向けて、自分の就位にまつわる暗部から人の目をそらすためだったと語り、息子にもそれに倣うよう説いていたが、五世がフランスの王位継承権を主張するのも、父の教えに従った結果だというのは容易に想像がつく。その点では司教たちも同様で、王の関心をよそに向けて、自分たちへの課税から目をそらせたいというのが、本心だろう。

実際、ヘンリーは、その敬虔さを讃える司教たちの言葉を裏書きするかのように、芝居を通して、神を敬うようなことを頻繁に口にして、アジンコートの戦いの後にも、その勝利は自分たちの功績ではなく、すべて神のなせる業だとも言う（四幕三場一〇四―一〇、一一三―一五行）。しかし、戦いの前夜、ヘンリーがまず祈りを捧げるのは、キリスト教の神ではなく戦いの神マルスであり、その後で改めて神に捧げる祈りには、はたしてそれが聞き届けられるのか、あるいは、聞き届けられるべきなのか、彼自身の深い疑念がにじみ出ている。

ああ、戦の神よ、兵士らの心を鋼で包んで、
恐怖に憑かれぬようにしてください。敵の数が
彼らの心をくじけさせるというなら、今だけは数勘定を
忘れさせてやってください。ああ、主よ、今日だけは、
どうか今日だけは、父が王冠を得る際に
犯した咎をお考えにならないでください。
私はリチャード王の亡骸を埋葬し直し、
その上に、王が心ならずも流された血よりも多い、
悔悟の涙を注いできました。
……………………………………
とはいえ、私の後悔など、一切が終わってから
赦しを乞うものである以上、どんなに手を尽くしたとして、
何の値打ちもないのでしょうが。

（四幕一場二八九―三〇五行）

この劇の執筆からあまり時を置かずに書かれた『ハムレット』（一六〇二）の中で、シェイクスピアは、兄を殺して王座に就いたクローディアスにやはり神に赦しを乞わせて、悪事で得たものを手放そうともせずに赦しを乞う祈りになど何の甲斐もないという絶望の念を吐露させている。

劇の冒頭での司教たちの言動にしても、あるいは、ヘンリーの神への言及や祈りにしても、その全てが完全に欺瞞として描かれているというわけではないだろう。それぞれ国政への真摯な思いや深い信心を表していると言えるかもしれない。けれどもなお、観客から見て、これらの言葉が時にその裏に自らの私的な利害への顧慮や人心に及ぼす効果についての周到な計算を秘めているように感じられるのは、否定しがたい。

同様のことは、劇のコーラスについても言える。このコーラスは、幕が替わる度に登場してきて、これから舞台上に表される史実の壮大さを語って、その一方で、自分たちの芝居のお粗末さを繰り返し嘆いてみせて、本来の勇壮な大軍をこんなにわずかな数の役者で代用することを詫び、その不足を観客が自分の想像力で補ってくれるように促すのだが、彼のこういった発言は、そうすることで、自分たちの芝居の不十分な表象の先にある壮大な歴史的事実を浮かび上がらせるように作用することはなく、むしろ、表象と実態の乖離を意識させる異化効果を発揮して、観客が劇の世界に没入するのを妨げ、ひいては、劇がその限界を超えてでも忠実に表象しようと努めるという歴史的事実そのもののテクスト性――歴史的事実自体が、イデオロギーを帯びた多くの言説や演出によって構成された、フィクションにすぎないこと――を露呈してしまうのである。

実際、コーラスの言う〈史実〉と芝居の内容との乖離は、彼が断るような表象上の不備に起因するものではない。例えば、第三幕に先立つ口上で、コーラスは、女子供や老人を除いた、イングランドの成人という成人が、喜び勇んで、選りすぐりの騎兵に従って、フランスに渡っていったと言うのだが、それに続く本筋で描かれるのは、かつてのハルの遊び仲間が、場違いな戦場になど来てしまった我が身の不明を呪って、すぐにもロンドンの居酒屋に戻りたいと言い合っている所を、職業軍人のフルーエリンに見咎められて怒鳴られた上に、世話役の小姓からもこんな役立たずの盗っ人のような連中などつき合いきれないと馬鹿にされるくだりである。第四幕に先立つ口上でも、コーラスは、アジンコートの戦いの前夜、翌日の決戦を前に、疲労と恐怖で悄然としている兵士たちのあいだを王が見回って歩いて「兄弟、友、同胞」と声をかけたので、その姿に元気づけられた兵士たちが、口々に「陛下の上に称賛と栄光があらんことを」と叫んだと言うのだが、舞台上で実際に演じられるのは、下士官に身をやつしたヘンリーがテントのあいだを回って、大義もよくわからない戦いのために戦場へ駆り出されて命を危険にさらすことへの不満を漏らす兵士たちを言い負かそうとして、諍いになるという次第で、コーラスが言うような感動的な場面とはほど遠いものである。

要するに、この劇のコーラスと本筋とのあいだの齟齬は、コーラス自身が言うような、劇団の規模の小ささや演技の拙さによるものではなく、コーラスの方は、政権やその周辺の人物が自分たちの立場をよく見せようとして語る公的な立場からの見解を示しているのに対して、本筋の方は、そういった公的な神話に隠された、歴史のぶざまな実態を示しているという、表象の原理の根本的な違いによるものなのであり、コーラスがひときわ歴史を美化しようと努めるその分だけ、実態のぶざまさもいっそう鮮明となり、コーラスの作為が際立つ結果となっているのである。

以上、劇が一方で表現しているように見える英雄的なイングランドというヴィジョンを否定していると感じられる点を挙げてきたが、だからといって、時にそういう解釈がされるように、私は、シェイクスピアが英雄的な歴史を茶化すような滑稽劇を書いたとか、ヘンリーは英雄になりそこねたと言いたいわけではない。むしろ、私たちはここで、社会の秩序や安定を志向する王と国家が、裏にそれと背馳するような実態を抱えながら、それでもなお、徐々にではあるが、自分たちの目標を達成していき、人々も、仲違いしたり国の大義を疑ったりしながらも、その大義の下でしだいに団結してゆく過程に立ち会うのである。こうして、王もその周辺の人々も、そしてコーラスも、各々の立場で、裏にそれぞれの事情を抱えながら、表面上はあくまで、信仰心に篤く民衆を思いやる理想的な君主と、その君主の下に一斉に集う勇壮で忠実な臣民たちという神話に準拠し、それを維持・発展させてゆくのである。[*7]

劇は、全体として、この神話が多くの綻びを見せながらも維持されて、イングランドが勝利するところで終わっている。コーラスは、仕舞い口上の中で、この英雄的な君主ヘンリー五世が早くに逝った後で、幼くして王座に就いた息子ヘンリー六世の下で、いかに国が乱れたかを手短に語っているが、そういった死後の成り行きまでは、ヘンリー五世の責任とは言えないだろう。けれども、一貫して舞台上のイングランドの人々の英雄的な振る舞いに対する観客の積極的な感情移入を求めて、そういった武功を満足のいくかたちで表すことのできない自分たちの非力さを詫びてきたコーラスが、それまでの熱狂的な呼びかけとは打って変わって投げやりな調子で、以後の経緯を手短に語ってさっさと舞台から退いてしまうというのは、いかにも拍子抜けという印象で、肩すかしを食らったような感覚を禁じ得ない。そして、そのことが、コーラスの台詞と本筋の中の戦いの場面、為政者の公の言葉と彼らの私的な発言や内的独白など、さまざまなレヴェルで表と裏の乖離を目の当たりにしてきた観客に、改めて、ヘンリーの政権を支えるイデオロギーの作為性とその限界とを意識させることになるのである。

先に見たように、『ヘンリー六世・第一部』では、主君や体制への忠義・忠誠という理想が、その実効性は脅かされながらも、理念としてはそれ自体疑いようのないものとして描かれていた。それが、この『ヘンリー五世』では、『ヘンリー六世』においてとは逆に、表面的には、伝統的な価値観や君主への忠誠が実効的に維持されながらも、それを支えているはずの道徳や忠誠心の方は、誰にとっても、単なる演技にすぎないか、あるいはむしろ、それぞれがそういった道徳や忠誠心に従って行動しているつもりでいながら、それが自分たちの利益を満たすための道具と化してしまっているのである。

この劇では、そういう演技・演出に、ヘンリー五世という君主だけでなく、周囲の者やコーラスまでもが加担して、大規模に神話形成が推し進められている。その演出は全体として一定の成果を上げており、その限りでは、ヘンリー五世は、父のヘンリー四世よりもいっそう大掛かりな芝居を演出して、人々をその芝居に巻き込んでゆくという点で、父よりもさらに優れたマキャヴェリアンだと言えよう。しかし、そういった中でも、ヘンリー四世が内面的には深い呵責の念に苦しんだように、ヘンリー五世もまた、父親よりもはるかに闊達に人々と交わりながらも、一人になると深い孤独感に陥って、結局のところ自分は役割を演じているだけではないかという思いを脱せないなど、けっして自らのありように満足できる存在たりえてはいない。

アジンコートの戦いの前夜、ヘンリー五世は、兵士たちと言い争った後で、王としての孤独と重責を思って漏らす。

普通の人間が当たり前のように享受する
何と限りない心の安らぎを、王は諦めなければならないのか。
そして、普通の人間が持たないもので、王が持つものとはいったい何なのか。
ただ儀式、国事に関わる儀式だけではないか。
……………………………………
ああ、儀式よ、お前にどんな価値があるのかだけでも見せてくれ。
人がお前をありがたがる、その核心とは何なのだ。
お前はただ、地位と身分と形式で、人に恐れ
畏まらせるだけではないか、それ以外に何かあるのか。
その点、人から恐れられるということでは、
お前は恐れている者よりもっと不幸ではないか。

（四幕一場二三六―四九行）

こうして、ヘンリーは自分の王としての役割に深い疑問の念を呈するが、だからといって、彼はそれで自分の役割をなげうってしまうことはない。あくまでその役割をこなすべく最大限の努力を払って、

そういう努力を通して、ともすれば分裂しがちなイングランドをそれなりに一つにまとめることに成功するのである。つまり、シェイクスピアは、ヘンリー五世というイングランドの英雄を、わずかな手勢でフランスの大軍を破ったから偉大だというのではなく、王という自分でも十分信じられない役割をなおも渾身の力で演じきって、そうすることで、いつ破綻するとも知れないイングランドの体制をともかくも守り通したがゆえに、偉大な君主だったとして描いているのである。

六　回顧と展望——英国史劇の歩みとその前途

こうして、ひととおり、『ヘンリー六世』以降の、シェイクスピアの英国史劇の変遷を辿ってみると、それが全体として大きな円環をなしているということが、改めて実感される。『ヘンリー六世・第一部』でトールボットの姿を通して描かれた君主と体制に忠実でしかも武功にも秀でた勇壮なイングランド人という理想は、『第三部』から『リチャード三世』にかけてほとんど完全に崩壊して、そのことは、人々のすさまじい精神的な荒廃をもたらすが、同じ理念が、この『ヘンリー五世』の中で再び劇の世界を支配する原理として高らかに謳われるのである。それはまさしく、テューダー朝の政権がさまざまな媒体を通して、イングランドのあるべき姿として、人々のあいだに広く浸透させようとしたものだった。

シェイクスピアがそういったテューダー朝の公的な政治理念を元々どこまで信奉していたのか、一概には断定できないが、劇に描かれたトールボットの姿を追う限り、少なくとも一つの理念としてこれを心の拠り所にしていたと想定できるのではないだろうか。

けれども、約一〇年の模索のあとで自分の出発点に戻ってきたとき、シェイクスピアは、そういった理念をそのまま理想として受け入れるのではなく、それを、社会を相対的に安定したかたちで維持してゆくための一つの方便、政治的なプロパガンダとして受け入れるようになっていたのである。かつては人が自らを社会の中にしっかりと位置づけ、自己と外的世界とのあいだに強固な関係を確立するための普遍的な前提と見えたものが、ここでは、人々にそういう幻想を与えて、階層社会の中に安定したかたちで定位させるために仕組まれた大掛かりな虚構と見なされるようになっているのである。

階層社会の理想についての彼の見解がこのように変わってゆくのは、一つには、シェイクスピアが歴史劇の執筆・上演を通して、社会やその中での個人の位置づけについての自分の見方を多角的に検討して深めていったということもあろうが、同時にまた、それだけエリザベスの政権が、女王のさらなる老いと有能な腹心たちの死去とともに、いよいよ機能不全の度を深めていって、逆に、その統治の仕組みが露わになりつつあったということもあろう。[*8]

実際、この『ヘンリー五世』の執筆・上演をもって、イングランドの政治や体制の歴史が、シェイクスピアの創作を直接刺激しその霊感の源となることはほとんどなくなるように思われる。個人と社会、人と世界との関係は、『ヘンリー五世』においてすでにその徴候が認められるように、これ以降、個人の内面に重心を移すかたちで、より深く、彼の悲劇と問題劇を通して探究されていくことになるのである。

注

*1——John Guy, *Tudor England*（Oxford: Oxford University Press, 1988）, esp., ch. 1, 'The Advent of the Tudors', pp. 1–29, and ch. 2, 'The Condition of England', pp. 30–52; Lawrence Stone, *The Crisis of the Aristocracy, 1558–1641*（Oxford: Oxford University Press, 1965）, esp., ch. 2, 'the Peerage in Society', pp. 21–64; Joel Hurstfield, *The Elizabethan Nation*（New York: Harper and Row, 1964）; Fritz Caspari, *Humanism and the Social Order in Tudor England*（New York: Teachers College Press, 1968, orig. 1954）, ch. 1, 'Social and Intellectual Foundations of English Humanism', pp. 1–40を参照されたい。

*2——John Guy, *Tudor England*, ch. 9, 'Elizabeth I: The English Deborah?', pp. 250–89; Roy Strong, *The Cult of Elizabeth: Elizabethan Portraiture and Pageantry*（London: Thames & Hudson, 1977）; Louis Montrose, *The Subject of Elizabeth: Authority, Gender, and Representation*（Chicago: University of Chicago Press, 2006）, Part 3, 'Queen and Country', pp. 116–63; Michael O'Connell, *Mirror and Veil: The Historical Dimension of Spenser's "Faerie Queene"*（Chapel Hill: The University of North Carolina Press, 1977）などを参照されたい。

*3——エリザベス朝期のイングランドの人々の貿易や植民など海外進出の動きについては、Kenneth R. Andrews, *Trade, Plunder and Settlement: Maritime Enterprise and the Genesis of the British Empire, 1480–1630*（Cambridge: Cambridge University Press, 1985）; D.M. Palliser, *The Age of Elizabeth: England under the Later Tudors 1547–1603*（London: Longman, 1983）, ch. 9, 'Traffics and discoveries', pp. 266–99, また、そういった動きへのエリザベス女王自身の関与については、Anne Somerset, *Elizabeth I*（London: Weidenfeld & Nicolson, 1991）, esp., ch. 9, 'The weaving of Penelope', pp. 274–330などを参照されたい。

*4——テューダー朝におけるマキャヴェリズムの受容については、Felix Raab, *The English Face of Machiavelli*（London: Routledge and Kegan Paul, 1965）, ch. 1, 'The Tudors and Political Thought', pp. 8–21 and ch. 2, 'Machiavelli's Reception in Tudor England', pp. 22–76 and Wilbur Sanders, *The Dramatist and the Received Idea: Studies in the Plays of Marlowe & Shakespeare*（Cambridge: Cambridge University Press, 1968）, ch. 4, 'Machiavelli and the Crisis of Renaissance Political Consciousness', pp. 61–71 を参照されたい。

＊5――本論におけるシェイクスピアからの引用の幕・場・行数の表示は、すべて G. Blakemore Evans ed., *The Riverside Shakespeare*（Boston: Houghton Mifflin, 1974）に拠っている。引用の訳はすべて私自身のものである。

＊6――『ヘンリー四世』については、拙論「『ヘンリー四世』二部作――あるいは、シェイクスピア的温厚さの起源について」（玉泉八州男他編『シェイクスピア全作品論』〔研究社出版、一九九二〕一四五―六四頁）を参照されたい。

＊7――なお、『ヘンリー五世』のコーラスについては、本論においてとは異なった脈絡ではあるが、以前、拙論「新歴史主義の視点」（『リテラ』（岡山大学教養部英語科）第三号〔一九八八〕五七―八〇頁）の中で論じたことがある。

＊8――Mervyn Evans James, 'At a crossroads of the political culture: the Essex revolt, 1601' in his *Society, Politics and Culture: Studies in Early Modern England*（Cambridge: Cambridge University Press, 1986）, pp. 416–65; John Guy, *Tudor England*, ch. 16, 'The Tudor *Fin de siècle*', pp. 437–58 を参照されたい。

9

『夏の夜の夢』

月の世界の constancy

河合祥一郎

『夏の夜の夢』は、第三幕まで月に支配される世界を描き、第四幕で太陽がのぼり、一同の目が覚めると、すべては夢だったということにされ、夢から覚めることでそれまでの対立や問題が解消されたかのような形になっているが、解消されない問題が少なくとも二つある。

まず、妖精の王オーベロンと王妃ティターニアの喧嘩は、ティターニアが大切にしているインド人の男の子をオーベロンが自分の小姓に欲しがり、ティターニアが手放そうとしなかったために起こったわけだが、ティターニアはロバに惚れる夢から覚めると、易々と男の子を差し出してしまう。二幕一場で二人は八六行に及ぶ激しい言い合いをし、二人の喧嘩のせいで、麦は立ち枯れ、羊は病死し、人々は風邪をひき、季節が乱れるという事態にまで至っていた。それでもティターニアは男の子の母親の思い出を長々と語って「あの女《ひと》のために、私はあの子を育てるの。／あの女のために、あの子を手放しはしません」（二幕一場一三六―三七行）[*1]と決意を熱く語っていたというのに、その思いはどうなってしまうのか。

それに、恋の三色スミレから採られた惚れ薬はディミートリアスとライサンダーの目に塗られるが、その解毒剤はどうやらライサンダーの目に塗られるのみだ。ディミートリアスに惚れ薬が効いたままだとすれば、大団円でディミートリアスは自分の本来の目でヘレナを見ていないのではないか。

本論では、こうした問題をどう考えればよいのかということを最終的な課題としながら、『夏の夜の夢』を貫く constancy（『夏の夜の夢』五幕一場二六行、「筋が通っていること、確かさ」の意）がどのようなものであるのかを再考する。

一　夢か現《うつつ》か

『夏の夜の夢』（*A Midsummer Night's Dream*）は、その題名が暗示する「ミッドサマー・マッドネス」[*2]——すなわち、夏至（midsummer）の月（lune）が引き起こす狂気（lunacy）ないしは夏至祭の乱痴気騒ぎのような狂乱——にも似た騒動を描く芝居だ。二組の恋人たちの森での騒動も、機織り職人のボトムがロバになる騒ぎも、ティターニアがボトムに惚れてしまうという騒ぎも、いずれも眠りによって締めくくられて「夢」という枠組みを与えられ、劇全体についても観客が見た「夢」と看做す視点がエピローグで与えられる（五幕一場四二六行）。『テンペスト』でプロスペローが「私たちは、夢を織り成す／糸のようなものだ。そのささやかな人生は、／眠りによって締めくくられる」（四幕一場一五六―五八の夢のような恋愛騒動と大差ない滑稽さで演じられ、その恋愛騒動も、劇中で妖精パックによって――
職人たちが演じる劇中劇「ピュラモスとティスベ」[*3]は、それを観劇する貴族たち自身が繰り広げた一夜
る。これは「人生は芝居、人は役者」という世界劇場（テアトラム・ムンディ）の概念の変奏でもある。
行）と語るように、「人生は夢」というメタファーはシェイクスピア作品において重要なモチーフであ

さ、馬鹿げた芝居を見てみましょ。
ほんと、人間って何て馬鹿なんでしょ！
（三幕二場一一四―一一五行）

――と、芝居として言及される。つまり、劇中劇が恋人たちの馬鹿げた芝居を写し出す一種の鏡として機能しているなら、その馬鹿げた芝居を見守る妖精たちが活躍する『夏の夜の夢』という芝居にもまたそれを観る私たち観客の人生芝居を写し出すというメタシアター構造があることになり、私たち観客もまたこの構造にからめとられ、私たち自身の人生芝居を（劇の外にいるはずの）妖精たちに見守られているはずだということになる。こうして、妖精たちによる祝福の祈りで終わるこの『夏の夜の夢』という喜劇は、私たち観客もまた妖精に見守られて生きているということを思い出させる。

近代的主体がいつのまにか当然視されるようになった現代、人は個として生きていると考えるのが当たり前になったが、『夏の夜の夢』のメタシアター構造は、私たちが決して独りきりで生きることはなく、常に何かに支えられていることを示す。私たち人間が、あるいは妖精に助けられたり悪戯されたりするように、なんらかの霊的存在とともに生きているという発想は、シェイクスピア作品全体に頻出す

る。『ペリクリーズ』のダイアナ、『シンベリン』のジュピター、『冬物語』のアポロン、『テンペスト』の空気の精エアリエルなどのロマンス劇における霊的存在を筆頭に、『ヘンリー六世』の悪霊、『リチャード三世』『ジュリアス・シーザー』『ハムレット』の亡霊、『マクベス』のバンクォーの亡霊と魔女など、霊（spirit）はシェイクスピア世界に遍在する。[*4]『ウィンザーの陽気な女房たち』のフォルスタッフが半ば本気で森の妖精たちにつねられて怯えてしまうのも、頭ではそうした存在を否定していても、心のどこかで受け入れているためだろう。

『まちがいの喜劇』では、そっくりさんが出てきたとき、公爵が「どちらかが一方の守護神に違いない。／ふたりのうちどちらが本人であり、／どちらが霊（spirit）なのだ？」（五幕一幕三三三―三五行）と尋ね、『ヴェローナの二紳士』（三幕一場一九五行）、『十二夜』（五幕一場二三六行）、『リア王』（四幕七場四八行）などでも同じような意味で用いられる。『アントニーとクレオパトラ』では、アントニーが守護神（スピリット）を失って本来のアントニーではなくなってしまう（二幕三場、四幕三場）。『終わりよければすべてよし』では、主人公のヘレナが国王の病気の治療を行う際、国王が「おまえのなかで何か祝福されたスピリットが話しているようだ」（二幕一場一七五行）と語る。このように人間と霊的存在とのつながりが作品群のあちこちで見られるシェイクスピアの発想に基づけば、『夏の夜の夢』の最後の妖精たちの祈りの言葉にも、言霊《ことだま》が宿るように思われる。

祈りの言葉に言霊が宿るという発想は、夢にすぎない物語に現実性が宿るという考えに通じる。『夏の夜の夢』は、パックのエピローグにより「夢」として提示されるが、その「夢」に私たち観客は現実を見出すという構造になっている。もちろん、理性的判断を下すなら夢は現実ではないため、最終幕で公爵テーセウスがヒポリュテに答えて次のような説明を加えるのは、きわめて理性的に思われる。

ヒポリュテ　あの恋人たちのお話は、不思議ね、テーセウス。
テーセウス　不思議すぎて本当とは思えない。馬鹿げた昔話や、
妖精の出てくるようなお伽噺《とぎばなし》など、とても私には信じられない。
恋する者は、狂った者同様、頭が煮えたぎり、
冷静な理性には理解しがたい
ありもしないものを想像する（shaping fantasies）。
狂人、恋人、そして詩人は、
皆、想像力の塊《かたまり》だ。

（五幕一場一―八行）

このテーセウスは、シェイクスピアの考えを代弁しているように思えるところもある。「恋は狂気にすぎない」（『お気に召すまま』三幕二場四〇〇行）ゆえに、恋人も狂人も同じように「頭が煮えたぎ」っているとシェイクスピアは考えていただろうし、「あると思えるものは、／実際にはありもしないものだけだ」（『マクベス』一幕三場一四一―四二行）と言うマクベスがありもしない「心の短剣」（二幕一場三八行）を見るのは、ここで語られるshaping fantasiesにほかならない。そう考えれば、テーセウスの発言は、シェイクスピアの想像力観を示していると言える。

しかし、『夏の夜の夢』で実際に夢を見るのは、ハーミアだけ――「私の胸から、這い回る蛇を取り除《の》

けて！／ああ怖い！　なんて夢！」（二幕二場一四六―四七行）――であり、それ以外は、いくら荒唐無稽とはいえ、すべて観客が現実として目撃しているものばかりなのであるから、テーセウスが「不思議すぎて本当とは思えない」「ありもしないもの」と断じたのは誤っていることになる。ヒポリュテはテーセウスにこう反論している。

でも、昨夜のお話を聞いていると、
皆の心が一緒に変貌してしまったことは、
単なる夢幻（fancy's images）とは思われず、
しっかり筋の通った現実（something of great constancy）であるような気がしますが、
それにしても不思議で信じがたいことです。

（五幕一場二三―二七行）

Something of Great Constancy と題した本を表したデイヴィッド・ヤングは、ここでヒポリュテは詩の技法を弁護しているのに対して、テーセウスは想像力の価値を認めていないために、詩の力がわかっていないと評した。[*5] それは確かにそのとおりであり、テーセウスが想像力が生み出したもの（fantasies）を真実ではないと切り捨てて蔑視するのとは裏腹に、『夏の夜の夢』という芝居自体がまさに shaping fantasies の力を信じてその力を劇化するものであるということは、その後も指摘されてきたことだ。[*6] たとえばリチャード・マッコイはそのことに触れたうえで、妖精パックもエピローグで、芝居全体のこ

とを「取るに足らない、つまらぬ話、／夢のように、たわいもなし」（五幕一場四二七―二八行）とは言うものの、それを受け入れるように拍手を求めていることで、逆に劇／夢が真実を示す力を信じていると指摘する。[*7] しかし、詩の力、あるいは想像の力がどれほど強力で、場合によっては現実をも凌駕するものかということまで言わないと、ヒポリュテの発言の重要性はじゅうぶんに理解しえないだろう。ルイス・モントローズは、「詩人の筆が……空気のような実体のないものに個々の場所と名前を与える」ところに権力構造を見たが、[*8] もう少し『夏の夜の夢』で展開される「不思議で信じがたい」夢に即して考えることにしたい。

A・D・ナトールは、想像力で捉えられたものを本当でないもの、信じがたいものと断じたテーセウスの愚かさをストア派的発想の誤謬に帰し、テーセウスに反論するヒポリュテのほうがずっと賢く、ヒポリュテが言っていることは一八世紀の経験論者デイヴィッド・ヒュームの考えと同じだとして、次のような説明を加えている。[*9]

ドロシー・エメットが端的に指摘していることだが、夢や心のイメージはその内容においてリアルではない――つまり、冷蔵庫にアナグマがいる夢を見てもそれがリアルでないのは、冷蔵庫のなかにはアナグマでなくて干からびたクロワッサンが入っているからだが、人が実際にそのような想像をしたり夢を見たりするという点ではリアルなのだ――確かに私はアナグマについて生々しい夢を見たということがリアルなのだ。この単純な議論に従えば、「単なる夢幻」は明らかにリアルだ。

つまり、ボトムが「人間の目が聞いたこともない、耳が見たこともない、手が味わったこともない、舌が考えたこともない、心が語ったこともない……底なしにすげえ夢」（四幕一場二一一―一四行）を見たと言うとき、ボトムはその「夢」にはっきりとリアルを感じたのであり、ナトールの議論に従えば、それこそがリアルの本質だということになる。しかも、ボトムの夢が実は夢でないと知っている観客は、ボトムがリアルに感じたのは当然だと思うことになる。

スティーヴン・グリーンブラットは、その著書『シェイクスピアの自由』の最後で、このテーセウスの一節を引用したうえで、詩人の知覚の絶対的な自由さを語り――シェイクスピアのものの見方の自由さは、現実を超越した詩人の物の見方に真があるとするシドニーの発想（『詩の弁護』）と同じであると論じながらも――テーセウスは狂人・恋人・詩人の想像力を蔑視していると指摘する。すなわち、テーセウスは日常的な現実にこだわりすぎており、本当らしさというのは実はボトムの夢のようにわけがわからないものだとグリーンブラットは指摘している。[*10]

日記作家サミュエル・ピープスが一六六二年に『夏の夜の夢』を見て「こんなつまらない芝居は生まれてこのかた見たことがない」と断じたのも、ジェス・ランダーが指摘するように、ピープスが「森での恋人たちの冒険を子供じみたナンセンスとして切り捨てる劇中のテーセウス公爵と同じ立場を取っている」からだと言ってよいだろう。[*11]

二 月と狂気

ピープスもテーセウスも、理性を信奉し、太陽のような強烈な光を放つロゴスを大前提とするストア派的発想をしていると言えよう。彼らが「ありえない」「つまらない」として断じてしまう「夢」の出来事に対して、ヒポリュテは、それが「不思議で信じがたい」と認めながらも、そこにconstancyを認める。それは、ヒポリュテがアマゾンの女王である点で男性を遠ざける月の女神（狩猟の女神）アルテミスと重なるために、可能な見方なのかもしれない。テーセウスらが唯一認める明白な現実世界（陽）に対して、ヒポリュテは女性的な現実世界（陰）の重要性を認めているのであり、それは、ロゴスや理性に拠らない反ストア的な感性の世界――月の世界だ。現実かどうかが問題ではなく、何を感じたかが問題なのだ。演劇という虚構（夢）で心を揺り動かされる経験をすれば、その経験は現実となる。

そして、月の世界に属する者は、お日さま＝ロゴスを遠ざける妖精の仲間でもある。

我ら妖精、空駆けて、
月のまわりを右往左往。
お日様、遙かに遠ざけて、
夢さながらの闇を追う。

（五幕一場三八三―八六行）

『夏の夜の夢』における月の重要性についてはこれまで何度も語られてきたが、[*12] もう一度ここでまとめておけば、月には、月の女神アルテミス（ダイアナ）との関連から、処女性、貞節、男嫌いといった連想があり、潤い、乳、涙、月経などの水性、静かで冷たく透き通るような美しさ、満ち欠けによる変貌（心変わり）などの特徴から、女性性を象徴するものとされてきた。[*13] 劇中、月は女性的なものとして繰り返し言及される。冒頭でテーセウスは「のろのろ欠けるこの月」を「彼女」（She）で受け、「継母か、寡婦」（一幕一場三―五行）だと言うし、夜は「月の女神のフィービーが、白銀《しろがね》の顔《かんばせ》を水鏡に映す頃」（一幕一場二〇九―一〇行）と描写され、キューピッドの熱い矢を冷ますのは「水をたたえた月の貞淑な光」（二幕一場一六二行）である。オーベロンとティターニアの喧嘩のせいで、月は怒って天変地異を引き起こしたとされるが、どうやら月は怒るばかりでなく、悲しんでもいるらしい。ティターニアは言う。

なんだか月が泣きだしそうね。
月が泣くと、小さな花たちも皆涙して悲しむのよ。
どこかの犯された娘のことを。可哀想ね。
（三幕一場一九八―二〇〇行）

ここで示唆される男性の暴力は、冒頭のテーセウスがヒポリュテに「俺はおまえをこの剣で口説き、／むりやりおまえから愛をもぎ取った」（一幕一場一六―一七行）と語るのを想起させる。冒頭の場面で、ハーミアがその愛を否定されて意に沿わぬ結婚を強要されているのを見守るヒポリュテは、どういうわけか元気を失って黙ってしまい、「おいで、ヒポリュテ、どうした、元気を出せ」（一幕一場一二二行）と言うテーセウスに返事することもなく、一言も発さないまま退場する。この沈黙は、のちに月の世界に象徴される女性の苦渋を示唆するように思われる。

女たちは太陽の世界では黙りがちのようだ。冒頭でヒポリュテが黙ってしまうように、幕切れでは、森の中であれほど騒いでいたヘレナもハーミアも、芝居を観に宮廷にやってきてからは、最後まで一言も発さない。もちろん、公爵夫妻のような身分の高い人の前で、借りてきた猫のように振る舞っていると解釈することもできようが、それにしても、ただの一言も発さないのはどうも異様だ。寡黙だったヒポリュテは、機嫌が直って楽しんでいる様子を見せてはいるが、ヘレナとハーミアがどれほど芝居を楽しんでいるのか、手がかりはない。月の世界で輝いた女心は、太陽の世界ではくすんでしまうらしい。

芝居に登場する月明かりもさんざんな目にあう。テーセウスとディミートリアスから揶揄されてすっかり機嫌を損ねてしまう。あろうことかヒポリュテさえ、「この月にはもううんざりだわ。新月に変わって見えなくならないかしら」（五幕一場二五一―五二行）と言って、太陽チームに迎合する。太陽と月はその違いを乗り越えて一体化したかにさえ見える――ピュラモスはこう語る。

素敵な月よ、ありがとう、その太陽光線。
ありがとう、月よ、実に明るい、燦々と。
おまえのこうも好意に満ちた煌々たる金色《こんじき》の光線、
これすべて、すべすベティスベを見つける術なり、ほんと。

（五幕一場二七二―七五行）

これはかなり乱暴な月と太陽の一体化だと言えよう。シェイクスピアが劇に強引に決着をつけようとしていることは、公爵が、劇の冒頭でハーミアに厳しい宣告をしておきながら、最後にはあっさりそれを撤回してしまうことからもわかる(『まちがいの喜劇』も同じ)。そして、確かに月に象徴されるヒポリュテと太陽に象徴されるテーセウスの対立は一見解消したように見える。ティターニアも、オーベロンに寄り添って祈りの歌を歌うので、オーベロンの望んでいたとおりに妻は夫に従って大団円となったように見える。

しかし、ティターニアは果たして太陽の光を浴びるのだろうか。ティターニアは確かに目を覚ますが、それは陽の光が漏れてくる曙ではあってもまだ月明かりのなかだ。

パック　王様、明けます、夜の帳《とばり》。
　聞こえてくるのは、朝の雲雀《ひばり》。
オーベロン　行《ゆ》こう、妃よ、厳《おごそ》かに、
　夜陰《やいん》にまぎれて密《ひそ》やかに。
　巡《めぐ》れ、地球をたちまちに。
　とぼとぼ月が歩むうちに。
ティターニア　さあ、あなた、飛びながら
　教えてください、我ながら
　さっぱりわからぬ今宵の顚末。

人間たちと一緒に眠っていたとは真にお粗末。

（四幕一場九三―一〇二行）

このときティターニアは、さっぱりわけがわからない状態にあることに留意したい。前述のとおり、月（lune）は狂気（lunacy）を呼び起こし、月の世界は理性を超越した世界であり、そこで起こることは説明がつかない。それを「説明しようなんてやつは、まったくの驢馬頭だ」し、ボトムの頭に何が生えていたかなどと語る奴は「とんでもねえ道化野郎」なのだ（四幕一場二〇七、二一〇行）。となれば、ロバにすっかり心を奪われてしまったティターニアは、さっぱりわけがわからないまま男の子を差し出してしまったと考えるべきであろう。今引用した台詞のあと、ティターニアは「手に手を取って歌いましょう」の最後の四行の台詞しか言わない。ひょっとするとティターニアは、「手に手を取って歌いましょう」と言うとき、オーベロンに男の子を差し出してしまったことを覚えていないのかもしれない。ティターニアは、恋の三色スミレの魔法を解かれた直後、事態をよく理解しないままの状態でいきなり大団円にひきずりだされている。今は婚礼の祝賀のためにオーベロンとともに祈りの歌を歌っていても、いつかは男の子を騙し取られたことに気づくだろう。そうすれば再び喧嘩がはじまるという可能性は大いにある。かつてジョン・フレッチャーが『じゃじゃ馬馴らし』の後日談として『女の勝利、あるいは、じゃじゃ馬が馴らされて』（一六〇四～一七頃執筆）を書いてペトルーキオが女房の尻に敷かれる様子を描いたように、『夏の夜の夢』の後日談ではティターニアがインドの男の子を取り返すかもしれない。

三　魔法は解けたか解けないか

この劇をすっきりと見終えるためには、すべての魔法が解かれて、魔法にかかっていた登場人物全員が（パックがボトムの魔法を解くとき言うように）「もとの馬鹿なまなこで見る」（四幕一場八四行）ことができるようになっていることが必要であるように思われる。ディミートリアスにだけ魔法がかけられたままだと、彼とヘレナとの結婚をすっきり祝福できなくなってしまう。

もちろん、この劇が始まる前からディミートリアスはヘレナと婚約していたのであり、婚約したならその相手と結ばれるべきだという発想は『尺には尺を』や『終わりよければすべてよし』にも強くあり、ディミートリアスがヘレナと結ばれるのは、その意味で大団円を成すはずだ。それに、彼が公爵に対して行う弁明――「しかし、閣下、いかなる力が働いたのか――／ともかく、何らかの力が働いて――私のハーミアへの愛は、／雪のように溶け去り、〔……〕私が心から愛する人〔……〕は、ただヘレナだけとなったのです」（四幕一場一六四―七一行）――には、惚れ薬によらない誠実さが認められると論じる人もいる。[*14] しかし、彼の誠実さが魔法によるものかもしれないなら、やはり彼とヘレナの結びつきには疑問がつきまとう。

パックがライサンダーにかかった魔法だけを解き、ディミートリアスの魔法は解いていないと判断されてきた根拠は、第一に、オーベロンの次の台詞にディミートリアスへの言及がないからである。

そうやって二人をどんどん引き離せ、

死のような重い眠りが忍び寄るまで。
眠りが蝙蝠《こうもり》のような翼で二人の 瞼《まぶた》 を覆うまで。
そしたら、この薬草をライサンダーの目に
しぼりかけろ。その汁のありがたい効き目に、
やつの目の迷いはたちまち消えてなくなる。
そして昔どおりに見えるようになる。
（三幕二場三六三―六九行）

しかし、パックは果たしてこの指示どおりに、ライサンダーだけに解毒剤を使ったのだろうか。パックがオーベロンに命じられたとおり、まちがえずにライサンダーを特定して彼にだけ薬をかけたと判断すべき根拠はどこにあるのだろう。四つ折本や二つ折本にはその点についてのト書きはない。現代版の編者がト書きを書き加えているのであり、リヴァーサイド版の編者は、パックがライサンダーの目に解毒の薬を垂らす様子を次のように書き加えている。アーデン版、ケンブリッジ版、オックスフォード版など多くの版も、同じ内容のト書きを同じ場所に書き加えている。

On the ground,　（地面にばったり、）
Sleep sound;　（眠ってぐったり。）
I'll apply　（お目めにうっすり、）
To your eye,　（差しましょ、目薬。）

Gentle lover, remedy.（恋を治すよ、すっかりみんな。）
[*Squeezing the juice on Lysander's eyes.*]（ライサンダーの目に汁を絞る）
When thou wak'st,（起きたら、むっくり、）
Thou tak'st（わかるぜ、びっくり。）
True delight（恋心、まとまり、）
In the sight（元の鞘、収まり、）
Of thy former ladys eye.（縒りが戻るぜ、昔の女。）
And the country proverb known,（諺にだって、言われてる。）
That every man should take his own,（どんな男も女房は持てる。）
In your waking shall be shown.（真実知るとき夢果てる。）

（三幕二場四四八—六〇行）

ここで気になるのは、引用の四行目で your という言葉を用いながら、そのあとでは thou, thy を用いていることだ。この your が二人称複数であり、ライサンダーとディミートリアスの両方を指すと考えてみたらどうだろうか。そのあと thou, thy という二人称単数を用いながら、一人ずつ薬を垂らすという可能性はないだろうか。最終行の締めくくりで再び In your waking と your になるのは、恋人たちを指しているようにも思える。

パックが（オーベロンの命令とは裏腹に）やらなくてもいい余計なことをやり、ディミートリアスの魔法も解いたなら、ディミートリアスが「ヘレナへの愛が甦った」とする最後の告白は、ようやく目覚めた彼の本心の言葉として受け取ることができる。

もちろん、これはひとつの解決策の可能性があるというのみであって、ト書きが明確に書かれていない以上、これまでどおりディミートリアスは魔法にかかったままなのだと考えることもできる。その場合は、魔法の効果が薄れでもしたらまたどうなるかわからないことになり、ヘレナが彼のことを「私のものなんだけど、私のものじゃないみたい」（四幕一場一九二行）と言う台詞が暗示するように、結婚に不安がつきまとうことになるだろう。実際の結婚はそんなものだと言うこともできようが、魔法が解けていないなら大団円は形ばかりの仮のものと結論づけるしかなさそうだ。

四　結び

かつてシェイクスピアの祝祭喜劇という解釈が流行ったとき、アテネの森で起こることは非日常のお祭りであり、その混乱があればこそ、日常の規範が保たれるとされた。[*15] それは、『夏の夜の夢』という作品を完成されたまとまりとして認め、非日常から帰ってきた日常を正常なものと看做す見方であるが、月の世界が人間の深層心理を映し出す世界であるなら、明るい太陽の世界では必ずしも人は本来の生き方ができていないのかもしれない。現実は不当なものであり、人は心のなかでもう一つの現実を抱えながら、目の前の現実と折り合いをつけていかなければならないのかもしれない。

『夏の夜の夢』は、妖精の世界、貴族の世界、職人の世界の三つから成っており、いずれもアテネの森という混沌世界へ入り込むことによって、ノースロップ・フライが言うところの「攪乱過程」で自らのアイデンティティを失い、そこから出ることで新たなアイデンティティを得る作品であると解釈されてきた。[*16] その新たなアイデンティティは輝かしいものであり、結婚による祝賀によって劇が終わると考えられてきた。

しかし、本当は、この劇は、妖精たちによる祈りによって締めくくられるのであり、「永久《とわ》の幸あれと、ひたすらに」祈る理由があるのだ。妖精の妃ティターニアは「あの子を手放しはしません」と熱く語っていた決意を大団円では忘れてしまっている。いわば王オーベロンの手中に落ちてしまったのであり、きっとこのことに気づく時がくるだろう。つまり、この劇の大団円はやはり一時的なものでしかないと結論づけるしかない。劇の冒頭であれだけ熱く語られていた「あの女《ひと》のため」という女性的な――月の世界で重要な意味を持つ――思いは、太陽輝く男性的ロゴスに支配される世界では掻き消されてしまう。けれども、いずれ強烈な太陽の光の届かぬところで、ティターニアの心に秘められた思いはきっと再燃するだろう。その思いをオーベロンが理解する日がこなければ、二人の結婚は真に幸せなものとはなりえない。その意味で、この劇は『恋の骨折り損』と似て、真の大団円が先送りにされているのである。

本論の冒頭に掲げた「『夏の夜の夢』を貫くconstancy」とは、月の世界に象徴される曖昧模糊とした夢の特性による一貫性であると結論づけることができるだろう。それは強烈なロゴスの光に照らされると、なおさらはっきりしなくなるものの、心のなかにしっかりと刻まれたリアルな感覚によって支えられている。月光は狂気を与えるとも言われ、理性とは相容れない衝動的で不安定な心の動きを司るが、私たちは結局そんなつかみどころのない心を拠りどころとして生きているのであって、「人生は夢」というメタファーに意味があるのはそれゆえなのだ。

この劇は、夢と現実が区別しがたいことを示し、最終的に太陽輝く世界で大団円の形でまとめているが、月の世界に思いを馳せれば不安な要素が見えてくる。それは、私たちの実人生が抱えている問題を照射しており、私たちの人生の本質は、そうしたぼんやりとした定めがたきところにある。だからこそ、この劇が月の世界の妖精たちの祈りで締め括られているのには重要な意義がある——人は幸せに生きていくために、祈りの力を必要としているということである。永久《とわ》の幸あれと、ひたすらに。

注

＊1——シェイクスピアの引用と幕場行数表示は、G. Blakemore Evans, gen. ed., *The Riverside Shakespeare*, 2nd edn（Boston: Houghton Mifflin, 1997）に拠る。訳はすべて引用者による。

＊2——この言葉は『十二夜』三幕四場五六行に出てくる。

＊3——『夏の夜の夢』中の固有名詞表記は、河合祥一郎訳『新訳　夏の夜の夢』角川文庫（角川書店、二〇一二）に拠る。

＊4——シェイクスピアは spirit という語を用いずに戯曲を書くことは——*Sir Thomas More* を例外として——なかった。Marvin Spevack, *The Harvard Concordance to Shakespeare*（Hildesheim: George Olms, 1969, 1970）に拠る。

＊5——David Young, *Something of Great Constancy: The Art of "A Midsummer Night's Dream"*（New Haven and London: Yale University Press, 1966）, pp. 140–41.

＊6――一例として Marjorie B. Garber, *Dream in Shakespeare: From Metaphor to Metamorphosis* (New Haven and London: Yale University Press, 1974), p. 85 参照。

＊7――Richard C. McCoy, *Faith in Shakespeare* (Oxford: Oxford University Press, 2013), p. 29 参照。マッコイは p. 118 では、ジョージ・パトナムが『英詩の技法』(*Art of English Poesy*) では、詩的な狂乱をプラトン主義者らが熱狂 (furor) と呼んだと指摘する。

＊8――Louis Adrian Montrose, '"Shaping Fantasies": Figurations of Gender and Power in Elizabethan Culture', *Representations* 2 (Spring, 1983), 61–94.

＊9――A. D. Nuttall, *Shakespeare the Thinker* (New Haven and London: Yale University Press, 2006), pp. 122–25; Dorothy Emmet, *The Nature of Metaphysical Thinking* (London: Macmillan, 1945), p. 66.

＊10――Stephen Greenblatt, *Shakespeare's Freedom* (Chicago and London: University of Chicago Press, 2011), pp. 116–17. 虚構が持つ力に関するシドニーの議論については、Ronald Levao, *Renaissance Minds and Their Fictions: Cusanus, Sidney, Shakespeare* (Berkeley: University of California Press, 1985) および Sir Philip Sidney, *An Apology for Poetry* (*or The Defence of Poesy*), ed. R. W. Maslen, 3rd edn (Manchester: Manchester University Press, 2002) の巻末文献一覧を参照のこと。

＊11――Jesse M. Lander, 'Thinking with Fairies: *A Midsummer Night's Dream* and the Problem of Belief', *Shakespeare Survey 65*: *"A Midsummer Night's Dream"*, ed. Peter Holland (Cambridge: Cambridge University Press, 2013), pp. 42–57 (p. 42).

＊12――たとえば Ernest Schanzer, 'The Moon and Fairies in *A Midsummer Night's Dream*', *University of Toronto Quarterly* 24 (1955), 234–46 参照。これまでの批評については、Dorothea Kehler, '*A Midsummer Night's Dream*: A Bibliographic Survey of the Criticism', in Dorothea Kehler, ed., *"A Midsummer Night's Dream": Critical Essays* (New York and London: Garland Publishing, 1998), pp. 3–76 および Richard Dutton, ed., *A Midsummer Night's Dream*, New Casebooks Series (London: Palgrave Macmillan, 1996)

を参照のこと。

*13——当時の気質論によれば、女性は一般に粘液質で、ふくよかな体型をし、水の特性を持っており、男性は一般に胆汁質で筋肉質で、火の特性を持つとされた。J.B. Bamborough, *The Little World of Man*（London: Longmans, 1952）; Hardin Craig, *The Enchanted Glass: The Elizabethan Mind in Literature*（Oxford: Oxford University Press, 1936）; E.M.W. Tillyard, *The Elizabethan World Picture*（1942; New York: Random House, 2011）; J. W. Draper, *The Humours and Shakespeare's Characters*（Durham, NC: Duke University Press, 1945）参照。

*14——Tom Clayton, ‘“So quick bright things come to confusion”: or, What Else Was *A Midsummer Night's Dream* About?’, in *Shakespeare, Text and Theater: Essays in Honor of Jay L. Halio*, ed. Lois Potter and Arthur F. Kinney（Newark: University of Delaware Press; London: Associated University Press, 1999）, pp. 62–91（p. 74）.

*15——C. L. Barber, *Shakespeare's Festive Comedy: A Study of Dramatic Form and Its Relation to Social Custom*（1959; Princeton: Princeton University Press, 1972）, pp. 3–15, 119–62; Northrop Frye, *Anatomy of Criticism: Four Essays*（1957; Princeton: Princeton University Press, 1971）, pp. 169–71 参照。

*16——Northrop Frye, *A Natural Perspective: The Development of Shakespearean Comedy and Romance*（New York and London: Columbia University Press, 1965）; Ruth Nevo, *Comic Transformations in Shakespeare*（London: Methuen, 1980）等参照。

10

『ヴェニスの商人』とユダヤ人劇の系譜

サブテクストとしての『ロンドンの三人の貴婦人』

小林潤司

『ヴェニスの商人』の内容を粗雑に要約して、「裕福な未婚の女性の経済力を目当てに国内外から男たちが集まって競争する話」と「三千ダカットの債務を負ったイタリア人商人が、債権者であるユダヤ人から告訴されるが、機知機略によって債務を免れる話」という二つの筋の組み合わせによって成り立つ喜劇である、と乱暴に言い切ってしまえるとすれば、実はこれとまったく同じ組み合わせでできた先行作品がある。ロバート・ウィルソンによる道徳劇『ロンドンの三人の貴婦人』(一五八一)(以下『三人の貴婦人』と略記[*1])である。

『ヴェニスの商人』は、少なくともそのユダヤ人劇としての側面に注目するならば、先行作品には事欠かない。一五七〇年代には、現在では失われた作者不詳の『ユダヤ人』(一五七八頃)があり、八〇年代には『三人の貴婦人』の他に、これに呼応して書かれたらしい、やはり現存しない作者不詳の『三人の貴婦人に敵対するロンドン』（一五八一頃）がある。初期近代イングランドのユダヤ人劇と言えば、『ヴェニスの商人』とマーロウの『マルタ島のユダヤ人』（一五八九頃）がすぐに思い浮かぶが、これら八〇年代終わりから九〇年代にかけてのユダヤ人劇が、少なくとも当時のロンドンの観客たちにとっては、特に風変わりな題材を扱った珍奇な作品であったわけではなく、以前から繰り返し公衆劇場の舞台で取り扱われてきたおなじみの素材の使い回しという一面を持っていたことは間違いない。

『ヴェニスの商人』は、言うまでもなく、中世イタリアの説話集『イル・ペコローネ（愚か者）』（一三七八作、一五五八刊行、英訳一八九七）に収録されている物語（第四日第一話）にその筋立てをおおむね借りているわけだが、当時の観客には、むしろ彼らの記憶のなかにある『ユダヤ人』や『三人の貴婦人』から『マルタ島のユダヤ人』へと伸びるユダヤ人劇の系列の延長線上に現れたひとつのヴァリエーションとして受けとめられたはずだ。現代の私たちが『三人の貴婦人』を読めば、シェイクスピア喜劇の悪趣味なパロディのようにしか見えないが、当時の観客は逆に『三人の貴婦人』を見た目で『ヴェニスの商人』を見たわけであるから、むしろ『ヴェニスの商人』のほうが、古い道徳劇を不思議なやり方で仕立て直した奇妙な味わいの喜劇に見えたことであろう。

本論文では、『ヴェニスの商人』の世界を構成しているさまざまな要素のなかから特に「ユダヤ人」、「改宗」、「高利貸し」という三つの概念に着目し、それらが、『三人の貴婦人』のなかでどのように取り扱われていたかを確認する。この作業を通して、当時の観客が『ヴェニスの商人』を見た時に、『三人の貴婦人』の記憶が、作品理解の枠組みとしてどのように機能し得たのかを探ってみたい。

一　『ロンドンの三人の貴婦人』とその作者

ロバート・ウィルソンの履歴と人物像は謎に包まれている。しかしながら、一五七〇年代前半にはすでにレスター伯一座で活躍しており、一五八三年に当時の人気俳優を総動員して結成された女王一座にリチャード・タールトンらとともに参加し、この劇団で俳優兼劇作家として活躍したところまではっきりしている。それ以降の履歴については異説もあるが、九〇年代半ばまでは旺盛に活躍するものの、それ以後は舞台を引退し、一六〇〇年に没するまで、フィリップ・ヘンズロウのもとで海軍大臣一座のために、他の劇作家との共作を請け負ったりしながら、演劇人として仕事を続けていたらしい。[*2]

『三人の貴婦人』の最初の出版は一五八四年であり、[*3] 創作年代については一五八一年の可能性がもっとも高いと推定されている。さらに一五九二年にも再び刊行されており、[*4] おそらく、一五八八年から九二年までの期間のいずれかの時期に、続編『ロンドンの三人の貴族と三人の貴婦人』(一五八八頃)と抱き合わせで女王一座によって再演されたと考えられている。[*5] まさにこの期間はシェイクスピアが俳優・劇作家としてのキャリアをスタートさせたと思しい時期の前後に当たる上に、女王一座と言えば、シェイクスピアが最初に加入した劇団のもっとも有力な候補と目されつつある。[*6] シェイクスピアが『三人の貴婦人』のリバイバル上演を見た可能性、いやそれどころかその上演に何らかのかたちで携わった可能性さえ、あながちに荒唐無稽な夢想として斥けるわけにはいかない風向きなのだ。そこまで言うのは行き過ぎとしても、この作品について、そのモラル・インタールード然とした作風に欺かれて、九〇年代にはすっかり忘れ去られていたはずと即断するならば、軽率の謗りを免れないだろう。

二 『ロンドンの三人の貴婦人』の主筋と脇筋

『ロンドンの三人の貴婦人』の「三人の貴婦人」とは、その主筋に登場する〈愛〉、〈良心〉、〈金〉という三人の寓意的人物である。〈金〉は、自分に仕えようと慕い寄ってきた〈欺瞞〉、〈偽装〉、〈聖職売買〉、〈高利貸し〉の助けを借りて、他の二者を堕落させる。〈良心〉の目の前で〈歓待〉は〈高利貸し〉に惨殺され(八場)、〈良心〉は落ちぶれて箒を売り歩く(一〇場)。〈金〉は〈高利貸し〉が持って来た〈嫌悪〉という箱のインクを〈良心〉の顔に塗りたくり、二目と見られない顔にしてしまう(同)。〈愛〉は、〈金〉によって〈偽装〉との結婚を無理強いされ、二つの顔を持つ〈情欲〉に成り下がる(一五場)。これらの漫然と配置された有機的関連性の薄いエピソードの連続の果てに、三人の貴婦人はそろって法廷に引き出され、断罪されるが、彼女らを裁くのは〈無=誰でもない者〉という名前の裁判官である。〈金〉とその一味の悪行を裁く人は、現実の世界には誰もいないということを皮肉に暗示して劇は終わる。

カネがモノを言う社会の腐敗を寓意的に表現する主筋と平行して、腐敗した社会の典型的な実例が脇筋で示される。主筋の物語の舞台はロンドンだったが、脇筋の舞台はトルコである。イタリア人商人のマーカドラスは〈金〉に気に入られるためにユダヤ人の金貸しジェロンタスをペテンにかけることを計画する。異教徒がイスラム教に改宗すれば、それ以前の債務は免除されるというトルコの法律を悪用して、返済を怠っている三千ダカットの借金を棒引きにさせようという算段である。マーカドラスは法廷で改宗の誓いをしようとするが、これに対してユダヤ人は「私のせいであなたが棄教したと噂になるのはいやだから」(一四場三八—三九行)と言って、利子も元金も返済を免除してやる。トルコの裁判官は

「ユダヤ人はキリスト教徒らしさでキリスト教徒を凌ごうとし、キリスト教徒はユダヤ人らしさでユダヤ人を凌ごうとするものなのだ」（同、四九行）と評する。[*7] 舞台上に独り残ったマーカドラスは「あのゲスなユダヤ人をこのおれがどうやって欺いたかを知らせてやれば、〈金〉は目を細めて喜ぶだろう」（同、五八一五九行）とうそぶき、イングランドに向けて旅立つ。

商人には「市場」を意味するマーカドラス、ユダヤ人には「老人」を意味するジェロンタスという寓意的な名前がつけられてはいるが、寓意の枠を越えた劇中人物としての一定の個性がそれぞれ与えられており、主筋の純然たる道徳劇仕立てとは一線を画している。旧来の道徳劇が、都市市民の新しい好尚にかなう市民喜劇へと変態していく徴候を示す過渡的な作品であると言えるだろう。

三　イタリア人商人の改宗とユダヤ人高利貸しの改宗

『三人の貴婦人』を『ヴェニスの商人』と対比した時に、もっとも顕著な違いとして目につくのは、言うまでもなくユダヤ人高利貸しの人物造型である。キリスト教の信仰を捨ててイスラム教に改宗してまで債務を免れようとするイタリア人商人の借金の返済を寛大に免除してやる『三人の貴婦人』のジェロンタスと、証文を盾にとって商人の殺害を謀る『ヴェニスの商人』のシャイロックとでは、まったく共通点のない対照的な人物であるように見える。しかし、どちらの作品においても、ユダヤ人のキャラクターは、敵対するキリスト教徒の商人との対照によって造形されているから、それぞれの作品のユダヤ人を比較する前に、むしろ対をなすキリスト教徒の商人の人物造型に着目してみよう。

ことごとにシャイロックの他者性を強調する『ヴェニスの商人』とは逆に、『三人の貴婦人』では、イタリアの商人マーカドラスのほうの他者性（異国性）が、その名前によっても、顕著な外国なまりによっても強調されている。[*8]

金　ようこそ、心から歓迎しますわ。失礼ですが、お名前は？
マーカドラス　マドンナ、私、ショージン（商人）のシニョーレ・メルカドルスあります（Madonna, me be a mershant, and be called Signiore Mercadorus）。
金　お国はどちらでいらっしゃいます？
マーカドラス　マドンナ、私、イタリア人あります（Me be, Madonna, an Italian）。

（『三人の貴婦人』三場二四―二七行[*9]）

いかにも胡散臭い外国語なまりの英語を操る異邦人マーカドラスは、イングランドの国民経済の秩序を攪乱し国富を損なう「招かれざる客」でもある。たとえば、第五場では〈金〉と〈高利貸し〉を相手に、イングランドから真鍮、銅、白目などの有用な商品を国外に流出させ、外国から婦人物のガラクタを輸入して大儲けをするという思惑を披露して、自分の商売上の才覚を自慢したり（五場六二行）、フランスやベルギーから多数の外国人が流入したことでイングランドの諸都市の家賃の相場が上昇していると言って痛快がったりしている（同、七二―七七行[*10]）。作者がこの人物を通して諷刺しているのは、ものの価値がわからない女性消費者たちの存在のおかげで、イングランドの有用な産品が金銭を介して、

「バーバリーやトルコ」（同、九二行）からもたらされる使用価値ゼロの「目新しい玩具」（同）と交換され、国外に流出するという現実であり、イングランドの家主たちが、より高額な家賃を払う外国人と契約するために同胞の店子を一方的に追い出してしまうという現実である。

マーカドラスとは、国境を越えて、グローバルにあこぎな取引きを行う商人であり、同時にボーダーレス経済の化身である。その意味で、マーカドラスは明らかに、その名前が意味する「市場」を体現する寓意的人物として有効に機能している。ここで諷刺の的になっている現実の背景に共通してあるのは、「市場」（＝マーカドラス）と「貨幣」（＝金）と「ファイナンス」（＝高利貸し）によって構成されている貨幣経済である。貨幣経済が、さまざまなボーダーを越えて商品と人の移動、流通、交渉、交換を促進し、国内経済にさまざまな歪みをもたらしていることを、第五場での三者のやりとりは寓意的に表している。

主筋の古い道徳劇（寓意劇）の世界と脇筋の新しい市民喜劇（写実劇）の世界の境を自由に越えて移動すると同時に、マーカドラスは、イングランド（キリスト教世界）とトルコ（非キリスト教世界）という二つの領域を自由に往還する。しかも、債務を免れるためならばキリスト教からイスラム教への改宗も辞さないという、信教の面でもボーダーレスな人物なのである。

マーカドラスは、この「債務を免れるための改宗」という策略について、観客に向かって次のように語っていた。

だから、おれ、何かトルコ人の衣装を手に入れる。

それで、あのユダヤ人騙して、この訴訟終わらせる。
(Darefore me'll go to get-a some Turk's apparel,
Dat me may cozen da Jew, and end dis quarrel.)

(『三人の貴婦人』二場二三—二四行)

彼の信仰は衣服を着替えるように、自分の都合に合わせて自由に変更できるものであり、イスラム教への改宗も「何かトルコ人の衣装」を着てイスラム教徒を演じてみせる以上のことではないようだ。彼にとってイタリア人のキリスト教徒というアイデンティティですらまったく便宜的なものであり、そちらのほうが得だとわかれば、喜んで衣服を着替えてトルコ人にでも何人にでもなるであろう。

マーカドラスは、さまざまな境界をものともせず、どこまでも越境する絶対的な他者である。その意味で、彼が旧来の道徳劇に登場するトリックスター的な悪党/ヴァイスのヴァリエーションであることは間違いない。道徳劇の常套的人物の型を使って、市場経済のボーダーレスな拡大とイングランドの国民経済の危機という新しい現実に演劇的表現を与えたところに、この人物の、そしてこの劇の新味があったのであろう。

では、これに対して『ヴェニスの商人』におけるイタリア人商人アントーニオとは、どのような人物だろうか? 行っている業務はマーカドラスの仕事と基本的にはまったく同じだが、彼の貿易船は「海原を進み行く殿様か大富豪、あるいはまるで海の山車行列」(一幕一場一〇—一二行)[*11]になぞらえられ、そのロマン的な華々しさが強調されている。国民経済を攪乱する利己主義的な利潤追求活動は、古代の英雄神話にも比肩する威風堂々たる冒険的事業になり、そのボーダーレスな活動が国民経済にもたらすかもしれない歪みや不都合は完全に視野の外に置かれている。

現実には国際的商業都市としての地位はすでに凋落しはじめていたとはいえ、いまだヴェニス神話は健在で、「ヨーロッパの快楽の首都」の地位を保っていたのが、当時のヴェニスだった。[12] この華やかな国際都市に舞台が設定されていたとはいえ、イングランドの観客たちはヴェニスの裕福な商人を、すでにロンドンにも多数存在した裕福な貿易商人たちとの類推で容易に理解することができた。[13] 必然的にヴェニスの商人アントーニオの外国人性、他者性は必要以上に強調されず、むしろユダヤ人シャイロックの他者性が、それだけより前に迫り出してくることになる。

しかしながら、マーカドラスの人物造型が、『ヴェニスの商人』の世界から完全に閉め出されているかと言えば、そういうわけではない。機知機略、変装、改宗、悪党的キャラクターという、マーカドラスが内包していた要素は、『ヴェニスの商人』では、巧妙にアントーニオ以外の人物に引き継がれ残存していると考えられるからである。

機知機略と変装を引き継いでいるのは、もちろんポーシアである。法学博士バルサザーに変装して法廷に現れたポーシアは、債権者であるシャイロックに「正義」と「証文に記された通りの抵当」を繰り返し要求させ、結果的に、それを逆手にとってユダヤ人を追い詰める。

ポーシア　ユダヤ人よ、なぜためらう?　抵当をとるがいい。
シャイロック　元金をくれ。帰らせてもらう。

バサーニオ　ここに用意してある。ほら。
ポーシア　この男はこの法廷で公然と受け取りを拒否したのだ。
　正義のみを受け取らせ、証文通りにさせるのだ。
（四幕一場三三一―三三五行）

このやりとりは、『イル・ペコローネ』の裁判のくだりをほぼ忠実になぞっているが、同時に『三人の貴婦人』の裁判の場面をも想起させる。「せめて元金だけ、あるいはその半額でも返済してくれれば、それ以上の請求権は放棄する」と申し出るジェロンタスと、これに対してトルコの法律の条文を盾にとって「イスラム教徒に改宗するからには、びた一文払わない」とはねつけるマーカドラスのやりとりである。


ジェロンタス　お待ちください、裁判官様！　マーカドラスさん、ご自分が何をなさっているのか、よくお考えなさい。

元金をください。利子は結構です、
利子を受け取ることは、トルコではもちろん、あなたたちキリスト教徒の間でも認められているのだが。

ですから、ご自分の信仰を尊重して、私を騙そうとなさらないでください。

マーカドラス　利子、一文も払わん、元本、一文も払わん。

ジェロンタス　全額はお支払いいただけないにしても、せめて半額は払ってください。
マーカドラス　半額、一文も払わん。びた一文払わん。おれ、トルコ人になる。
　キリストの信仰、もう飽きた。だからもうおさらば。

（『三人の貴婦人』一四場三〇―三七行）

また、窮地に追い詰められたシャイロックを嘲るグラシアーノは、マーカドラスのヴァイス（悪党）的なパーソナリティをそのまま受け継いでいると言えるだろう。

　自分で首をくくる許しを乞うがいい！
　だが、お前の財産は国庫に没収されるのだから、
　縄を買う金も残っていないぞ。
　だから、国費で首を絞めてもらうしかないな。

（『ヴェニスの商人』四幕一場三六〇―六三行）

グラシアーノは、そもそも最初に登場した場面で、憂鬱なアントーニオに対して「おれは道化（fool）を演じさせてもらう」と宣言していた（一幕一場七九行）。道徳劇のヴァイスが舞台の「道化」の一起源であることは言うまでもないだろう。[*14] グラシアーノは、『イル・ペコローネ』には相当する人物が存在せず、『ヴェニスの商人』で新たに導入された人物だが、マーカドラスのヴァイス的な人格をもっぱら

この人物に引き継がせることによって、ヴァイス的人格とアントーニオを明示的に切断しているのである。

『三人の貴婦人』における改宗というモチーフを理解するための重要な背景のひとつは、異端審問の嵐が吹き荒れるスペインやポルトガルから亡命しロンドンに定住していた改宗ユダヤ人たち（conversos）に向けられた疑念に満ちた偏見である。ロンドンの改宗ユダヤ人たちのなかには、表向きはキリスト教に帰依しているように見せかけて、密かにユダヤ教の信仰を堅く守り、隠れてユダヤ教の儀式を執り行う人々がいたという。そのことはいわば「公然の秘密」として、キリスト教社会にも知れ渡っており、その偽装がユダヤ的な悪徳のひとつと見なされていた。見せかけだけの改宗で債務を逃れようとするマーカドラスの行為は、当時のキリスト教徒の考えの枠組みに照らしてみれば、「ユダヤ的」な不品行だったのだ。[*15] 債権者であるユダヤ人から改宗を思いとどまるよう再三諭され、それでも聞き入れずに、（実は見せかけだけの）改宗を宣言するという展開は、「ユダヤ的悪徳」においてユダヤ人をも凌ぐ「見せかけだけのキリスト教徒」の悪辣さを際立たせるのに極めて効果的だったであろう。

このような背景を持つ『三人の貴婦人』における改宗というモチーフは、『ヴェニスの商人』において、債務を免れようとする商人の策略から、商人がユダヤ人に課す強制的な改宗へと変容する。

ポーシア　アントーニオ、何か慈悲を施す気はあるか？
グラシアーノ　首をくくる縄なら無料でやるさ。他には絶対に何もやらん！
アントーニオ　公爵、ならびに廷内のみなさまに申し上げます。

どうか、全財産の半分の没収を免じていただけましたら
ありがたく存じます。ただし他の半分は私に預からせていただき、
この男が亡くなりましたら、最近この男の娘を
密かにわがものにした紳士に引き渡すことを
この男に承知してもらわなければなりません。
なお他にふたつの条件がございます。
ひとつは、この恵みに報いるために、直ちにキリスト教徒に改宗すること。
もうひとつは、死後に遺産のすべてを
娘と娘婿ロレンゾに譲渡する旨の証書を
この法廷においてしたためることでございます。

（四幕一場三七四―八六行）

これらの厳しい条件を突きつけられたシャイロックの反応は曖昧である。ポーシアの裁判官に「よろしいか、ユダヤ人？　言い分はあるか？」（同、三八九行）と問われ、「よろしいです」（同、三九〇行）とおうむ返しに応えるが、財産譲渡の証書への署名を迫られると、気分が悪いと言い出し、「後で証書を送ってくだされば、署名します」（同、三九二―九三行）とだけ言い置いて退場し、その後は二度と舞台上に登場しない。『三人の貴婦人』をサブテクストにして、このやりとりを読めば、約束されたシャイロックの改宗は、結局は利得目的の見せかけだけのものに終わる可能性が高いこと、当時のロンドンの

改宗ユダヤ人がそうであると信じられていたように、表向きの改宗後も、シャイロックはユダヤ教の信仰を密かに守って生きていくであろうことが容易に推測できる。イタリア人商人アントーニオ(『三人の貴婦人』に登場するその前身は欲得ずくの「見せかけの改宗」を企てる張本人であった)によって強制される『ヴェニスの商人』の改宗は、あたかもユダヤ人にキリスト教徒に約束された救済をもたらす慈悲深い行為であるかのように偽装されているが、その偽善性の馬脚はあらかじめ露わにされているのである。隠された意図は、形式的なキリスト教の洗礼の儀式を執り行い、シャイロックにユダヤ教を公に否認させることで屈辱を与えるという一種の私刑の実行に他ならない。この陰険な意図の伏在は、グラシアーノの「キリスト教の洗礼式には、二人の名親(godfathers)が立ち会うことになっている。おれが裁判官だったら、一〇人増やして一二人の陪審員にして、お前を洗礼盤ではなく絞首台に送ってやるんだがな」(同、三九四―九六行)という暴言からもある程度は推し量れるが、『三人の貴婦人』というサブテクストによって、そのことはより明確になると言える。

四　『三人の貴婦人』の二人の高利貸し――シャイロックの起源

利率にかかわらず利息をとることを非キリスト教的(ユダヤ的)な行為として無条件に非とする『ヴェニスの商人』のアントーニオのモラル(一幕三場五八―五九行)は、当時の商慣行と必ずしも一致するものではなかった。一五七一年に議会が承認した「反高利貸し法」は、その名称とは裏腹に、実態としては、一〇パーセントを越える極端に高い利率でないかぎりは、利子をとって融資することを、奨励しないまでも容認するという法律だった。[*16] 有利子融資を公認しなければ、経済社会の血液である通貨が円滑に循環せず、国民経済が停滞するからである。先に引用した法廷でのジェロンタスの台詞にあった「利子を受け取ることは、トルコではもちろん、あなたたちキリスト教徒の間でも認められているのだが」というくだりは、その意味で、当時のイングランド社会の実態をより正確にとらえていたと言える。

一方、『三人の貴婦人』では業としての貸金そのものを否定していないばかりか、それを必ずしもユダヤ人に固有の悪としてとらえているわけでもない。この劇に登場するふたりの「高利貸し」のうち、情け深い金貸しジェロンタスはユダヤ人だが、寓意の世界の悪党〈高利貸し〉について、ユダヤ人の両親から生まれたという設定が出てくるのは、続編の『ロンドンの三人の貴族と三人の貴婦人』からなのである。

ひとつの劇のなかで、無慈悲で悪辣な〈高利貸し〉と寛大なユダヤ人ジェロンタスという対照的な人物像が提示されていることは、当時の社会における有利子の貸金業に対するダブルスタンダード――つまり、建て前上は決して奨励すべき行為ではないが、実際上は合理的な範囲で認めるという姿勢――をより忠実に反映していると言えるだろう。

もっともひと口に有利子融資と言っても、その内実は多様である。善意の融資者が法定利率を下回る利率で融資したとしても、そのお金の使われ方次第では、それはよい融資にも悪い融資にもなる。[*17] マーカドラスがジェロンタスから借りた三千ダカットは、このイタリア人商人が〈金〉に気に入られるために、異教の国々からイングランドの女性消費者が欲する無価値な「玩具」を輸入し、その売上げで有用なイングランドの産品を買い占めて輸出し、イングランドの国富を損ないながら不当な利益を貪るための原資だった。ボーダーレスな貨幣経済の発展と拡張、愚かで利己的な国内消費者、金銭欲にとらわれた外国人商人、さらにその商人に金を貸し込むファイナンスが揃えば、国民経済を破壊するグローバルな商業活動は際限なくエスカレートしていく。『三人の貴婦人』が依拠する「危機の経済学」とはこのようなものと考えてよいだろう。

『ヴェニスの商人』のシャイロックは、ジェロンタスと〈高利貸し〉の合成によって造型されていると言えそうである。シャイロックは、借金の申し込みに来たアントーニオに対して、見せかけの「親切」"kind/kindness"（一幕三場一三八行、一三九行、一四〇行、一五〇行）によって相手を油断させ、仇敵の命を奪う陰険な企みを実行に移そうとする。[*18] この場面の最後で退場するシャイロックに向かって、アントーニオは例によって反ユダヤ主義的な罵声を浴びせかける。

アントーニオ　急いでくれよ、やさしい（gentle）ユダヤ人。
あのヘブライ人はキリスト教徒に改宗するらしい。親切（kind）になったものだ。
（一七四―七五行）

「やさしい」の"gentle"には、「（ユダヤ教徒から見て）異教徒的な」を意味する"gentile"との、また、「親切」の"kind"には「（キリスト教の信仰を共有するという意味で）同類」との地口が仕組まれていると考えられる。[*19] 偽装された「やさしい（ユダヤ人らしからぬ）ユダヤ人、親切な（キリスト教徒的な）シャイロック」は、ジェロンタスの人物像を、一方、アントーニオの命を狙う残忍なシャイロックの人物像は、〈歓待〉を残忍に殺害する〈高利貸し〉の人物像を、それぞれ引き継いでいると言えるだろう。

五　結び

『三人の貴婦人』と『ヴェニスの商人』とを対照してみると、筋立てや人物関係は共通のパターンを持っていても、これまで見てきたように、それらが引き起こす効果にはさまざまな違いがある。後発作である『ヴェニスの商人』におけるこれらの効果の生成に、先行作である『三人の貴婦人』の記憶に基づく連想がサブテクストとして一定の影響を及ぼすことは十分に考えられる。

本論文では、この観点から両作品を比較対照してきたわけだが、次の二点が結論として得られた。

（一）『三人の貴婦人』のマーカドラスと『ヴェニスの商人』のアントーニオとを比較すると、一見、前者の極端な他者性の強調、トリックスター性は、後者にはまったく生かされていないように思われるが、『ヴェニスの商人』では商人の他者性が薄められたぶんユダヤ人シャイロックの他者性が前面に押し出されており、機知機略に富むトリックスター的なパーソナリティはポーシア（正確には、彼女が変装して演じる法学博士バルサザー）へ、悪党的なパーソナリティはグラシアーノへとかたちを変えて引き継がれている。

（二）見せかけの親切で油断させて、物惜しみをしないキリスト教徒の命を狙う『ヴェニスの商人』のシャイロックは、『三人の貴婦人』のサブプロットに登場する「親切な」ユダヤ人の金貸しジェロンタスとメインプロットに登場する非情な〈高利貸し〉を合成した人物という側面を持っている。「温和／ユダヤ教徒から見て異教徒的（キリスト教徒的）」（gentle/gentile）で「親切／キリスト教徒から見て同胞的（キリスト教徒的）」（kind）なシャイロックはジェロンタスの記憶を、未遂に終わったアントーニオ殺害計画は、〈高利貸し〉による〈歓待〉殺害の記憶を呼び覚ます。

『三人の貴婦人』は、一五八〇年代のイングランドの国民経済の「グローバル化」の現実を映し出した作品であった。国境を越えた商品流通と信用経済の変革の波が大陸から押し寄せ、イングランドの国民経済がより大きな経済圏に引き込まれていくプロセスで必然的に起こったインフレーションや都市部の住宅問題など、国内経済の諸問題に直面して、その根本的な原因は、金銭欲にとりつかれた外国貿易業者と金融資本家たちの暗躍であると考えた人は少なくなかったであろう。利息をとって資金を融通する金融業は円滑な経済活動に欠かせないことが明白となり、宗教的には禁忌であることは動かしがたいとしても、俗界の法のもとでは一定の条件を設けて合理的な範囲で認めるという妥協的な決着がすでについていたが、ウィルソンの『三人の貴婦人』は、この妥協の影に伏在していた社会的不安を映し出した道徳劇であった。

『ヴェニスの商人』は、『三人の貴婦人』に含まれていたさまざまなモチーフを引き継ぎながらも、それらを自在に変形し、シェイクスピアがそれまでに自家薬籠中のものにしていたロマンティック・コメディの世界のなかに巧みに溶かし込んでいるが、これは同時に、『三人の貴婦人』というサブテクストを参照することで、ロマンティックでお伽噺的な『ヴェニスの商人』の表層から隠蔽されている不安を透かし見ることができるという、手のこんだ仕掛けが組み込まれていたということでもあるのだ。

付記　本論は、二〇一三年一〇月に鹿児島大学で開催された第五二回シェイクスピア学会、セミナー「神話・民話・逸話から『ヴェニスの商人』を読み直す」のために準備した原稿に基づく。コーディネーターの鶴田学氏、メンバーの徳見道夫氏、廣田篤彦氏からいただいた的確なコメントは加筆修正を行う上で大いに助けになったので、ここに記して謝する。

注

*1——本論文で言及する戯曲の推定創作年代、書誌情報については、すべて Martin Wiggins, *British Drama 1533–1642: A Catalogue*, ca. 8 vols.（Oxford: Oxford University Press, 2012-ongoing）に拠る。

*2——Lloyd Edward Kermode, ed., *Three Renaissance Usury Plays*, The Revels Plays Companion Library（Manchester: Manchester University Press, 2009）, pp. 29–30.

*3——STC 25784.

*4——STC 25785.

*5——Kermode, pp. 32–33.

*6——今世紀に入ってから刊行された主要なシェイクスピア伝はいずれも、一五八七年に巡業でストラットフォードを訪れた女王一座が彼に演劇の世界に足を踏み入れるきっかけを提供したという推測を有力な仮説として紹介している。Stephen Greenblatt, *Will in the World: How Shakespeare Became Shakespeare*（New York: Norton, 2004）, pp. 162–63; René Weis, *Shakespeare Revealed: A Biography*（London: John

Murray, 2007), pp. 83–84; Lois Potter, *The Life of William Shakespeare: A Critical Biography* (Chichester: Wiley-Blackwell, 2012), pp. 53–55. シェイクスピアと女王一座の関係については、Scott McMillin and Sally-Beth MacLean, *The Queen's Men and Their Plays* (Cambridge: Cambridge University Press, 1998), pp. 160–66 も参照。

*7—キリスト教徒とユダヤ人（ユダヤ教徒）の区分の曖昧さに言及している点で、『ヴェニスの商人』の法廷の場面でのポーシアの台詞「どちらが商人で、どちらがユダヤ人ですか？」（四幕一場一七一行）を想起させる。

*8—Janet Adelman, *Blood Relations: Christian and Jew in the Merchant of Venice* (Chicago: University of Chicago Press, 2008), p. 17.

*9—『三人の貴婦人』からの引用および場、行数の表示は、Kermode 所収のテクストに基づく。

*10—国境を自由に超えて往来する越境者マーカドラスにとって、主筋と脇筋の区分など取るに足らないものである。マーカドラスは脇筋だけでなく、モラル・インタールード仕立ての主筋にもたびたび登場する。

*11—『ヴェニスの商人』からの引用および幕、場、行数の表示は、Jay L. Halio, ed., *The Merchant of Venice*, The Oxford Shakespeare (Oxford: Oxford University Press, 1993) に基づく。

*12—David C. McPherson, *Shakespeare, Jonson, and the Myth of Venice* (Newark, NJ: University of Delaware Press, 1990), pp. 38–39.

*13—McPherson, p. 61.

*14—Bente A. Videbæk, *The Stage Clown in Shakespeare's Theatre* (Westport, CT: Greenwood Press, 1996), p. 2.

*15—Adelman, pp. 6–7.

*16—Kermode, p. 6; Claire Jowitt, 'Robert Wilson's *The Three Ladies of London* and Its Theatrical and Cultural Contexts', *The Oxford Handbook of Tudor Drama*, ed. Thomas Betteridge and Greg Walker (Oxford:

Oxford University Press, 2012), pp. 314–15; Teresa Lanpher Nugent, 'Usury and Counterfeiting in Wilson's *The Three Ladies of London* and *The Three Lords and Three Ladies of London*, and in Shakespeare's *Measure for Measure*', *Money and the Age of Shakespeare: Essays in New Economic Criticism*, ed. Linda Woodbridge (New York: Palgrave Macmillan, 2003), p. 205.

*17——Jowitt, p. 316.

*18——アントーニオが借金を期限までに返済できなくなることをこの段階でシャイロックが予見していたとは考えられないし、返済が滞る要因となる商船の難破（後で誤報であったことが判明するが）にシャイロックが関与しているわけでもないのだから、人肉を抵当に取るという血なまぐさい条件があるとはいえ、不寛容なキリスト教徒の商人に三千ダカットを無利子で用立てているシャイロックの「やさしさ」も「親切」も、一方的に見せかけの策略と断じることは必ずしも妥当ではない。この取引きを持ちかけるシャイロックの思惑が曖昧であることについては、Halio, p. 42 参照。

*19——Halio, p. 41.

11

『お気に召すまま』における兄弟表象と「もしも」の効用

岩田美喜

『お気に召すまま』は、サー・ローランド・デ・ボイスの三男オーランドーが、老僕アダムを相手に、父の遺言を確認する場面で幕を開ける――「こんな次第で遺書により、わずか千クラウンがぼくの取り分として遺され、またお前が言うように、父の祝福にかけてぼくをきちんと育てるようにと、兄が命じられたのだ。さて、そこからがぼくの悲しみの始まり」（一幕一場一―四行）[*1]。批評家たちは、長子オリヴァーへの不満を託つこの台詞のうちに、長子相続制によって世襲財産から締め出された弟たちの怨嗟を読み取ってきた。確かにこの喜劇は、シェイクスピアが材源としたトマス・ロッジの散文ロマンス『ロザリンド』（一五九〇）に比して、兄弟関係の軋轢を強調する傾向にある。『ロザリンド』では赤の他人同士であった、自身の領地を追われる老公爵と簒奪公フレデリックが、『お気に召すまま』では兄と弟に書き換えられている点などは、その好例だろう。

だが、シェイクスピアが描く兄弟の関係性は、一見するよりも多様で複雑だ。まず、公爵兄弟の仲は、ちょうどオリヴァーとオーランドーを交差させたように抑圧者と被抑圧者が逆になっており、弟が被害者の立場にあるとは一概に言えないようになっている。さらに、ロザリンドとシーリアという擬似姉妹（アーデンの森では兄妹）が、それぞれ交差的な結婚をする――兄の娘であるロザリンドは弟であるオーランドーと、弟の娘であるシーリアが長子のオリヴァーとそれぞれ結ばれる――ことによって、二組の兄妹関係の生まれた順序による列位は、最終的に曖昧にされてしまうからだ。

本稿は『お気に召すまま』における兄弟の関係に着目し、作品が兄弟関係の多彩な様相を提示することによって、男兄弟を敵対的な状態に置く構造の多層性が、一元的な解釈や解決策を撥ね付けていることを指摘する。同時に、ロザリンドとシーリアのホモソーシャルな関係が、敵対的でない血縁関係の可能性を提示していることを明らかにしたい。

一　長子相続制度と聖書のイメージ

長子相続制度とは元来、封建制度下のイングランドで封土の分割縮小を防ぐために設けられた制度である。法律としての実効性は、一五四〇年の遺言法が土地の相続人を遺言で定めることを可能にした時にすでに失われていたが、その後も慣習法としてイングランド社会に根を下ろし、一七世紀までには紳士階級の次男以下《カデット》の息子たちを、潜在的な不平分子にしていた。トマス・ウィルソンによる一六〇〇年のイングランド国勢調査報告書は、弟たちの置かれた状況を、悲憤を交えて伝えている。

次男坊以下の弟たちの数については、私自身もその一人に入るものの、言うことはできない。しかし、彼らの状態についてなら、私以上にそれを知る理由のある者も、またそれを讃える理由を持たない者もいない。彼らの現状は、紳士階級の人間にとっては、あらゆる身分のなかでももっとも惨めなものだ。……それにしても、父親が次男坊以下の子供たちに良かれと思うだけのものを遺してやることは可能なはずだが、習慣というものがひどい消耗性の熱病を世の父親にもたらし、彼らを侵したために、また彼らはたとえ枝葉が枯れようと一門の親株に美々しい外観を遺したいというあまりに愚かな願いを持っているので、弟たちに財産を遺そうともせず、実にわたしの兄をわたしの主人にせざるを得ないのだ。[*2]

「実にわたしの兄をわたしの主人にせざるを得ない」(my elder brother forsooth must be my master)――客観的な視点で一般論を述べていたはずのウィルソンは、引用箇所のおおよそ半分を占める長い一文をしたためるうち、いつしか一人称の繰り返しを用いた個人的な言い回しに移行してしまう。法的拘束力のないはずの慣習法に縛られ、兄に対して従属的な関係を結ばざるを得ないという、弟の身分に寄せる社会的義憤は、自らが社会の周縁へと追いやられ、浮浪化することへの個人的な恐れや不満と密接に結びついているのだ。

やや時代を降ったジョン・アールの『小宇宙誌』(一六二八)においても、〈弟〉を定義づけるものは兄への従属と浮浪化である。アールによれば、「弟を破滅させるのは家門の誇りというやつで、それを長男の爵位が支えねばならず、爵位を支えるのは弟の乞食暮らしというわけだ。……曲がりくねった道を行く者は、国王勅許の街道に出没して追い剝ぎを働く。そこでついには仮面を剝がされ、見事一打ちでタイバーン送りとなるが、兄の体面（愛情ではない）が恩赦を導き出してくれるだろう」ことになる。[*3]そして、これこそまさしく、『お気に召すまま』でオーランドーが、自分のありうべき未来として想像する姿なのだ。二幕三場で、オリヴァーに命を狙われているので家から逃げろとアダムに告げられたオーランドーは、途方に暮れたようにこう返す。

オーランドー　何だって、お前はぼくにここを出て乞食をしろというのかい？
それとも、卑しくいかつい太刀で武装して
公道で泥棒暮らしをやれとでも？
（二幕三場三一―三四行）

オーランドーの置かれたこの苦境を、初期近代における長子相続制の観点から解釈した嚆矢は、なんといってもルイス・モントローズであろう。彼は、兄弟の不仲を強調する一幕一場に注目し、初期近代イングランドにおいては〈兄弟〉が個人的な関係ではなく、社会システムの一部であったために、実の兄弟が精神的な紐帯で結ばれることはほぼ不可能に近かったのだと主張する。彼によれば、個人の善悪ではなく社会構造の問題として、初期近代演劇における兄弟の表象は、必然的に〈兄弟殺し〉の様相を呈することになる――「わたしがここまで論じてきた場面で深くこだましているのは「創世記」第四章、カインとアベルの物語であり、シェイクスピア劇に登場するもう一人の兄弟殺し［クローディアス］が、

『人類最古の呪い……兄弟の殺人』と呼ぶものである」[*4]。

モントローズの主張では、長子相続制下の兄弟は常にカインとアベルのような殺し合いの間柄になる。だが、『お気に召すまま』は特異な作品で、他のシェイクスピア劇に登場する兄弟――『ハムレット』の先王とクローディアス、『リア王』のエドガーとエドマンド、『から騒ぎ』のドン・ペドローとドン・ジョンなど――に起こるような、片方の死や放逐といったかたちでの解決を良しとしない。四幕三場で、弟に命を救われて改心したオリヴァーがロザリンドに差し出す血染めのハンカチが象徴するように、この喜劇は 'blood brothers' という語句の意味を書き換えて、「血を分けた兄弟」を、行為によって結ばれる「血盟の兄弟」に変えてしまうのだ。つまり、『お気に召すまま』は、初期近代イングランドの兄弟関係が内包していた敵対性を骨抜きにし、それぞれに異なる家督を継がせることによって、長子相続制度を是認していることになる。

だが、兄弟表象を社会経済的問題から読み解く彼の議論には、ややこじつけめいたところもある。そもそも、長子相続制度の犠牲となる弟の姿を、カインとアベルの物語で表現し得るのだろうか？　彼らのみならず、「創世記」における兄弟たちは、正妻サラによって追放されたアブラハムの長男イシュマエルといい、弟ヤコブに父の祝福を盗まれたエサウといい、常に兄の方が割りを食うことになっており、これは伝統的な聖書解釈で言えば「長子を飛び越えて下の子を選り抜くという神の秘儀を明確に示す」ものだ[*5]。長子が持てる者となる構造的な経済格差を説明するのに、適切なモデルとはいえないだろう。

二　袋小路の兄弟関係

では、『お気に召すまま』にカインとアベルの姿を見て取ることは無理なのだろうか。それとも、長子相続制の問題を強調することの方が不自然な解釈なのだろうか。近年の批評では、双方の視点から読み直しが図られているようだ。例えば、M・S・ロビンソンは、『お気に召すまま』を中世ミステリー劇の系譜として読むM・S・ディクソンの議論を受け、オリヴァーとオーランドーがカインとアベルに擬せられるとすれば、それはアウグスティヌスの『神の国』が報じる神学的枠組み——地の国と神の国との戦い——に拠るべきだと主張する。[*6] アーデンの森は、カイン的な地の国の住人(フレデリック公とオリヴァー)が、改心し神の国へ向かい出すという意味で、変容の場なのだ。こうした読み直しにはある程度説得力があるが、長子相続制の問題を完全に捨象することも、また問題だろう。シェイクスピアは明らかに、この問題を自作に取り込もうとしているからである。

ロッジの『ロザリンド』が材源とした、作者不詳の韻文ロマンス『ガムリンの物語』(一三五〇頃)では、兄弟の父であるサー・ジョン・バウンディスが兄弟三人に公平に財産を分与することを明言している。父の遺志を捻じ曲げて、未成年であった末子を搾取するのは、サー・ジョンが相談役とした騎士と長男なのだ。[*7] さらに『ロザリンド』に至っては、父の寵愛を受ける三男が一番多くの財産を相続することになっている。[*8] これに対し『お気に召すまま』は、オーランドーに、世襲財産は全てオリヴァーのものので自分の取り分は渡しきりの千クラウンだけだと冒頭で確認させることにより、先行作品とは違ってこの劇世界では長子相続制が機能しているのだと観客にはっきり告げているのである。

だが面白いことに、オーランドーが長子相続制の批判者かといえば、そんなことはない。本稿の冒頭で引用した彼の台詞をもう少し追ってみれば、彼の怒りは世襲財産を相続できないことよりはむしろ、オリヴァーが、オーランドーに紳士教育を施せという父の遺言を守らずに、「ぼくを家で田夫野人のように育て——もっと正確に／言えば、家に留め置くだけで育てようとしない」（一幕一場六—七行）ことに由来するものだと分かる。同様に、この直後にオリヴァーが登場した時も、オーランドーの物言いは兄に対して批判的ではあるが、長子相続制についてはしごく従順である。

オリヴァー　自分が誰の前にいるのか、お分かりだろうね？
オーランドー　ええ、眼の前にいる人がぼくを知っているよりも、ずっと良く。あなたは一番上の兄さんです。その高貴な血筋に鑑みて、あなたもぼくを同様にみなしてもらわねば。諸国の慣習は、長男であるあなたを、ぼくより上の身分だと認めています。けれど同じ慣例に従えば、仮にぼくらの間に二〇人もの兄弟がいたとしたって、ぼくに流れる血を取り去ってしまうことはできません。ぼくの中にもあなたと同じくらいお父さんの血が流れています。先に生まれたあなたが、お父さんの威厳により近い点は認めざるを得ませんが。（一幕一場三六—四三行）

このような、長子相続に基づいた兄弟間の序列を所与のものとして認めた上でのオーランドーの弁明を、『リア王』のエドマンドと比較すれば、その違いは歴然だろう。グロスターの次子であることに加え、庶子という不名誉を負わされたエドマンドには、「諸国の慣習」に従う理由など何もない。かくして彼は、人間社会の法秩序と対立するものとしての自然を賛美し、「自然よ、お前こそが俺の女神だ」（一幕二場一行）と言い放つ。「なぜこの俺が／慣習法の呪いに服従し、のめのめと／国が決めた細かい法律が俺を搾取するままに任せておかねばならんのか」（一幕二場二―四行）と憤り、「嫡出のエドガーくんよ、お前の土地は絶対に俺がもらう」（一幕二場一六行）と宣言する彼こそは、長子相続制への急進的批判者であり、不遇を託つ数多の弟たちの不満を代弁する者と言えよう。だがオーランドーは違う。たとえ緑林に迷い込もうと、彼は基本的には法と秩序の側に存する人間なのだ。

この点を重視するズーヘア・ジャムーシは、モントローズの議論を修正し、『お気に召すまま』が長子相続を是認しているのは比較的自明のこととした上で、本作品における兄弟表象の真の主題は、相続権の所有者がそれに見合う資質を持ち合わせなかった場合の社会的危険性であると主張する。[*9] 弟であるフレデリック公が兄の老公爵を追放することは、分かりやすいかたちで、権力の簒奪を示している。だが、フレデリック公とオリヴァーの親和性からは、デ・ボイス家の新たな家長となったオリヴァーがオーランドーを正しく遇しないこともまた、一種の簒奪だということが窺えるのだ。いわばジャムーシは、ロビンソンとは対照的に、聖書解釈学的な要素を切り捨てる立場から兄弟と相続の問題を器用に読み解いているわけだ。しかし、眠るオリヴァーを守らんとしてオーランドーが雌獅子と戦う場面が、中世の宗教寓話の調子で語られることからも明らかなように、この兄弟から聖書のイメジャリーを完全に排除することも、また難しいだろう。[*10]

ここで興味深いのは、シェイクスピアが同時代の社会問題である長子相続制を作品に導入したことで、オリヴァーとカインの姿がより強く重なってくることだ。なるほど『ロザリンド』においても、長男のサラディンは末弟のロセイダーを教育から遠ざけ、「生まれは紳士でも、新たに作り直して、育ちによって田夫にしてしまおう」とする。[*11] だがそれは、末子にして最大の土地を相続したロセイダーから財産を奪おうとしてのことであり、即物的で分かりやすい動機に基づいている。だが、すでに世襲財産を相続しているオリヴァーには、オーランドーをことさらに軽視する実利的な動機は存在しないのだ。かくて、力士チャールズを焚きつけて弟を倒させんとしたオリヴァーは、一人こう呟くことになる。

奴の一巻の終わりを見られればいいのだが。この魂に誓って――自分でも何故かは分からんが――あいつより憎い奴はいないのだから。しかし奴は、いかにも生まれが良い。教育を受けていないのに教養があり、色々立派な考えを持っていて、何か術でもかけてるんじゃないかってほど人に好かれて、世間の心を、なかんずく奴をもっともよく知る俺の使用人たちの心をがっちり掴んでいるものだから、こちらはすっかり軽蔑される始末だ。（一幕一場一三九―四四行）

物質的動機を欠くオリヴァーにオーランドーを憎ませるとなると、「何故かは分からんが」という弁解めいた語句が入らざるを得ない。だがオリヴァーはそれに続き、これが金銭とは別種の動機であることを――生まれついて神と人とに祝福された弟への、嫉妬と怒りによるのだと――言葉を尽くして説明する。この精神的動機こそが、オリヴァーにカインの陰を背負わせているのだから、この芝居においては聖書のイメージと同時代の社会経済的文脈が、互いに矛盾するにもかかわらず、分かち難く絡み合っていることになる。

その上、オーランドーもまた、必ずしもオリヴァーが訝しむほど周囲の誰彼に好かれる人物なのか一概に断定できない向きがある。当時の観客にとって、彼は一体どう見えていたのだろうか。周知のように、『お気に召すまま』は、長らく制作および初演の年代の同定が困難であった。だが、ジュリエット・デュシンベールが通称「スキャンフォード文書」と呼ばれるブラックフライアーズ座が演じた戯曲の公式記録を周辺史料と併せて精緻に読み、『お気に召すまま』の初演は一五九九年二月二〇日にリッチモンド宮殿で行われた宮廷上演という説を提示して以来、これが有力な説となっている[*12]。しかし、クリス・フィッターは、たとえ初演が宮廷上演であったとしても、この作品は最初からグローブ座での上演を射程に入れて作られており、公衆劇場の観客相手には、同じ台詞が全く異なる効果を持つように二重の意味が込められているのだと主張する[*13]。

芝居が始まるやいなや、自分がもらえるのは「わずか千クラウン」(poor a thousand crowns) だと言い放つオーランドーの姿は、それが現代の貨幣価値に換算して二〇万ドルをゆうに超えることを考えると、舞台の真ん前に陣取った平土間席の客には共感不可能だったはずだとフィッターは指摘する。ならば、オリヴァーが述べる「自分が誰の前にいるのか、お分かりだろうね？」という皮肉は、眼前の観客を意識した直示的なジョークだったのではないか。フィッターの議論は、オーランドー(と彼の価値観を内面化したアダム)がいかに不愉快な人物になり得るかを強調しすぎるきらいがあるが、作品が異なる観客反応を念頭においた多層的な意味を内包しているのだという指摘は興味深い。

とすると、モントローズの議論の矛盾は、それ自体が図らずも作品の核心をついているのではなかろうか。要するに、この芝居の兄弟表象に一貫した解釈を与えようとする試みは、いずれも破綻せざるを得ないのだ。『お気に召すまま』のテクストは、どう読んだところで必ず、兄弟表象の解釈に矛盾が生まれるように仕組まれているのである。

三　ロザリンド、シーリア――そして「もしも」という仲裁人

男兄弟の関係を読み解こうとする試みが、なべて袋小路に突き当たるとすれば、それを超越しているように見えるのが、ロザリンドとシーリアのホモソーシャルな絆だ。二人はそもそも、実際に登場する前から、力士チャールズによって、「あの二人ほど愛し合った女性はかつてありません」（一幕一場九七行）と、観客に紹介される。続く一幕二場でも、ル・ボーがオーランドーに告げる「二人の愛情は／血の繋がった姉妹の絆よりも熱烈なのです」（二四二―四三行）という言葉によって、二人の親密性は強調されている。

もちろん、ここにも序列と敵対関係が生まれる可能性は潜んでいる――フレデリック公が娘に向かい、「お前はばかだ。あの女がお前から名声を盗んでいるのだぞ／お前はもっと光り輝き、立派に見えることだろうに／あの女がいなくなれば」（一幕三場七四―七六行）と諭すように。だがこれは、彼の視点から見た兄弟関係を二人に押し付けているにすぎない。そして、シーリアは男性的な価値観を内面化しないのだ。先に引用した父の勧告を受け流し、「では私にも同じ宣告を下してください。／彼女と離れては生きていけません」（一幕三場七九―八〇行）と答える彼女には、連れが自分の「名声を盗んでいる」というカイン的なルサンチマンを抱えている様子は見られない。

また、彼女が世襲財産にとらわれていないことも、作中では何度か示される。例えば、一幕二場で二人が初めて登場する時、シーリアはロザリンドに財産の復帰を約束する。

シーリア　ご存じのように父には私のほか子供はいないし、これから生まれる見込みもないから、絶対に、彼が天に召されたらあなたが相続人になるのよ。父があなたのお父様から力づくで奪ったものを、私があなたに愛情で返すの。名誉にかけてそうするわ。誓いを破ったら、怪物になってしまうがいい。（一四—一八行）

「父（男性）が力で奪」ったものを、「私（女性）が愛情で返す」という対句表現で端的に示されたシーリアの相続に対する色気の無さは、ロザリンドが宮廷から追放される際にも再度示される。彼女に同行することを申し出たシーリアは、「父は別の相続人を探せばいい！」（一幕三場九三行）と述べ、自らアーデンの森へ伯父を探しに行こうと提案するのだ。

もちろん、だからと言って、彼女たちが金銭と無関係な牧歌世界の人物だと措定することは正しくない。批評家たちがつとに示しているように、アーデンの森はエデンの園ではなく、二幕四場で二人に出会った羊飼いのコリンの説明によれば、牧草地の囲い込みが進む、貨幣経済に曝された土地であるし、[*14] そこで売りに出された小屋を二人が手に入れられるのも、シーリアが出発前に「宝飾品やその他金目のものを掻き集め」（一幕三場一三八行）ることを忘れなかったが故なのだ。だがそれでもなお、自分たちではなくコリンの名義で不動産を買う二人は、世襲可能な財産から一線を画していると言えよう。

これに関して、コリンがロザリンドとシーリアを呼ぶ呼び方は示唆的だ。三幕二場で、彼はタッチストーンにロザリンドのことを「新しい女主人の兄（my new mistress's brother）」（七五行）だと説明している。この台詞により観客は初めて、森における二人の仮想的アイデンティティであるギャニミードとアリイーナの関係を知らされるのだが、彼らの間に家父長制的な序列を見つけるのは難しい。コリンはその後、「お嬢様と若様（Mistress and master）」（三幕四場四一行）および「若様とお嬢様（Our master and mistress）」（五幕一場五五行）と、二人に二度言及するのだが、この交差配列になった併記は、二人が全く同格であるような印象を与える。ロザリンドとシーリアは、作中の男兄弟たちには築くことができなかったオルタナティヴな血縁関係を表しているのである。

これに関して、ヴァレリー・トラウブがジェンダー論の観点から行った研究は、興味深い知見を与えてくれる。彼女は、『十二夜』と『お気に召すまま』を比較検討し、前者がアントーニオを犠牲にしてホモエロティックな欲望を周縁に追いやり、最終的には家父長制を再強化するのに対し、後者は家父長制を支持しながらも同時に掘り崩し、巧妙な戯れを行っているのだとする。[*15] トラウブに従えば、雌蛇を追い払うオーランドーは、女性的ジェンダーを抑圧することで男同士の絆を回復しているわけではない。オリヴァーの口中に侵入しようとする蛇は雌であると同時に男根の象徴でもあって、この作品は最後まで欲望の多義性と揺らぎの可能性を捨てないのである。

この可能性を端的に示しているのが、ロザリンドが好んで用いる「もしも（if）」という語であり、[*16] とりわけ五幕二場の最後で、彼女がシルヴィアス、フィービー、オーランドーに向かってそれぞれ、「もしできるものなら、力になろう。もし愛せるなら愛してあげよう……もし女と結婚するなら、お前と結婚しよう……もし男を満足させるなら、君を満足させよう」（一〇二―六行）と「もしも」を多用した表現で、事態の収束を約束する場面だ。「もしも」という語は、場の文脈に応じて欲望が揺らぐことを示し、ロザリンドという人物が異性愛者であるか同性愛者であるかを固定化することはないからだ。

「もしも」の効用に注目したトラウブの議論は、慧眼と言える。だが、『お気に召すまま』における「もしも」の重要性は、エロティックな欲望に止まるものではない。例えば、アーデンの森で老公爵と遭遇したオーランドーが、非礼を詫びる言葉遣いを見てみよう。「もし、嘗て良き日を見た身なら／もし、嘗て教会の鐘が鳴る場にいたのなら／もし、嘗て身分高き人の食卓に就いたなら」（二幕七場一一二―一四行）と、彼は「もしも」の頭語反復で老公爵の慈悲心に訴えている。この作品において「もしも」はしばしば、頓挫した人間関係を解きほぐすため、許容的な想像力を喚起するために、使われる語なのである。

この点から見て特に重要なのは、大団円の直前にタッチストーンが老公爵とジェイクイズに、自分がかつて決闘に巻き込まれかけた話をする場面だろう。彼は、イタリアの紳士向け作法書を揶揄するような言い方で、「丁重な反駁」から「直接的虚言者呼ばわり」に至る侮蔑表現の七段階を説明したのち、だがあっさりとそれを転覆させてしまう。

これら全部の中でも、直接的虚言者呼ばわりさえ避ければいいんだし、それすら「もしも」を使えば避けられますよ。私の知ってる話なんですが、判事が七人がかりで解決できなかった決闘がですよ、たまたま当事者同士で会った時に、片方がひょいと「もしも」のことを思いついたんですねえ。「もし君がそう言ったというなら、ぼくもこう言った」ってね。するとニ人は握手を交わし、兄弟の誓いを立てました。「もしも」こそ唯一無二の仲裁人。「もしも」には大した威徳がありますよ。（五幕四場八六―九二行）

一見本筋と関係ない冗談のようでありながら、「もしも」を媒介にこじれた人間関係が収まり、新たな兄弟の関係が結ばれる様は、『お気に召すまま』という作品そのものが公爵家とデ・ボイス家を和解へと導くやり方を、見事に要約してはいないだろうか。「もしも」は、まだ現前していない可能性を受け入れる言葉であり、硬直した価値観の対極にあるからだ。同様に、批評家という名の判事が何人がかりで緻密に腑分けしようとも、兄弟の緊張関係を理詰めで解きほぐすことはできない。いつ悲劇に転じてもおかしくない敵対関係を大団円に導けるのは、結局のところ「もしも」を受け入れる許容的な想像力だけなのだ。

実際、四幕三場で血染めのハンカチを持って現れたオリヴァーは、「もしもあなたたちが私を通じ、／このわたしが何者であるかを知ったなら」（四幕三場九〇―九一行、傍点筆者）、自分の恥になるようなことを伝えたいと、ロザリンドとシーリアに向かって告げる。散文ロマンス『ロザリンド』は、ロセイダーが森でライオンに狙われている睡眠中の男を見つけ、「顔つきからそれが兄のサラディンであることに気づき、深い激情に襲われた」（九四頁）様子を具体的に描き、和解に至るまでの経緯を一〇頁近くに渡って説明していた。これに対し、『お気に召すまま』は、兄弟の和解の場を舞台で実際に演じるような野暮な真似はしない。この喜劇においては、「もしも」ロザリンドとシーリアが彼らの間に何が起こったかを認識をすれば、それが兄弟の和解の十分な証となるのだ。

思えば、フレデリック公とオリヴァーが排他的なのに対し、ロザリンドとシーリアは基本的に包括的である。森へと向かう際、タッチストーンを一行に加えることを思いついたのはロザリンドであった――「もしも(what if)あのおどけた道化を/あなたの父上の宮廷から盗むとしたら、どうかしら?」(一幕三場一二三―一二四行、傍点筆者)――が、シーリアもまた、これを二つ返事で快く受け入れた。この時のロザリンドの「もしも」が、第五幕における彼女とタッチストーンによる「もしも」の連弾へとつながったのだ。

かくて、聖書的伝統に照らしても長子相続制に鑑みても、矛盾と対立ばかりを露呈していた兄弟たちは、ロザリンドやシーリア、そしてタッチストーンが属する「もしも」という可能態の世界へ、結婚を通じてついに参入する。その「もしも」が体現する想像力を言祝ぐことこそ、『お気に召すまま』という芝居の仕事であったのだ――「ハイメンの婚礼の絆のうちに/この八名は手を握り合え/もし真実がまこと喜ばしきものならば」(五幕四場一一七―一一九行、傍点筆者)と、ハイメンが高らかに宣するように。

注

*1――以下、本稿におけるシェイクスピア作品からの引用は、*The Norton Shakespeare: Based on the Oxford Edition*, gen. ed. Stephen Greenblatt, 2nd edn (London: W. W. Norton, 2008) に拠り、拙訳を掲げる。

*2――Thomas Wilson, *The State of England Anno Dom. 1600*, ed. F. J. Fisher, *Camden Miscellany* 16 (London: Camden Society, 1936), p. 24.

＊3――John Earle, *Microcosmography* (1628), in *Character Writings of the 17th Century*, ed. Henry Morley (1891; Boston: IndyPublish, 2006), pp. 122–23.

＊4――Louis A. Montrose, '"The Place of a Brother" in *As You Like It*: Social Process and Comic Form', *Shakespeare Quarterly* 32.1 (1981) 46.

＊5――James L. Mays, gen. ed., *Harper's Bible Commentary* (San Francisco: Harper & Row, 1988), p. 86.

＊6――Mimi S. Dixon, 'Tragicomic Recognitions: Medieval Miracles and Shakespearean Romance', in *Renaissance Tragicomedy: Explorations in Genre and Politics*, ed. Nancy Klein Maguire (New York: AMS, 1987), pp. 56–79 および Marsha S. Robinson, 'The Earthly City Redeemed: The Reconciliation of Cain and Abel in *As You Like It*', in *Reconciliation in Selected Shakespearean Dramas*, ed. Beatrice Batson (Newcastle: Cambridge Scholars, 2008), pp. 157–74.

＊7――Walter W. Skeat, ed., *The Tale of Gamelyn: From the Harleian MS. No. 7334, Collated with Six Other MSS* (Oxford: Clarendon, 1893), pp. 3–4.

＊8――『ロザリンド』では、父の遺言により、長男はきっかり三分の一の土地（一四プラウランド）を家屋や銀食器とともに相続するが、次男の取り分が少々少なめ（一二プラウランド）で、その分が末子に付加されてもっとも多い一六プラウランドとなる。Thomas Lodge, Walter Wilson Greg, ed., *Lodge's 'Rosalynde': Being the Original of Shakespeare's 'As You Like It'* (London: Chatto & Windus, 1907), p. 3.

＊9――Zouheir Jamoussi, *Primogeniture and Entail in England: A Survey of Their History and Representation in Literature* (Newcastle: Cambridge Scholars, 2011), pp. 137–49.

＊10――J・K・ヘイルは、蛇と獅子の組み合わせは、「詩篇」第九一篇一三節の「獅子と毒蛇」にまで遡る、伝統的なキリスト教的イメージだと指摘している。John K. Hale, 'Snake and Lioness in *As You Like It*, IV, iii', *Notes and Queries* 47.1 (2000) 79.

＊11――Lodge, p. 10.

＊12——Juliet Dusinberre, 'Pancakes and a Date for *As You Like It*', *Shakespeare Quarterly* 54.4（2003）371–405 および Dusinberre, ed., *As You Like It*（London: Arden, 2006）, pp. 349–54 を参照。

＊13——Chris Fitter, 'Reading Orlando Historically: Vagrancy, Forest, and Vestry Values in Shakespeare's *As You Like It*', *Medieval and Renaissance Drama in England* 23（2010）114–41. M・A・ハントも、第二幕までのオーランドーには、物理的暴力に頼るという紳士らしくない傾向が顕著であることを指摘している（ただし、彼の主眼は、当初は血脈のみで自分は紳士だと訴えていた彼が、アーデンの森で振舞いとしての紳士の徳目を学ぶ過程にある）。Maurice A. Hunt, *Shakespeare's* As You Like It: *Late Elizabethan Culture and Literary Representation*（Houndmills: Palgrave, 2008）, pp. 105–31.

＊14——Richard Wilson, *Will Power: Essays on Shakespearean Authority*（New York: Harvester, 1993）, pp. 63–82 を参照。

＊15——Valerie Traub, 'The Homoerotics of Shakespearean Comedy', in *Shakespeare, Feminism and Gender*, ed. Kate Chedgzoy（Houndmills: Palgrave, 2001）, pp. 135–60.

＊16——『お気に召すまま』の中で合計一三八回使われる 'if' という単語の発話者に注目してみると、ロザリンドが実に四二回で、第二位のタッチストーン（二四回）、第三位のオーランドー（一四回）を大きく引き離している。だが、ロザリンドとタッチストーンは共に、作中の重要な「もしも」の使い手であると考えて良いだろう。

12

『終わりよければすべてよし』から
バートラムとヘレナとパローレスの空《から》だいこ

川井万里子

はじめに

『終わりよければすべてよし』（作一六〇三―五頃。以下『すべてよし』と略称[*1]）の冒頭、フランス・プロヴァンス地方の美しい村ロシリオンの伯爵邸居間に、主要人物たち――若く美貌のロシリオン伯爵バートラム、伯爵夫人、侍女ヘレナ、老貴族ラフューらが喪服姿で登場する。先代ロシリオン伯爵の死去を悼む一同が全員黒一色の喪服で居並ぶこの印象的な幕開けは、一時代の終焉と新旧世代の交代という劇の枠組を視覚的に示唆している。

新世代の旗手として颯爽と登場するバートラムは、王の後見を受けて宮廷で出世すべくパリに旅立とうとしているが、王は不治の病の床にある。ヘレナは故伯爵の侍医ジェラルド・デ・ナルボンの遺児で、父の遺言によって伯爵家に寄寓しているが、若主人バートラムへの身分違いの恋に悩んでいる。劇は主材源であるボッカチオ『デカメロン』（一三五三）第三日第九話「ジレッタの話」――王の病気を治し、無理難題を克服して伯爵との結婚を果たす賢い娘ジレッタの話で、シェイクスピアはこの民話を所蔵したウィリアム・ペインター訳『歓楽の宮殿』（一五六六）を粉本とする――を踏襲して、ヘレナが王の病を治し、さまざまな難事を乗り越えて、不可能と思われたバートラムとの結婚を果たすまでを描く。

シェイクスピアは、一四世紀のボッカチオの昔話を、自ら生きた一六世紀末から一七世紀初頭のイングランドの社会相のもとに移し変える。貧しい医者の孤児ヘレナの恋の道行きは、初期近代の商業資本主義勃興による社会変動を背景に、自力で階級上昇を目指す新しい女性の挑戦として描かれる。彼女が父の処方を用いて王の病の治療に成功する逸話の背景にも、一六世紀後半の医学革命、とくにパラケルスス派の新しい医化学の発展が示唆される。

一方バートラムは、一六、一七世紀の社会問題のひとつであった後見人制度のもと、王の後見権による庇護と結婚の強制に反発して、自分らしく生きたいともがく若者として描かれる。戦功への彼の意欲を阻む一六世紀末の時代閉塞感も点描される。王や伯爵夫人は、バートラムが父親の姿形のみならず美徳をも継いで廷臣として大成してほしいと願っているが、彼はその期待に応えるのか。またヘレナは苦労の末に理想の夫とむすばれるのか。「今日の若い貴族たちは wit（機知、合理精神）に長けても……honour（名誉、心性）において軽薄で……時代は進んでいるが……精神的には退行しているのではないか」（一幕二場三一―四七行）との王の懸念が、「問題劇」[*2]あるいは「暗く苦い喜劇」[*3]の一つと称されるこの劇の方向を暗示している。原作にはない人物たち――伯爵夫人、老貴族ラフュー、バートラムの部下パローレス、道化ラヴァッチなどが人間関係を豊かにふくらませるが、中でも「わたしは言いたくないことまで知っている」（五幕三場二五三行）と、裏情報の提供を得意とするパローレスと、「わたしのことを予言者と呼んでくれ、最短距離で真実を語るのだから」（一幕三場五八行）と、毒舌をふるうラヴァッチの存在が異彩を放つ。そしてパローレス（言葉《パロール》だけの意）が打ち鳴らす「名誉の軍鼓」（三幕六場六二行）――外見は堅くて立派だが、中はからっぽの空《から》だいこ――の軽やかな音が、人物たちの見かけと真実、外側と内実との差異を問いかけるのだ。

一　ヘレナの「マイ・プロジェクト」

劇の冒頭、伯爵夫人の侍女ヘレナは、若主人ロシリオン伯爵バートラムへの身分違いの片想いが、決して報われない運命にあることを嘆き悲しんでいる。

あの方はまばゆい輝きに包まれ、光を放ちながら、天上はるか彼方においでになるので、私は違う天空《スフィア》の軌跡をまわっていることに満足するしかない……こうして身の程知らぬ恋の高望みがわが身を苦しめる……私のように貧しく生まれた者の卑しい運命の星は、私たちを願いごとのなかに閉じこめる。私たちは願いを表には出さず、恋人を慕いつつ、報われることは決してないのだ。

（一幕一場八八―九二、一八二―八六行）

天の天空層《スフィア》と地上の位階層《ヒエラルキイ》は呼応する。遠い天空《スフィア》に燦然と輝く巨星を仰いで瞬く小星という美しくも哀しい幻想は、異なる階層の交わりを禁じた中世以来の身分制度の規範を示している。ジェフリィ・ブロウによれば、ボッカチオの生きた一四世紀において、伯爵と医者の孤児との結婚はお伽噺以外の現実生活では社会秩序の破壊とみなされ、裕福な商人の娘が、時に貴族と結婚することもあったエリザベス朝イングランドでも、貧しい医者の遺児で他家の世話になっている娘と伯爵が結婚することはごく稀であったという。[*4]

『ハムレット』のポローニアスも、宰相の娘と一国の王子という身分差の結婚はあり得ないと考え、家父長の権威を以て、オフィーリアにハムレットの性的誘いに乗らないよう、自分自身を善悪の判断のつかない「赤ん坊」だと思えと厳命する。オフィーリアは自分の意志、欲望を捨てて「赤ん坊」へと自らを矮小化させ、最後は狂死という「無」へと退行する。だが、天涯孤独の孤児であるヘレナには、身分差の恋を禁じる権威ある家父長はいない。代わりに、生得の身分は絶対ではなく、女性には自らのセクシュアリティを資本《もとで》に利潤を生みだす可能性があると唆すパローレスがいる。彼は、一六〇五年一一月五日の火薬陰謀事件《ガンパウダー・プロット》の風刺ともとれる「穴を掘って爆破する者たち」の仕業に女性の飛躍の契機を学べと説く。

男を爆破するには自分で突破口をあけ、本丸を明け渡さなければなりません……処女を失うことは合理的な利子を生み出すことで、処女を失わなければ処女は増えません。……処女を捨てれば、十年で十倍になります。いい利息じゃありませんか——しかも元金は減らないのですから……処女は寝かせておけば、色つやも褪せてしまう商品であり、長く保存するだけ資産価値が減ります。売れるうちに売ることです。

（一幕一場一二六—五六行）

砦の突破口としての「裂け目」や、「本丸の明け渡し」などの語に bawdy な含意があるが「合理的な利子」、「元本」、「在庫として寝かせる」、「資産価値」、「売れる商品」などの語によって金銭が金銭を生む商業資本主義の原理が語られる。金銭や商品の流通は異なる階層の混合を禁じた中世的世界観を失効させ、個人の才覚で元手の数倍の富と地位を獲得するブルジョアジィの活動が社会階層の流動化を推し進めていた。パローレスの猥雑な冗談に新時代の到来を感じ取ったのか、ヘレナは急激な意識の変化を表明する。

私たちは天のせいにしたがるけれど、自分を救う方法は、しばしば私たち自身の中にあるのだわ。動かぬ天は、私たちに自由に動く余地を与えている。企みが思うようにゆかないのは、自分たち自身が怠けているからで……どんなに身分が離れていても、自然は似た者同士のように結びつけ、同じ地位の生まれの者のように口づけさせてくれるはず……恋人恋しさに、自分の真価をみせようとした女がいたのかしら？

（一幕一場二二五—二二六行）

ここには人間を受動的な被造物として、不動固定のヒエラルキイに押し込めていた中世的世界観から抜け出して、自力救済の意欲に燃えて自由に開拓すべき人生の可能性に胸躍らせている近代初期の新しい女性がいる。恋人を獲得するために自分の真価を試してみた女がいただろうか。いないのであれば、自分がその前人未踏の第一歩を踏みだそう。つつましく控え目な態度の下に、驚くべき才気と行動力を秘めた、新しいヒロインの誕生である。

ヘレナに意識変革を促すのが「うそつき」「バカ」「臆病者」の定評あるパローレスである点が問題劇らしい皮肉《アイロニー》である。またヘレナの恋の告白を聞いた伯爵夫人は、身分差を言い立てて彼女を蔑むことなく「私たちの血は生まれながら恋するようにできています」と励まし、「できることはなんでもしてあげます」（一幕三場一二七行、二五三行）と協力を約束する。王もヘレナの若さと知恵と美は「彼女が自然から直接受け継いだもので、それが名誉を育てるのだ」（二幕三場一三五—三六行）と、名誉と身分は別であると言う。伯爵夫人や王など旧世代が身分差について弾力的な見方をするのに、若いバートラムは身分意識に固執して「貧しい医者の娘」との結婚を拒絶する。旧秩序を打破する若者の恋というロマンティック・コメディの定石を顚倒させて、若者の頑迷さに困惑する旧世代という問題劇らしい屈折《ひねり》である。

伯爵夫人は息子を愛しつつ、その欠点をも冷静に判断し、ヘレナを応援する柔軟性に富む女性であり、血縁のない女性同士の友情という、本劇の魅力あるテーマの一つを先導する。加えて、彼女は息子に何度も期待を裏切られながら、なお子の成長と幸福を祈らずにいられぬ哀切な母心をも滲ませる。夫人の陰影に富む人物造形は、劇に深みと普遍性を与えている。

シェイクスピア劇の主要人物の第一声は、その人物の生の基本姿勢を示して重要であるが、ヘレナの第一声は「おっしゃる通り私は見せかけています（affect）が、ほんとうに悲しんでもいます」（一幕一場五五行）である。父への追慕と見せかける滂沱の涙が、実はバートラムとの別れを悲しむ涙であるという、自己の見せかけと真実の二重性の自覚である。他家に仕える貧しい医者の遺児という境遇から身につけたのか、容易に真情を表に出さない習性を自ら客観視している。距離をおいて自他を観察する冷静《ディタッチメント》さこそが、ヘレナの強みである。彼女は困難に会うたびに、自分ではない何者か――医師ナルボン、聖ジェイクィーズ巡礼者、身代わり花嫁、そして死者（「私が死んだことになっているのをお忘れなく」という台詞から、粉本にはない死の虚報は、彼女自身の演出であることが推測される）などの「ふりをする（affect）」ことで、弱い自分を隠し、補い、実力以上の能力を発揮するのである。

彼女は自分が相応しい「資格をもつ（deserve）」までは、バートラムの妻になろうとは思いません、と伯爵夫人に約束する。父の遺した名医としての「信用」を「元手」に、王の病気治療をやり遂げてその「資格」を得ること、それこそヘレナがひそかに心に期する「マイ・プロジェクト」（一幕一場二二七行）にほかならない。彼女は伯爵夫人に、「陛下のご治療のためなら、失っても惜しくないこの命を賭けます（venture）」と語り、抜群の交渉能力で新治療法を売り込みにかかる彼女に、王は「そのような自信と確信とともに何を賭ける（venture）覚悟なのか？」と問う。つまり王の病気治療で伯爵との結婚という階級上昇を目指すヘレナの「事業《プロジェクト》」は、ハイ・リスク、ハイ・リターンのベンチャー事業《ビジネス》であり、その事業《プロジェクト》に命がけで挑む彼女は、初期近代の起業家精神の持ち主の一人といえよう。

王は「ガレノス派とパラケルスス派、両派の天下の名医たちが見放し、学問と権威ある諸家がこぞって治療不可と結論づけた」（二幕三場一〇―一五行）難病だという。だが、名医ナルボンさえ存命であれば国王の死病も完治できるのに、と伯爵夫人とラフューが話し合う劇冒頭の会話は、ヘレナの治療の成功を予測させる伏線となっている。「ジレッタの話」では「ある種の薬草」を用いたとあるが、ヘレナの父譲りの処方は「天の最も幸せな星々によって浄められ」「なにか祝福された霊が乗り移ったらしい」と超自然的効力をもつことが強調される。一六世紀後半、奇蹟的な医療の成功をお伽話でなく、実際にあり得ることと観客に感得させた医学の発達、とくにパラケルスス派の医化学の躍進があった。チャールズ・ウェブスターによると、パラケルススの死（一五四一）後、自然科学と魔術神秘主義的神学の混淆である『奇蹟の医の書《パラグラヌム》』（一五三〇）をはじめ、三百点以上（うち五〇点が医書）の彼の手稿が注釈付で翻訳出版され、その奇蹟的治療の伝説が広まったのは一五六〇年以後だという。パラケルスス派の医師たちは、大小宇宙の調和に基づくその全人間的《ホリスティック》世界観を受け継ぎ、観察と実験を重視、金属化合物を医薬として用いる新しい化学的医療を主張し、当時大学で支配的であった伝統的なアリストテレス・ガレノス派の元素・体液理論をくつがえそうとした。[*5]

またクリストファー・ヒルによると、一六、一七世紀のイギリス医学界はオックスフォード、ケンブリッジ両大学出身の内科医たちが「王立内科医協会」（Royal College of Physicians）を結成して医学界を独占し、はじきだされた町医者は困窮したという。[*6]『すべてよし』で王の病について「人間の技術を以てしては、もはや自然をその絶望状態から救うことは出来ぬと結論づけた医学界の俊英たちの組合（The congregated College）」（二幕一場一一七―一九行）とは、「王立内科医協会」の風刺であろう。ヘレナの父ナルボンは、優れた医術をもつ誠実な名医と謳われながら貧しかったのは、「王立内科医協会」に所属しないパラケルスス派の医者であったのかもしれない。シェイクスピアは、粉本にはない、パラケルススの名や医師組合へのさりげない言及によって観客の同時代的関心を喚起する。ヘレナの「マイ・プロジェクト」は、当時の先端医療を用いたベンチャー事業の一つとして描かれているのではないか。

二　王と女性の支配から逃走するバートラム

劇の冒頭、王命によってパリに旅立つバートラムは「王のご命令にはつねに従わねばなりません。いまのわたしは陛下に後見されている身（ward）ですから」（一幕一場四―五行）と語る。バートラムのアイデンティティの第一項目が王の被後見人であることは、王権の庇護のもとでの出世の保証であるとともに、王命への絶対服従義務をも意味する。後見人制度は、元来は封建的軍役時代に、戦死した家臣の未成年孤児の救済保護を目的とした制度であったが、一六、一七世紀には本来の目的が形骸化して、後見権（wardship）は、孤児となった二一才未満の貴族の子弟の土地財産を管理し結婚を決めるという、利益の多い利権として商品化され、売買の対象となった。ジョエル・ハーストフィールドは、後見権の売買の仲介と認可を取り扱う後見裁判所の長官職は、特に収入と役得の多い有利な職務で、テューダー朝最有力の官職の一つであったと評している。[*7] 後見裁判所は一五四〇年に設置され、イギリス革命時の一六四六年に廃止され、一〇六年の歴史があったが、そのうち、ほぼ半分の約五〇年間を、権勢並びないセシル父子が長官職を独占したことはよく知られている。そして後見権は、王権にとっても重要な財源であった。[*8]

ヘレナの婿選びの場面で、王が四、五人の若い貴公子たちを示して、あの若々しい貴族たちはみな独身であり、わたしがお前に与えることのできる者たちだ。わたしは彼らの君主であり、父でもあるのだから、彼らはわたしの決定には従わなくてはならぬ。自由に選ぶがいい。お前には選ぶ力があるが、彼らには断る力はない。（二幕三場五五—五九行）

と語る言葉は、王がバートラムの他にも多くの被後見人を擁して、彼らの生殺与奪権を掌握していることを示している。王がバートラムに「お前の運命は、服従することにある。お前にはそうする義務があり、わたしにはそれを要求する権力がある」（二幕三場一六三—六四行）という台詞は、後見権の強制力を表している。死んだと思われたヘレナに代わるバートラムの再婚相手として、ラフューの娘が話題になるが、それも王の後見権による縁談である。バートラムの行動一般が王の庇護干渉下にあるのだ。彼は騎士道的戦功に憧れてフローレンス軍への従軍を望むが、王から「まだ若い」「早すぎる」「来年なら」と止められる。だがバートラムは、宮廷の遊惰にとどまって名誉ある戦功を逸してなるものかと、秘密裡に戦地に赴く。そんな彼に、王からヘレナとの結婚の命令が下るが、バートラムは猛然と反抗する。「陛下、このようなことではわたし自身の両眼をもって選ばせてください」「陛下をお起こししたために、わたしが倒れねばならぬ、ということでしょうか……貧乏医者の娘をわたしの妻に！　それくらいなら軽蔑したまま、永久に破滅する方がましです！」（二幕三場一〇九—一一行、一一五—一八行）などの叫びは、私生活の選択を王の後見権に掌握される被後見人の必死の抵抗である。だが、拒み続ける彼に立腹した王が、一切の庇護を取り消し正義の復讐を下すと脅すに及んで、バートラムはやむなくヘレナとの婚姻を承諾する。

エリザベス朝悲劇のなかには後見権の強制による不幸な結婚を描いた作者不詳の家庭悲劇『ヨークシャーの悲劇』（一六〇五頃）や、ジョージ・ウィルキンズの悲喜劇『強制された結婚のみじめさ』（一六〇六頃）がある。トマス・ミドルトンの傑作悲劇『女よ女に心せよ』（一六二一）の副筋は、その名もWardという金持ちの白痴の青年と無理やり結婚させられた娘の悲劇である。ヘレナの身分の低さと貧しさを軽蔑するバートラムに反感を抱いた観客でも、王の後見権の同調圧力に抗って、結婚相手は自分で選びたいと主張する彼には、一定の同情を禁じ得なかったのではなかろうか。

反面、一介の「貧しい無学な娘」にすぎなかったヘレナは、王の「命の恩人」のDoctor Sheになることによって、望みの夫を要求しうる「命令者《コマンダー》」になり、王はヘレナの要請に従ってバートラムに彼女との結婚を迫る。道化のラヴァッチが「男が女の命令に従わなくてはならぬとは、それでも不都合はなかろうが！」（一幕三場九〇―九一行）と予言したように、バートラムは王権のみならず、女性のヘレナの支配にも屈したのである。

身の破滅を嘆くバートラムに、パローレスも若すぎる結婚は男の人生をだいなしにすると同調する。しかし、「暗い家といやな妻にくらべたら戦争の苦労など屁の河童」（二幕三場二九五―九六行）と言い捨ててバートラムが赴いた戦場は、帯剣貴族が本分を全うするに価する大義ある戦争ではなかった（問題劇のひとつ『トロイラスとクレシダ』には大義なき戦争の不気味なまでの虚無感が活写されている）。一六世紀後半のイタリアは、フローレンスがフランスと結んで、シエナ共和国を攻略する内紛の最中であったが（一幕二場一―三行、三幕一場一二―一三行他）、フローレンスはトスカナ大公コジモ・デ・メディチの死（一五七四）以降、ルネサンス文化を主導したかつての勢いを失い「凋落傾向著しく」、フランス王もフローレンス援軍に反対するハプスブルク家の意向を受けて、フローレンスに軍事支援すべきかをきめかねて「どちらの側についてもいい」と曖昧な態度で指導力に欠ける。

　したがって臣下の意気も揚がらず、安楽な暮らしに飽きた青年たちが、運動不足を補うべく戦地にでかけて剣を交えているにすぎない。戦場はバートラムのような運動と功名に飢えている若者たちに役立つ「保育園（nursery）」（一幕二場一八行）とは言い得て妙である。一六世紀末フローレンスの時代閉塞に、老齢のエリザベス女王の支配力に陰りがみえ、社会全体に倦怠感が蔓延した一六世紀末のイングランドの社会相が透視される。王がバートラムの参戦を差し止めた件は、女王が寵臣エセックス伯の遠征（ネーデルラント一五八七、スペイン・ポルトガル一五八九、フランス一五九一）の度に待ったをかけ、一五八九年春には「主だった貴族が、外国戦役にて命の危険を冒すことを禁じる」という命令を出したこと[*9]を思い出させる。劇中頻用される病気に関する語句（malignant cause, past-cure malady, sickly bed, sick desire, nature sickens など）も世紀末の逼塞感を伝えている。

　バートラムは、敵軍の総司令官を捕虜とするなど相応の戦功を挙げてフローレンスに凱旋するが、ヘレナとの同衾を忌避して故郷に追い返して戦場に走り、国王の愛顧を失った損失に比すと、「剣をもっていくら手柄をたてても、失った名誉は取り戻せない」（三幕二場九一―九二行）と伯爵夫人を嘆かせる。その上バートラムはヘレナに、彼の指輪を入手し、子供を産まない限り妻と認めないという難題を課して、結婚の失効を図ろうとする。しかしヘレナはひるまず、王の後見権というかつての合法的な「昼」の手段に代わるベッド・トリックという「闇」の手段によって、今一度、二つの難題を盗みとろうと謀る――「来ておくれ夜よ！　昼は終わり、闇を味方にして哀れな盗人の私は忍び出てゆく」（三幕二場一二七―二八行)。劇前半の王の生命力を蘇生させたプロジェクトの向日性と、後半の欺瞞的なベッド・トリックで夫を出し抜く後ろ暗さが、ヘレナの性格に微妙な光と影を与えている。

同じ問題劇でも『尺には尺を』では公爵が仕掛けるベッド・トリックだが、ここでは、ヘレナと未亡人母娘との女性グループによる連携プレイである。低い身分ゆえに夫に疎まれるヘレナと、嫁資の不足に悩む貧しい未亡人母娘(ヘレナは三千クラウン以上の嫁資を提供して彼女たちの友情を「買う」)は、男性社会に生きる女の苦しみを固い絆と友情に変えて助け合う。[*10] 暗闇の中で、相手がダイアナであると思い込み、夢中で快楽を貪るバートラムの愛撫を受けながら、ヘレナの方は醒めていて声なく呟く――「男心とは不思議なもの、憎む者をこれほど優しくあしらうとは。淫らな思いに目が眩み、漆黒の闇が一層深まるとき、愛欲は嫌いな人をそこにいない人と思い違えて戯れる。でもこのことをそれ以上話すのはあとで」(四幕四場二一―二六行)。思い違いを利用した合目的の姦通またはレイプという問題劇らしいグロテスク・ファニィの真骨頂だが、それ以上事態を追究して人間性の悲劇的深淵を覗き込むのを避け、議論は「あとで」と先送りするのも問題喜劇の流儀である。

ベッド・トリックと同時進行で演じられるのがパローレスの正体暴露劇――敵方の捕虜になったと錯覚した彼が、目隠しをされたまま命惜しさに味方の秘密情報をばらしたことが暴かれ大恥をかく劇中笑劇――である。パローレスが敵陣から取り戻そうとして果たせない「名誉の軍鼓」――堂々たる体裁だが中は空虚の空《から》だいこ――は派手な服装で「完全な廷臣」や「軍神マルス」を演出するが、「内側には何も入っていない」言葉《パロール》だけのパローレス自身の表象となる。素の自己認識を強いられたパローレスは、粉飾をかなぐり捨てて生きることを誓う。

もう隊長はやめだ……あるがままの自分（the thing I am）で生きていくことにしよう……バカにされたらバカに徹して栄えよ！　人間だれでも生きる場所と方法はあるのだ。

（四幕三場三三七―三六行）

パローレスの虚勢と欺瞞を最初に見抜いたラフューは、「あるがままの自分」を暴露されて尾羽打ち枯らした彼をも見捨てず、引き取って助けるという旧世代らしい雅量を示す。

配下のパローレスの正体暴露の笑劇は、バートラムにとっても「見かけ」を捨てて「真実」に生きよとの警告だったが、彼はそれに気づかない。バートラムは生まれながらに身分と容姿と親の愛に恵まれ、望む前に王の後見を得て甘やかされた、マザコンの子供である。公益的活動への若者らしい憧憬はあるが、すこしばかりの戦功に思い上がって行きずりの堅気の娘ダイアナへの浮気心を、「今宵の重大事」と同輩たちに吹聴する彼は、故ロシリオン伯が嘆いた今どきの若者――「新流行の服を生み出す程度の頭しかなく、流行が変わるよりも早く忠誠心が潰えてしまう連中」（一幕二場六〇―六三行）の一人と言える。帽子に羽根飾りをつけたバートラムが、スカーフを翻したパローレスを従えてフローレンスの町を凱旋行進する様は、トマス・デカー『靴屋の休日』[*11]で市民たちに「あの絹ずくめの連中は絵に描いた人形で外側《アウトサイド》だけだ、裏を見ればぼろぼろなのだ」（三幕三場四〇―四一行）と嘲笑される貴族同様、身分と容姿という「外側」だけで内実は虚ろな帯剣貴族の空だいこにすぎない。

王から「お前には妻たちは化け物なのか、夫になると誓っては、そのたびに逃げだし、しかもまだ結婚を望んでおるとは」（五幕三場一五四―五六行）と呆れられるほど、バートラムにとって王権や女性からの逃走こそが唯一の自己主張の形なのである。彼は宮廷からは「こっそり抜けだし(steal away)」、故郷の家から「逃れ去り(wherefore I am fled)」、ヘレナから「遁走する(run away)」。管理、従属、強制を嫌って、初めて主体的に「愛さずにおれぬ」と迫ったダイアナに対してさえ彼は責任をとらず、保身のためには彼女を「兵隊相手の卑しい娼婦」(五幕三場一八七―八八行)と面罵して切り捨てる。『尺には尺を』のアンジェロは、欺瞞に満ちた自身の生の醜さを「陽の光に咲く清らかなスミレの傍にありながら、花のように成熟に向わず腐肉のように腐ってゆくわたし」(二幕二場一六五―六八行)と凝視したが、バートラムには、「あるがままの自分」と真摯に向き合う内省の時がないのである。

三　苦いハッピー・エンディングと新しいドラマのはじまり

舞台はロシリオン、パリ、フローレンス、マルセイユと移るが、最終場面のロシリオンでの一族再会で、バートラムとヘレナのそれまでの行状が総括される。指輪の持ち主やダイアナとの関係について、言を左右にして言い逃れを続けるバートラムに業を煮やした王は、ついに彼に偽証罪と殺人罪の嫌疑をかける。親友の遺児として「わが子同様大切に思うぞ」(一幕二場七六行)と特に手厚く後見したバートラムへの期待を裏切られ、その不行跡を厳しく問い質す王の苦渋は、ストランドのセシル・ハウスに擁した被後見人のなかでも特に愛顧し、愛娘アンの婿に迎えたオックスフォード伯の妻虐待と数々の不品行に激怒した、時の国務大臣兼、後見裁判所長官ウィリアム・セシルが娘の死後、多額の借財を負う伯を一五八九年に告訴、土地財産を没収して返済にあてた事件――政略に長けたバーリ卿にして、長い生涯中最大の痛恨事[*12]――を想起させる。

貴族二が「あるはずもない美徳に信を置きすぎると、重大事で信頼を裏切られて危険な目に遭う」（三幕六場一三一―一五行）と警告するように、王や伯爵夫人やラフューら旧世代は、若いバートラムにあるはずもない父親の美徳の継承を期待しすぎて、今や保護者《ガーディアン》たる彼ら自身の名誉が危険に晒されるのだ。どうなることかと観客が固唾を飲み、緊張《サスペンス》が最高に高まった瞬間、死んだと思われたヘレナが登場、疑惑が解けて一同破顔一笑となる。Helena はギリシア語で torch（闇を照らす導きの光）を意味する。危機一髪の瞬間に出現して一同の名誉を救うヘレナは、まさしく救いの光と言える。

だがラヴァッチが「この美しい顔がトロイの滅びし原因か？　愚かなことよ。これがプライアム王の愛息パリスのなれの果てか？」（一幕三場六九―七二行）とからかうように、ヘレナはトロイの運命の女ヘレンと同様、王の秘蔵子バートラムをベッド・トリックという「罪深い行為」で誘惑し、獲得した子供と指輪で結婚を達成した策士である。救いの光であるとともに詐欺師でもあるヘレナの両義性は、目的さえ達成すれば手段の是非は問わないという、『終わりよければすべてよし』というタイトルの胡散臭い響きと呼応する。

ヘレナ自身にとっても、艱難辛苦を克服した挙句、偽証罪と殺人罪に問われかねない一種の人格破綻者とむすばれることがはたして「よき終わり」と言えるのか？　バートラムがあわてて口にする謝罪と永遠の愛の誓いにも、どこか空《から》だいこの空疎な響きがある。伯爵夫人のもとに駆け寄りその手をとるヘレナの歓声には、心からの再会の喜びがあふれているのに、バートラムに「もし事態がはっきりせず、嘘をおっしゃるなら、あなたとは永久に絶縁されてもかまいません」（五幕三場三一二行）と話しかける

その語調には、苦い幻滅と怒りがこめられている。それにも増して痛切なのは、ヘレナがベッド・トリックを振り返って

ああ、あなた、私がその娘さんの姿を借りた時ほんとうにやさしくしてくださいましたね。

（五幕三場三〇八―九行）

と漏らす屈辱感の滲む皮肉である。ほんとうに欲しかったのは夫のやさしい気持ちであったが、それは「その娘さん」へのものであった。デスデモーナの辞世の句「やさしい旦那さまによろしく」を思い出すまでもなく、kind は至純の愛の表現である。kindness なき結婚は、形だけ成立しても、ヘレナは「妻の影にすぎず、名のみで実体がない」（五幕三場三〇六行）。しかもダイアナに示したバートラムの kindness は誠ではなく戯れにすぎなかった。

そもそも、ヘレナの「マイ・プロジェクト」の目標は、バートラムの「名誉ある家柄」（一幕三場一五三行）と「弓なりの眉、鷹のような眼差しと巻き毛」（一幕一場九六行）という外貌だけで、彼の人格や感情などへの希求は皆無であった。身分と美貌という華麗な見かけに幻惑されて、バートラムの内面の空疎を看過して追い求めたヘレナのプロジェクトそのものが、精神的内実を欠く空だいこであったのか？　指輪と子供の獲得を盾に正式な結婚の成就を謳う彼女の勝利宣言も、結婚を解消したいバートラムの心境を無視して、外的二条件の充足のみで形式的な了承を迫る、強引な言い分ではないのか？　ヨーロッパ初期近代の商業資本主義の興隆に発するダイナミックな社会変動に乗じて階級上昇に挑んだヘレナの

創造的知略《プロジェクト》と、その裏面である、他者の内面への想像力を欠く功利的なエゴイズムの押し付けは、かねてから王が嘆く新世代の若者たちの特徴のひとつ――時代が進んで合理精神は長けたが精神的には退化したとも言える心性の貧しさ――の表れかもしれない。

翻って、伯爵夫人は、「あんな不徳な夫に幸せを祈るとは、本当に天使のような人だ」（三幕四場二五―二六行）とヘレナの寛容と献身を聖母マリアのそれらに准《なぞら》えて絶賛するが、ヘレナが夫に示す「忠実にお仕えします」というひたすらな恭順の姿勢の下に、本人も無意識の強烈な所有欲と支配欲があってバートラムの去勢不安をそそり、王の後見権の束縛から逃れようとする彼を更なる逃走へと駆り立てていることには気づかない（まま、バートラムとラフューの娘の再婚話にはあっさりと賛成する）。精神性を強調する王も、事態の収束を急ぐあまり、バートラムの倫理的逸脱を不問に付し、ダイアナへの償いを嫁資の下賜という即物的手段で即決する。意識と実態、建前と本音、倫理性とご都合主義にずれがある主要人物全員は相対化されたまま、最後まで理想化されることがない。

だがスーザン・スナイダーが「脱構築化《ディコンストラクト》されたフェアリ・テール」と呼ぶ[*13]本劇の現代性は、その脱理想主義にある。初期近代の時代相のもと、逃げる〈無責任男〉と追いかける腹に一物の〈出来る女〉、加えてそれぞれの立場から批評やエールを送る年寄たちの外野という構図――悲劇としても、笑劇としても演出可能なこのドラマには、中世の民話にはない今日的なリアリティがある。それも、問題を深読みして悲劇になるところを回避して、更なる議論は「あとで」とかわし、人間共通の弱さを共に笑おうというのが問題喜劇の姿勢である。ラヴァッチは、「人間なんてこんなものだってことを心得ていれば、結婚なんてこわくない」（一幕三場四九―五〇行）とほざくし、パローレスも、バカにされてもバカに徹すれば、人間だれでも生きる道はあると胸を張る。孤児のヘレナは、身分ある男性との結婚によって社会的居場所を確保するという当初の希望を達成したし、バートラムも、当面の汚名から救い出してくれる妻という庇護者を得たのであるから、とりあえず「すべてよし」と祝福しよう。

だが、形だけ整った空《から》だいこの結婚に魂を入れるのは今後の二人のありかた次第である。貴族一は「自分のありのまま（what he is）がわかったら、そのままではいられまい？」（四幕一場四四―四五行）と自省を促す。「あるがままの自分」に気づかされたパローレスが嘘のない生き方を学んだように、「自分のありのまま」の自覚は二人に自己変革の機会を与えるはずである。バートラムとヘレナが自らの不完全性を理解し、赦し合い、互いを支え合うかけがえのない伴侶として「名」と「実体」の両方のある夫妻になれば、劇冒頭で旧世代が待ち望んだよき世代交代が達成される。だがことの成否は不明で、結末は不可解な方向に開いたまま劇は終わる。心底の漆黒を覗き込むリアリズムと、和解と再生へのはるかなる希求の同居――悲劇時代と後期ロマンス劇の間に生まれた新しい喜劇の形である。『すべてよし』のカタルシスなき苦いハッピー・エンディングは新しいドラマのはじまりであり、その筋書きは、観客の想像力に委ねられているのである。

注

*1――テクストは *All's Well That Ends Well*, eds. Arthur Quiller-Couch and John Dover Wilson（Cambridge: Cambridge University Press, 1955）を使用した。その他のシェイクスピアの作品からの引用は *The Arden Shakespeare Complete Works*, eds. Ann Thompson, David Scoff Kastan, and Richard Proudfoot（London:

Methuen, 1998）による。

＊2——Frederick Samuel Boas, *Shakespeare and his Predecessors*（London:John Murray, 1896）, p. 345.

＊3——Richard P. Wheeler, *Shakespeare's Development and the Problem Comedies: Turn and Counter-Turn*（Berkeley and London: California University Press, 1981）, pp. 1–20.

＊4——Geoffrey Bullough ed., *Narrative and Dramatic Sources of Shakespeare*, Vol. II, *The Comedies, 1597–1603*（New York and London: Routledge and Kegan Paul, 1973）, p. 384.

＊5——Charles Webster, *Paracelsus: Medicine, Magic, and Mission at the End of Time*（New Haven and London: Yale University Press, 2008）, pp. 34–130.

＊6——Christopher Hill, *Intellectual Origins of the English Revolution*, revised（Oxford: Clarendon, 1997）, pp. 70–76.

＊7——Joel Hurstfield, *The Queen's Wards: Wardship and Marriage under Elizabeth I*（London: Frank Cass, 1973）, p. 243.

＊8——エリザベス女王の平均歳費である三〇万ポンドのうち、後見権による年収は平均二万—三万ポンドであると、女王の秘書長官の甥トマス・ウィルソンは試算した（Hurstfield, p. 265）。ジェイムズ一世の平均歳費である四〇万余ポンドのうち、一六一〇年の王の後見権による年収は六万五千ポンドにのぼり議会の批判を招いた（Katherine Brice, *The Early Stuarts 1603–1640*（Bedford: Hodder Education, 1994）, pp. 26–32.）。大蔵卿ロバート・セシルは国王が封建大権としての後見権と徴発権を放棄する代わりに年二〇万ポンドの税収を保証される「大契約」を一六一〇年の議会に提案した（*Select Statutes and Other Constitutional Documents Illustrative of the Reigns of Elizabeth and James I*, ed. G. W. Prothero（Oxford: Clarendon, 1894）, p. 299）。

＊9——Susan Doran, *Elizabeth I and Her Circle*（Oxford: Oxford University Press, 2015）, pp. 169–72.

＊10——Hurstfield, p. 253.

＊11——Thomas Dekker, *The Shoemaker's Holiday or the Gentle Craft*, ed. R. C. Bald, in *Six Elizabethan Plays* (Boston: Houghton Mifflin Company, 1963).

＊12——Carolyn Asp, 'Subjectivity, Desire and Female Friendship in *All's Well That Ends Well*' in *Shakespeare's Problem Plays*, ed. Simon Barker (New York: Macmillan, 2005), pp. 88–89.

＊13——Susan Snyder, 'The Seminar Research on *All's Well That Ends Well*' in *Bulletin of the Shakespeare Association of America* 16 (July 1992), p. 4.

13

近代初期イングランドの女性と医療

『終わりよければすべてよし』と「恵み草」ヘンルーダ

石塚倫子

『終わりよければすべてよし』のヘレナは、財産も家族もなく、卑しい身分の孤独な乙女だが、自らの愛と信念、才覚で道を開き、困難を克服して成功するシェイクスピア作品の中でも稀有なヒロインである。劇後半、ヘレナが死んだという噂を信じて、ロシリオン伯爵夫人とラフュー、そして道化のラヴァッチの三人が彼女についてしみじみ語り合うとき、「恵み草」(herb of grace) に喩えられるヘレナは、人々を優しく包み、心身を癒すのみならず、芳香を放つ文字通りの恵みの草として象徴されている。

ラフュー　とても立派なお方でした。立派な。千本のサラダの菜っ葉を摘んだって、あんな一本に巡り合うことはできなかった。

ラヴァッチ　まったく、あの方は甘いマヨナラだった。というより恵み草だ。
ラフュー　どっちも野菜じゃない。香りの草ですよ。

（四幕五場一三―一九行）[*1]

ところで、この「恵み草」は別名ヘンルーダ（rue）と呼ばれ、薬、アロマ、魔除け、食材として、古来、様々な場面で用いられてきたイングランドの人々には馴染み深い植物でもあったが、特に、薬草としてシェイクスピア時代に広く知られていた。[*2] その薬草としてのヘンルーダの歴史を振り返ると、古代、中世を通じて、ヘンルーダは女性の生殖器関係の病や妊娠・出産関連全般に処方される薬のレシピの中に頻繁に現れる。例えば、一五〇〇年以上にわたって西洋の薬学・医学の拠り所となるギリシアのディオスコリデス、同じくローマのガレノス、プリニウスといった著名な医師や博物学者もヘンルーダは通経薬として、あるいは子宮関連の病などに効果があることを指摘している。[*3] プリニウスの『博物誌』では、ヘンルーダは「通経効果があり、ヒポクラテスの言うように甘い赤ワインとともに服用すると、後産、死産を速やかに処理する」としている。[*4] この知識はその後、ヨーロッパ各地に受け継がれ、中世にいたるまで植物誌や医薬書にも散見されることとなる。例えば一五世紀前半、イングランドにおいて病気と処方についてまとめた作者不明のマニュスクリプトには、子宮の腫れについて、「ヘンルーダとセージを水で飲む」ことを処方のひとつに挙げている。[*5] ところで、こうした薬草の歴史を眺めていくと、女性と医療、女性の治療師や産婆の歴史もまた透けて見えてくる。

ここではこのヘンルーダを中心に、近代初期の医薬、そして家父長的社会の周縁で薬草を巧みに扱う

「薬草女（wise women）」にも焦点を当て、この作品が書かれた当時の女性治療師と医療について、それまでのプロセスを含めて考えてみたい。[*6] また、王の治療に成功するヘレナは、同時代の医療事情を背景とするなら何を表象するのだろうか。ひとつの手掛かりとして、まずはヘレナの陰画のような運命を辿るオフィーリアと薬草の秘密から入っていくことにする。

一 「後悔」「悲しみ」のヘンルーダとオフィーリア

「恵み草」といえば、『ハムレット』の中で狂ったオフィーリアが草花をその場に立つ人たち一人一人に手渡していく場面もまた有名である——

オフィーリア　ほらローズマリーよ、思い出の花の——お願い、私を忘れないで。それからパンジー、物思いの花よ。
レアティーズ　狂気の中にも教訓がある。もの思い、そして忘れるな、とはぴったりだ。
オフィーリア　ウイキョウはあなたに、それからオダマキも。あなたにはヘンルーダ。私にも少し取っておくわ。安息日の恵み草ともいうわ。あなたには違う意味よね。あなたには雛菊よ。スミレもあげたかったのだけど、お父様が亡くなったとき、みんな萎れてしまったわ。
（四幕五場一七五—八五行）

それぞれの花は、手渡される人物とオフィーリアの内面を暗示するようで意味深いシーンであるが、当時の人々にとって、植物は花言葉や鑑賞用以上に薬草としての重要な意味があり、内科医や薬屋の処方するものから主婦が庭で家族のために栽培し、採取したものに至るまで、人々の暮らしに薬草とその知識は深く溶け込んでいたのである。[*7]

ここで、特にヘンルーダに注目し、少し詳しく見てみよう。この花を手渡す相手はおそらく王妃であろう。というのも、この花には「後悔、悲しみ」の象徴があるからだ。一部をオフィーリアが自分のためにとっておく、というのは、オフィーリア自身の「悲しみ」を表している。しかし、この草を別の意味で彼女が取っておくのだ、としたらどうであろう。ヘンルーダは、古代から生殖機能に作用する薬草であることは述べたが、後産や死産による胎児の除去は言うまでもなく、実は生きている胎児の除去、つまり堕胎薬としての効果も知られていた。先に挙げたディオスコリデスは薬草を使った避妊や堕胎についても詳細に述べているが、ディオスコリデスに前後して産婦人科学の書物を残したことで有名なソラヌスは、避妊・堕胎に関する章でいくつかヘンルーダの使い方を示し、堕胎のための経口薬の成分にもこの薬草を入れている――「ヘンルーダの葉、三ドラム、ギンバイカとヒメタイサンボク、二ドラムを同様にワインに混ぜ、飲ませる」。[*8] 彼らの知識はその後、医学、薬学、植物学の分野で、あるいは女性たちの間で、シェイクスピア時代にいたるまで陰に陽に継承されてきた。[*9] そう考えると「後悔、悲しみ」というこの単語の意味は、奇しくも薬草としてのヘンルーダの効能と重なる。[*10] 女性にとって、堕胎とは悲しく、悔やまれる行為だからだ。

もちろん、ここでオフィーリアが妊娠していたとテキストに書かれているわけではない。むしろ、父ポローニアスが警告しているように、良家の娘が婚前に間違いを犯すなどあってはならない時代であるから、オフィーリアは処女であったと考えるのが無難な解釈であろう。しかし、彼女が父親の言うとおりの「赤ん坊」（一幕三場一〇五行）で、性的に未熟かというと、それは疑問である。狂気のオフィーリアが歌う「聖ヴァレンタインの日の歌」は、体を許して捨てられた娘の物語であるし、歌の中の「神に誓って」（"By Cock" 四幕五場六一行）には誰にでもわかる卑猥な意味が重なる。エレイン・ショーウォーターは、正気を失ったオフィーリアは哀れさとみだらさを同時に表象しており、花を配る姿は象徴的に自ら'deflower'しているのだと指摘している。[*11] オフィーリアの中には抑圧していたが、成熟した女性としてのセクシュアリティが目覚めていたであろうことが窺える。

ハムレットの態度や言葉はどうだろう。ポローニアスに彼が次のような台詞を吐くのも気にかかる――「日向を歩かせるんじゃないぞ。思慮深いこと（conception）は良いことだが、あなたの娘が孕む（conceive）ことがないよう気を付けるのだな」（二幕二場一八四―八六行）。また、ハムレットはポローニアスのことを「魚屋」（二幕二場一七四行）と呼ぶのだが、当時の民間伝承では、魚屋の娘は妊娠しやすいと言われていた。[*12] オフィーリアの膝に頭を載せて旅役者の劇を観る間、ハムレットがあからさまに性的な冗談を言うのも、いくら狂ったふりにせよ、特別な関係を見せつけているとも受け取れる。王妃も結婚を考えていたらしいが（五幕一場二四四行）、この若い二人が一線を越えてしまっていたとしたら……。実はこの二人の関係についての謎は、批評史上でも様々な憶測がなされ、肉体関係を推測する意見も少なからず存在している。[*13] どこまでが事実かは別としても、オフィーリアはハムレットの子供を妊娠したことで「悔やみ、悲しんで」いたという仮定を、テキストは否定しない曖昧さを残している。

実はヘンルーダのみならず、オフィーリアが手渡す草花には、ほかにも堕胎を促す薬草がある。ローズマリー、ウイキョウ（fennel）、オダマキ（columbine）、スミレの種も、また同じ効果があるとされていた。[*14] この場面にはないが、オフィーリアの溺死する場面で川岸に生えていた葉裏の白い柳も、妊娠を阻害するとされていた植物である。[*15] 古代からどれだけの女たちが、苦渋とともにこれらの薬草の世話になったのであろうか。ヘンルーダとは、ある意味で「助けが必要な人の恵み草」だったのかもしれない。たとえ妊娠説が狂気ゆえの妄想だったとしても、父からの警告に背いたことで自らを責め悔やみながら、薬草の恵みにすがって溺死してしまったとしたなら、彼女は家父長制社会に押しつぶされた犠牲者以外の何ものでもない。[*16]

ところで、社会史として見ると、妊娠しても出産できない事情の女性は身分の上下を問わず、いつの世でもいたはずである。それは必ずしも婚姻外の妊娠ばかりでなく、婚姻内の妊娠においてもあったはずだ。歴史家のジョン・リドルは人口学的に見て、女性が一生の間に出産する子供の数や、一人が産む複数の子供の年齢間隔、人口推移の安定性などから推して、何らかのバース・コントロールなしに歴史が進んできたとは考えられないと言う。[*17] そして、古代から続く伝統の中でも、女性の側で行うコントロールが有効で、具体的には避妊や堕胎効果のあるハーブ（ヘンルーダもそのひとつだが）を、服用することが手段のひとつだったということを、古代から中世のレシピの記録を挙げて説明している。[*18] 歴史を通して女性は産むことへの恐怖を密かに持ち続けて来たのだ。

ところが一六世紀に入って、この手のレシピの記録が消えてしまう。この点に関し、リドルは必要がなくなったわけではないが、存在を隠さざるを得ない要因があったと推理している。[*19] 底流に出産とセクシュアリティの持つ政治的な意味があるのだ。それは具体的には「魔女狩り」という形でヨーロッパ全体に広がった女性治療師の迫害と大きく関係する。

二　家父長制の中の女性治療師

(一)「薬草女」の存在と意義

ここで、近代初期の医療の世界を見てみよう。免許のある内科医(physician)、組合に加盟している外科医(surgeon)、薬剤師(apothecary)は、正式に医療行為を認められた人々だったが、実のところ都市に集中していて絶対数が少なく、しかも治療費は高額であった。宗教改革以前は修道院が薬草を育てて病人に処方し、ホスピスの役割をも果たしていたが、シェイクスピア時代にはそれに代わる施設はない。病院と名のつく施設はロンドンに三つあるのみだったが、治療というより行き場のない貧困患者の収容所であった。[*20]

では、庶民や田舎の住民が病気や怪我をした場合、どこを頼ったのであろう。ひとつに貴族や紳士階級の婦人たちがボランティアで行っていた治療行為に甘えることはあったであろう。しかしそれ以外に、いかさまの藪医者から名医にいたるまで、免許を持たない潜りの開業医は巷にかなり存在したようだ。[*21]

さらにもうひとつ、ヨーロッパには中世以来、「薬草女」と呼ばれる女性がどの集落にもいて、治療や悩み事の相談役になっていた。彼女たちは多くの場合、コミュニティの周縁部に住み、中年以上の独身女性で、その仕事は病気や怪我の治療のみならず、占い、悪魔払い、遺失物探し、性の悩みや不妊の相談など、安い料金で仕事は多岐にわたっていた。薬草の知識が豊富で、各自が経験と実践から編み出した独自の秘薬を所持していた。また、まじないや予言などを行い、霊能力を披露する「薬草女」もいたらしい。[*22]トマス・ヘイウッドの『ホクストンの薬草女』に出てくる「薬草女」は偽霊感師である。裏で娼婦たちの秘密の出産を助けては赤子を金持ちの玄関先に捨てるという、したたかでいかがわしい「薬草女」だ。それでも人々は彼女の元に相談に訪れ、最後に解決へと導かれるという点で、「薬草女」としての役目は十分果たしている。

彼女たちは通常、「おかあさん」(Mother) と呼ばれていたが、それはコミュニティの母親役を象徴する呼び名であり、人々が女性治療師の癒しの中に母性を見出していたことを示唆している。ジョン・リリーの『ボンビー母さん』もこうした「薬草女」のひとりである。ボンビー母さんは周りから蔑まれる存在ながらも、登場人物が訪れるたびに言葉少なに予言でアドヴァイスを与え、若者たちが家父長の決める結婚相手でなく、自然に引き合う相手と結ばれるよう導いている。「薬草女」は人々が気軽に頼っていく母性を帯びたカウンセラーなのである。

「薬草女」はその多くが産婆 (midwives) でもあった。しかし、ここに家父長制社会において彼女たちが危険視される危うさがあった。というのもその処置や処方は密室の出来事であったため、子殺しや堕胎、母親の毒殺などの疑いをかけられる危険もあったし、実際に必要に迫られた患者の要望で、避妊や堕胎はあっただろう。薬草を用いるにしても、いつ採取し、どの部分を使用するか、調合具合、量や与え方、また与える時期はどうかなど、匙加減は微妙であった。間違えば、効き目がないか、あるいは患者の命を危険にさらす恐れもある。その上何より、男系社会にとって最も重要な子孫の誕生という決定的な場が女たちによって占有され、支配されかねないという脅威が、やがて襲う魔女狩りの嵐と結びついた。

（二）「薬草女」と魔女狩り

一六世紀に入ると、子殺しや人工的な受胎制限、あるいは教会が与り知らぬところでの洗礼は教会法に反する行為として、厳しく非難されることとなる。また、人口増加は国力の増大につながるとして、政治的にも避妊、堕胎、子殺しは罪に問われるようになる。魔女嫌いで有名なジェイムズ一世の一六二三年の法令では、流産や死産であることを証明できない嬰児の死は、子殺し罪となるという条項をことさら強調している。[*23] こうしたプロセスは、「薬草女」や「産婆」を魔女として糾弾する裁判と切り離せない。

魔女は胎児を食す、あるいは魔法によって男性を不能にしたり、流産や不妊の呪いをかける、などの言い伝えは、「薬草女」たちを都合良く魔女に仕立て上げることになる。実際に、一定の割合で生じる死産や奇形児の誕生は、魔女の仕業とするのに格好の根拠となる。イギリスの魔女狩りは他のヨーロッパ諸国よりは穏やかだったとはいえ、魔女の疑いで連行される女性の中に、かなりの割合で「薬草女」や「産婆」がいたことも事実である。[*24]

彼女たちはコミュニティの相談相手である一方、人々と距離を置き、当時の女性の身分――娘、妻、未亡人――のどのカテゴリーにも属さず、無学であるため蔑視されつつ人の命を扱い、権威に敵視されるがコミュニティに必要とされ、孤独だが家父長に頼ることなく自立している、いわば社会の内なる外部であった。この周縁的な性格も、彼女たちが魔女の疑いを受けやすい一因となったであろう。家父長制のミソジニィから、男性より女性の魔法使いの方が圧倒的に検挙される割合が高かった上、出産や避妊をはじめ媚薬の調合や子作りの方法伝授など、セクシュアリティを支配するという点で、家父長制秩序を侵犯しかねない彼女たちは、秩序を保つためのスケープ・ゴートとなりやすかったのである。

また、「薬草女」排除のもうひとつの要因として、医学が大学教育を受けた男性エリートの独占的職業になってきたことが挙げられる。女性は大学には入ることが許されなかったから、もちろん医師免許は取得できない。また、大学で学ぶ医学は当時なりに体系化された科学的理論でなければならず、無学の女たちの経験に基づく民間療法など学ぶに値しないものだった。「薬草女」が多くの民衆を引き寄せれば、資格を持つ医師から商売敵として憎まれ、排除されてしまう。[*25]

こうした状況の中で、魔術と疑われる危険なレシピ、中でも生殖に関わるものは、表舞台から消えてしまう。秘薬は口伝えに残り、古代から中世のように詳しいレシピが残されることはなくなっていくのである。シェイクスピア時代に活躍した植物学者ジェラードの詳細な植物図鑑にも、「ワインとともにヘンルーダの汁を飲めば、出産後の女性の体を浄化し、後産、死産、異常出産の経過を促す」とある以外、堕胎効果としての詳細な記録は見当たらない。[*26] 大学の医学教育では避妊の講義が存在しなかったので、内科医が伝達していくこともない。しかし、それでも当時の劇場の観客は、オフィーリアのハーブの意味はわかっていたはずだとリドルは言う。[*27] とすれば、観客の取りようによっては、二重の意味で「後悔」、「悲しみ」はまさにオフィーリアにふさわしい花言葉だったのである。

（三）　王立内科医協会による排除

シェイクスピア時代、医療制度の頂点に君臨していたのは、王立内科医協会であった。一五一八年、ヘンリー八世の時代に設立されたこの機関は、ほんの一握りの男性医師から成るエリート組織であり、医学の情報を集めて見解を示すと同時に、ロンドンとその周辺の医者の活動を監視する役目を持つ。彼らは宮廷や貴族の屋敷に出入りし、政治の中枢と関わりながら医学界を牛耳る家父長的集団だった。大方の庶民が病気や怪我の治療に無免許の開業医やさらに低い身分の「薬草女」に頼ったことはすでに述べたが、王立内科医協会はこれら無名の治療師をほとんど犯罪的な存在として敵視していた。[*28]

しかし、皮肉なことに最も底辺にいる「薬草女」の方が、大学出の医師より治療の腕が良いということもよくあることだった。内科医協会は、相変わらずガレノス以来の体系的理論や占星術に則り、四体液のバランスや尿検査に基づく診断、瀉血、薬剤による瀉下などの治療を熱心に行っていたが、実際のところ、その診断が的確とは言い難いケースも少なくなかった。また、当時の内科医は患者の身体に触れて治療に携わるのではなく、病気の観察、診断、助言者としての役割が大きかった。[*29]

そのため、医学理論よりも経験的な勘と独自の薬で、直接患者の傷や病を手当てし、治療効果を上げる無免許の自称医師や「薬草女」は、治療と治癒の実績があるためにますます権力側には敵視された。シェイクスピアが活躍したころ、内科医協会は、さかんに免許のない者の医療行為を糾弾している。一六〇〇年ころにはもぐりの医者や「薬草女」に対し、要求されれば秘薬をすべて公開せよという法令を発布している。[*30] いずれにせよ、家父長的な社会では身分の定まらない有能な治療師には、特にそれが女性の場合、風当たりの強い時代だったのだ。

三　ヘレナという女性治療師

(一)　父から受け継いだ特効薬

興味深いことに、オフィーリアの登場する『ハムレット』からほんの三、四年後、シェイクスピアはボッカチオの物語をソースに、医者の免許もない無学で卑しい身分の女性が王の病を癒すという作品を書く。しかも、この女性は家父長制社会を壊すことなく支配してしまう。

考えてみれば、ヘレナは環境も行動もオフィーリアとは正反対。ロシリオン家に仕えていた医師の父はすでに他界し、彼女にはいま兄弟も財産もない。そこで父に代わる存在を自分で探し出す。フランス王である。恋する相手に遠ざけられるのは同じだが、こちらは結婚の条件として「妊娠」しなければならない。また、家父長制社会の模範的な娘・オフィーリアと違い、ヘレナは謙虚ではあるが、自立していて状況に流されず、常に冷静で忍耐力がある。計画的で大胆でもあり、臨機応変に行動する柔軟な才覚を持つ。

そして彼女のステップアップの鍵となるのが、父から受け継いだ秘薬である。王の病(fistula)は、「博学の医師たち」(二幕一場一一六行)や「医学界の重鎮たち」(二幕一場一一七行)が手を尽くしたにもかかわらず、お手上げの厄介な症状なのに(「……いくつもの学派が／それぞれの医学の学説を傾けていても危険から／お救いできないのに」一幕三場二四〇―四二行)、驚くことにヘレナの薬でたちどころに治ってしまう。

劇中で、宮廷に侍る高名な医師たちとはシェイクスピア時代の王立内科医協会のことを暗に指していよう。それに対してヘレナは名も無き「薬草女」に近い。父なきいま、公爵夫人の庇護を受けているものの、自らの財産はなく、あるのは父親が独自の経験で創り出した秘薬だけ。彼女は孤独で独身、身分も低く周縁的な存在である。劇のソースであるボッカチオの物語では、ヒロインのジレッタは出自は卑しいが財産を持っている。しかも夫ベルトラーモがすぐに戦線へ逃げてしまってから、荒れてしまったロシリオンの領土を管理して盛り返し、家臣たちに慕われる立派な女主人となっている。しかし、シェイクスピアのヘレナはそのチャンスを与えられていない。不思議な薬以外何もないヘレナは、象徴的には「薬草女」に近い治療師なのだ。その「名も無き治療師」に、権威の頂点にいる医師たちが完敗してしまう。ここには、当時の医学における現実的な論争が反映されていると見ることもできる。

（二）ペストの流行と医学論争

『終わりよければすべてよし』の書かれた一六〇二年ころ、ロンドンでは中世以来のガレノス派と一六世紀にイングランドに入ってきたパラケルスス派が激しい論争を繰り広げていた。ガレノス派はローマ以来の体液論をベースとした理論で、医学の権威である王立内科医協会の拠り所でもある。一方、スイスの錬金術師であり医師のパラケルススは、信仰をベースにあらゆる医薬の可能性——時には化学薬品や毒性のあるものをも含む——を主張した。急速に広まったパラケルスス派の医学理論は、神の力を借りて経験と実験から「キリスト教徒の医学」を発展させるという目的を持っていたところから、イングランドではピューリタンの急進派と結びつき、宗教論争をも巻き込んで大きな話題になっていた。[*31] この作品でも、ヘレナの治療で王の病が治ったことについて、宮廷では、「ガレノス派もパラケルスス派も両方が」（二幕三場一一行）見放した病だと、話題の両派の名前を出している。

一六〇三年はロンドンでは疫病が大流行した年でもあった。こうした論争の背景には、社会的に医学への関心が高まっていたという事実があろう。疫病に対して無力な従来の医学に疑問もわき起こっていたはずだ。例えば開業医であり、占星術師、神秘主義者として名高いサイモン・フォーマンは、無免許のままロンドンで医療行為をしていたため、たびたび内科医協会から厳重な注意を受け、罰金、投獄まで経験しているが、反省するどころか、怒りもあらわに内科医協会を非難している。というのも一五九二年から九三年にかけて、ロンドンで疫病が流行したとき、内科医協会の医者たちは予防のためと称し、患者を置き去りにしてロンドンを離れてしまったが、フォーマンはロンドンに踏みとどまって治療に当たり、自らも疫病に罹ったがなんとか治癒し、患者を救ったと記録している。[*32]お蔭でフォーマンの人気はなかなかのものだったようだ。ロンドン市民にとって、免許や権威のあるなしよりも、命を救えるか否かが重要であったはずだ。パラケルスス派と彼らの新薬が注目を浴びたのも、病気を治してくれる治療師や薬こそが必要だったからであろう。

また当時、女性治療師の中にも、かなりの治療実績のある者がいたと言われる。例えば、一五八一年、女王の側近であるウォルシンガムは、ロンドンの「薬草女」であるマーガレット・ケニックスの医療行為を貧しい人々のために大目に見てやって欲しいと、エリザベス女王の口添えまで示して内科医協会の長官宛てに手紙を書いている。[*33]これに対し、内科医協会は大義名分を掲げ、きっぱり拒絶しているのだ。

これらのことを考えると、劇の中のヘレナは、家父長制社会でもっとも家父長的な医師団を相手に実力を発揮したわけで、単なるボッカチオのヒロインの焼き直しではなく、同時代のイングランド社会の関心に訴える強力なヒロインだったのかもしれない。

(三) ヘレナ――母性の象徴

『終わりよければすべてよし』の世界は、女性が主導的な役を果たす劇構造となっている。『ハムレット』が男性中心の世界だったのに対し、この劇は女性パワーが主軸だ。ここでは主人公が母になるだけでなく、ロシリオン伯爵夫人(「ねえ、ヘレン、私はあなたの母親よ」一幕三場一三八行)やダイアナの母親という、母なる存在がキーパーソンとしてヒロインを助けている。男性はというと、ヘレナの父やバートラムの父はすでにこの世におらず、フランス王は病で気力を失い、バートラムやパローレスは遊び足りない子供さながらの幼児性が拭い去れない。彼らを救うのは、女性の持つ母性と慈愛である。終幕に登場する身重のヘレナは視覚的にも母であるが、おなかの中で「赤ん坊が蹴っている」(五幕三場三〇二行)という台詞で、観客は感覚的にも母親を実感する。「薬草女」には「お母さん」という呼称に象徴される母性的なものがあることはすでに述べたが、ヘレナは若い女性にしては母性的である。幼稚でわがままなバートラムに無償の愛を注ぐ彼女は、バートラムの母親のようにさえ見える。また、病に絶望して頑なな王に対しても同様だ。

この作品の批評の中には、彼女に聖母マリアを重ねる解釈がある。[*34] ヘレナが王に特効薬を持参して治療を申し出たとき、「恵み深い神の恵みの力を借りて」(二幕一場一六〇行)と説明するが、それに惹かれてつい治療を受けると決めた王は、「お前にはなにかありがたい聖霊が乗り移って、か弱い楽器に力強い音を奏でさせているらしい」（二幕一場一七五行）と呟く。さらにあっという間に王が回復したことについて、宮廷では「地上の行為者による天の力の顕現」（二幕三場二四行）とか、「脆きものをお使いになって、大いなる力、超絶的力をお示しになった」（二幕三場三四—三五行）と噂しているのである。ヘレナの命をかけた治療とその効果は、何か神聖な力が働いているかのごとく感じさせるものがある。劇の最後、ベッド・トリックの絡繰りがあるとはいえ、子供を身籠もった姿で登場するヘレナには処女懐胎の聖母マリアのイメージが重なる。

四　結　び

そもそも「恵み草」という言葉の由来は、カトリック教会でヘンルーダの枝を使って聖水を撒いたことによって「恵み、慈悲」と関連づけられたことにあるらしい。オフィーリアが「安息日の恵み草」と語るのは、その意味で神の恩寵を示唆する。オフィーリアはここで最後に神の恵みと救いを求めているのかもしれないが、皮肉にも現実にはこのヒロインには、むしろ花言葉どおりの「悲しみ」や「悔い」がふさわしい。

一方、ヘレナは聖母マリアのように人々を包み、自らが他者へ愛と恵みを与える文字通りの「恵み草」であった。が、しかしここで問題なのは恵みと母性と聖性を帯びたはずのヘレナの評判は、オフィーリアに比べると批評史上、あまり芳しくないのである。最後のバートラムの喜びが今ひとつ曖昧であることも問題視されるきっかけだが、嫌がるバートラムを執拗に追いかけ、ベッド・トリックという強引な手段で目的を達成するヘレナは、家父長制社会の規範からすると慎みに欠ける欲望の強い女性とみなされ、男性不安の元凶とされる解釈も少なくない。[*35] ヘレナに対する評価は常に両義的だ。

しかし、これも「恵み草」の宿命かもしれない。ヘンルーダはアングロ・サクソン時代からイギリスでは様々な用途に使われてきた薬草である。毒・傷の予防、解毒、歯痛の緩和、視力回復、疫病の予防、咳止め、止血、アロマ、さらに女性たちの間では生理不順や後産の促進などにも使われた。[*36] しかし、それゆえに量や摂取の仕方によっては堕胎や避妊の薬となる。度を超せば母体の命に関わる毒と化す。元々どこにでも育つ丈夫なヘンルーダだが、野生種は昔から肌に触れると水ぶくれができるという毒性の強い草でもある。薬は支配するか支配されるかで毒にも薬にもなる。まさに、ヘンルーダは毒であり薬――パルマコンそのものなのだ。

ヘレナのように薬を支配するものは家父長制をも支配する。しかし、家父長制社会はしたたかだ。「悲しみ」、「後悔」を表象するオフィーリアは、現代にいたるまで詩人、画家、観客から愛されてきたが、聖母の慈愛を表象する「恵みの草」ヘレナは、家父長制イデオロギーにおいては「毒の草」に反転する要素を常にはらみ、脅威とみなされる可能性を持ち続けているのである。

＊本稿は、第五〇回シェイクスピア学会（平成二三年、聖心女子大学）での口頭発表を発展させたものである。

注

*1——以後、シェイクスピア作品からの引用の幕、場、行はすべて William Shakespeare, *The Riverside Shakespeare*, 2nd edn, gen. ed. G. Blakemore Evans（Boston: Houghton Mifflin, 1997）に拠る。

*2——Sujata Iyengar, *Shakespeare's Medical Language: A Dictionary*（New York: Continuum, 2011）, p. 296.

*3——Dioscorides, *De materia medica*, ed. Max Wellmann, 3 vol.（Berlin: Weidmann, 1906–14; repr. 1958）, 3.45; Aelius Galenus, *Claudii Galeni Opera Omnia*, ed. Karl Gottlob Kühn, 20 vol.（Cambridge: Cambridge University Press, 2011）, vol. 13, pp. 283–84; Gaius Plinius Secundus, *Naturalis Historia*, ed. Karl F. T. Mayhoff, *Perseus Digital Library*, ver. 4.0, 2007, Tufts University, Massachusetts, 20 April 2016: vol. 20, chap. 51〈http://www.perseus.tufts.edu/hopper〉

*4——Plinius, 20. 51. 'feminarum etiam purgationes secundasque et iam emortuos partus, ut hippocrati videtur, ex vino dulci nigro pota' とある。

*5——Warren R. Dawson, ed. *A Leechbook or Collection of Medical Recipes of the Fifteenth Century*（London: Macmillan, 1934）, p. 94

*6——Wise women は薬草の知識が深いためこう呼ばれたので、「薬草女」と訳した。

*7——William Kerwin, 'Where Have You Gone, Margaret Kennix? Seeking the Tradition of Healing Women in English Renaissance Drama', *Women Healers and Physicians: Climbing a Long Hill*, ed. Lilian R. Furst（Lexington: The University Press of Kentucky, 1997）, 93–113（p. 96）.

*8——*Soranus' Gynecology*, Oswei Temkin, ed. and trans.（Baltimore: Johns Hopkins University Press, 1956）, p. 68. ディオスコリデスの堕胎や避妊に関する種々の薬草の言及については、John M. Riddle, *Dioscorides on Pharmacy and Medicine*（Austin: University of Texas Press, 1985）, pp. 59–64 参照。

*9——ヘンルーダはじめ、堕胎効果のある薬草とそれを指摘する医学、植物学、薬学、民間伝承の古代から近世

にいたる歴史については、John M. Riddle, *Contraception and Abortion from the Ancient World to the Renaissance* (Cambridge, Massachusetts: Harvard University Press, 1992) 参照。

＊10——「後悔、悲しみ」は古英語の hréow に、薬草はラテン名 Ruta graveolens に由来する。

＊11——Elaine Showalter, 'Representing Ophelia: Women, Madness, and the Responsibilities of Feminist Criticism', *Shakespeare and the Question of Theory*, eds. Patricia Parker and Geoffrey Hartman (New York: Methuen, 1985), 77–94 (p. 81).

＊12——M. A. Shaaber, 'Polonius as Fishmonger', *Shakespeare Quarterly* 22 (1971), 179–81.

＊13——Maurice Hunt, 'Impregnating Ophelia', *Neophilologus* 89 (2005), 641–63.

＊14——Robert Painter and Brian Parker, 'Ophelia's Flowers Again', *Notes and Queries* 41 (1994), 42–44 (p. 43).

＊15——特にヘンルーダとウイキョウ、柳は強く作用し、ヘンルーダの堕胎効果は最強と言われた。Painter and Parker, p. 43. また、ディオスコリデスによると、ウイキョウは特に大ウイキョウ (giant fennel) の効能が強いとされる。Dioscorides, 3.48, 80.

＊16——浅い川での溺死は薬草の中毒症状によるとの推論もある。Erik Rosenkrantz Bruun, '"As Your Daughter May Conceive": A Note on the Fair Ophelia', *Hamlet Studies: An International Journal of Research on The Tragedies of Hamlet, Prince of Denmark* 15 (1993), 93–99 (p. 99).

＊17——John M. Riddle, *Eve's Herbs: A History of Contraception and Abortion in the West* (Cambridge, Massachusetts: Harvard University Press, 1997), pp. 10–26.

＊18——Riddle, *Eve's Herbs*, p. 7.

＊19——Riddle, *Contraception*, pp. 155–57.

＊20——David F. Hoeniger, *Medicine and Shakespeare in the English Renaissance* (Newark: University Delaware Press, 1992), p. 24.

＊21——Hoeniger, pp. 18–19.

＊22——「薬草女」「産婆」については、Sylvia Fox, 'Witch or Wise-Women?—Women as Healers through the Ages', *Lore and Language* 9 (1990), 39–53 参照。

＊23——Leonard Arthur Parry, *Criminal Abortion* (London: John Bale, Sons & Danielsson, 1932), p. 96.

＊24——Ritta de Horsley and Richard A. Horsley, 'On the Trail of the "Witches": Wise Women, Midwives, and the European Witch Hunts', *Women in German Yearbook: Feminist Studies in German Literature and Culture* 3 (1986), 1–28.

＊25——医学界と「薬草女」たちの確執については、Elizabeth Brooke, *Women Healers: Portraits of Herbalists, Physicians, and Midwives* (Rochester, Vermont: Healing Arts Press, 1995), pp. 65–79 参照。

＊26——John Gerard, *The Herball or Generall Historie of Plants* (1597; London; Norwood, NJ: Theatrum Orbis, 1974), p. 1076.

＊27——Riddle, *Eve's Herbs*, p. 49.

＊28——Hoeniger, pp. 28–29.

＊29——Barbara Howard Traister, '"Note Her a Little Farther": Doctors and Healers in the Drama of Shakespeare', *Disease, Diagnosis, and Cure on the Early Modern Stage*, eds. Stephanie Moss and Kaara L. Peterson (Aldershot: Ashgate, 2004), 43–52 (pp. 47–48).

＊30——Hoeniger, p. 298.

＊31——Richard K. Stensgaard, '*All's Well That Ends Well* and the Galenico-Paracelsian Controversy', *Renaissance Quarterly* 25 (1972), 173–88 参照。

＊32——A. L. Rowse, *Simon Forman: Sex and Society in Shakespeare's Age* (London: Weidenfeld and Nicolson, 1974), pp. 39–50 参照。

＊33——Charles Goodall, *The Royal College of Physicians of London* (London, 1684), pp. 316–17; Kerwin, pp. 93–94.

*34——Susan Synder, Introduction to *All's Well that Ends Well* (Oxford: Oxford University Press, 1993), p. 41.
*35——Synder, pp. 30–40.
*36——Gerard, pp. 1072–76.

〔欧文〕

索　引

KENKYUSHA

〈検印省略〉

甦《よみがえ》るシェイクスピア
——没後《ぼつご》四〇〇周年《しゅうねん》記念論集《きねんろんしゅう》

二〇一六年一〇月三一日　初版発行

編者　日本シェイクスピア協会
発行者　関戸雅男
発行所　株式会社　研究社
〒一〇二―八一五二
東京都千代田区富士見二―一一―三
電話（〇三）三二八八―七七五五（編集）
（〇三）三二八八―七七七七（営業）
振替　〇〇一五〇―九―二六七一〇
http://www.kenkyusha.co.jp/

装丁　柳川貴代
印刷所　研究社印刷株式会社

定価はカバーに表示してあります。
万一落丁乱丁の場合はおとりかえ致します。

ISBN 978-4-327-47234-4　C3098
Printed in Japan